LES SILENCES

Amélie Antoine vit à Lille avec sa famille. *Fidèle au poste*, son premier roman, a connu un incroyable succès sur Internet avant d'être repéré par les éditions Michel Lafon.

Paru au Livre de Poche :

Fidèle au poste

AMÉLIE ANTOINE

Les Silences

MICHEL LAFON

Ce roman a paru initialement sous le titre
Quand on a que l'humour… aux éditions Michel Lafon.

ISBN : 978-2-253-23748-8 – 1re publication LGF

On croit plonger dans la fiction pure, créer toutes sortes de personnages tirés de son imagination, et puis, pile au moment où l'on écrit le mot FIN, on réalise brutalement à quel point, sans le vouloir, on a puisé dans sa propre histoire.

À ma mère, donc. Forcément.
À ma mère qui a fait ce qu'elle a pu,
malgré ses blessures.
À mon père. Évidemment.
Qui m'accompagne, tellement.
À Gaïa et Samuel, pour qui je fais de mon mieux.
En espérant que cela soit suffisant.

« Nous n'avons qu'un devoir, un seul : être plus heureux que ne l'ont été nos parents. Nous accomplir un peu plus qu'eux, profiter davantage du temps que nous avons à vivre, ne pas en perdre autant qu'ils ont pu le faire, et regarder plus en profondeur ce que nous voulons vraiment faire de nos vies, voilà ce que nous devons retenir de l'héritage familial. »

Hervé COMMÈRE,
Imagine le reste

« — Comprendre, c'est faire un pas de géant vers l'autre. C'est le début du pardon.

— Vous vouliez être pardonné pour ce que vous aviez prévu de faire ?

— Non. Je voulais juste qu'ils comprennent que je n'avais pas d'autre issue. »

Grégoire DELACOURT,
On ne voyait que le bonheur

PREMIÈRE PARTIE

1

31 mars 2017 – 20 h 30

Les cernes s'estompent, les poches sous les yeux disparaissent comme par magie grâce à la dextérité de la maquilleuse qui œuvre sans un mot. Elle sait qu'Édouard n'aime pas parler de la pluie et du beau temps, elle sait qu'il exige le silence complet avant d'entrer en scène. Telle une abeille qui butinerait une fleur, elle s'agite autour de lui ; le fond de teint, la poudre nacrée, le blush léger pour effacer les nuits agitées, les journées frénétiques. Lui reste immobile. Le regard rivé au miroir, impassible, il observe la métamorphose. Comme s'il s'agissait de quelqu'un d'autre, comme si ce reflet n'était pas le sien mais celui d'un parfait inconnu.

On pourrait croire qu'il se concentre, qu'il passe en revue une dernière fois ses phrases, ses sketches. En réalité, sous le masque serein, il est liquéfié. Comme chaque soir. On pourrait croire qu'avec les années, le trac n'est plus qu'un vague souvenir sans substance, une réminiscence lointaine qui le ferait à présent sourire. C'est qu'il fait bien illusion. Son estomac se révolte, la nausée grimpe dans son œsophage comme une boule de flipper, son pouls s'accélère, ses mains sont moites, *je ne vais jamais y arriver*.

« Les chiens sentent la peur, Édouard », grognait son père chaque fois qu'enfant, il se crispait à l'approche du berger allemand du voisin. Édouard aurait voulu lui serrer la main plus fort, que son père le porte sur ses épaules, qu'il le protège du monstre hirsute qui fonçait sur lui, la langue pendante, sans la moindre laisse. « Il est gentil, tu n'as rien à craindre », rigolait Bernard, le voisin, en passant sans s'arrêter. Et son père retirait presque violemment sa main de la sienne, les chiens sentent la peur, je te dis, alors prends sur toi.

« Voilà, c'est terminé », souffle la maquilleuse d'un air satisfait en contemplant le reflet d'Édouard. Elle a surligné les minces lèvres de l'humoriste d'un trait de gloss transparent, et il se retient de retirer cette couche poisseuse avec la langue. Il attendra d'être seul, pour ne pas l'attrister.

Il sourit, le plus largement possible, parce qu'il est tellement abordable, tellement sympathique, tellement *accessible*. « Merci infiniment », répond-il, parce qu'il est tellement poli, tellement humble, parce que « la célébrité, ça ne lui est jamais monté à la tête », s'extasie Jean-Michel, son producteur. Il est ce que les autres pensent de lui, il *doit* correspondre à cette image lisse, positive, enviable.

Il n'y a pas que les chiens qui sentent la peur. Il y a aussi les humains. Alors Édouard sourit à la jeune femme occupée à remballer ses pinceaux et ses artifices, et elle comprend instantanément qu'elle peut disposer. « Bonne soirée, mademoiselle », murmure-t-il sans se retourner, et elle ne peut s'empêcher de rougir de plaisir, parce qu'il l'a appelée mademoiselle, elle qui ne fête même plus ses anniversaires depuis qu'elle a des enfants.

Enfin, la porte de la loge se referme doucement, tout le monde sait qu'Édouard déteste qu'on claque les portes alors on fait attention, très attention, parce qu'on le bichonne, parce qu'on l'apprécie, lui qui est si attentif aux autres. Il se retrouve seul face au miroir, il compte les ampoules éblouissantes qui l'entourent. Quinze ronds aveuglants qui s'impriment au fond de sa pupille au fur et à mesure que l'angoisse monte. Son sourire s'estompe jusqu'à disparaître complètement, puisqu'il n'y a plus personne pour l'observer, l'étudier, l'analyser.

Son visage se fait sérieux, déterminé, même. C'est aujourd'hui que tout se joue, que tout change. Ils en resteront bouche bée, c'est certain. Il savourerait presque par avance l'excitation de tous les surprendre, encore une fois. Regrette déjà de devoir se contenter d'imaginer les visages abasourdis, stupéfaits : impossible, Édouard Bresson n'a pas osé aller jusque-là, quand même ? Mais après tout, les journalistes ne s'accordent-ils pas depuis des années à le qualifier du « plus imprévisible de tous les humoristes » ? Il se doit d'être à la hauteur de cette réputation, de toujours viser plus loin, plus fou, plus inattendu. En comparaison avec ce qu'il s'apprête à faire, David Copperfield fera pâle figure, sera tout juste bon à être désormais relégué au rang des magiciens de seconde zone, ceux qui croient qu'il suffit de dénicher une pièce derrière l'oreille d'un spectateur naïf pour subjuguer tout le monde.

Il a failli manquer son train, cet après-midi. Son manager, Hervé, lui avait dit que ce n'était pas malin de quitter Paris un jour de spectacle, surtout vu la soirée qui l'attendait. « C'est *ton* moment, tu le sais, ça ? Après ce soir, il n'y aura jamais plus haut, on ne peut plus rien inventer, tu auras tout fait, tout conquis… à moins d'aller jouer sur la Lune ! » avait-il lancé, riant lui-même de sa plaisanterie, et Édouard l'avait imité, machinalement. Malgré tout, l'humoriste avait tenu à faire l'aller-retour au Havre. Prendre le train était toujours un moment très anxiogène pour lui ; il avait systématiquement peur d'arriver en retard à la gare, il fallait qu'il regarde plusieurs fois le quai indiqué sur le panneau d'affichage pour être sûr de ne pas se tromper. Paris Saint-Lazare : voie 3. Il vérifiait le numéro du train sur son ticket, puis sur l'écran de télévision accroché en l'air. Plusieurs fois. S'assurait qu'il se trouvait bien sur la voie 3. Plusieurs fois. Et, arrivé dans l'Intercité, il ne pouvait s'empêcher de demander au premier passager croisé : « Est-ce que ce train va bien à Paris ? » Enfin rassuré, il allait s'installer contre la fenêtre, sa casquette toujours vissée sur le crâne, sans même songer à retirer ses lunettes de soleil. Étrangement, la célébrité qu'il avait tant désirée n'avait fait qu'accroître son besoin d'anonymat.

Il était arrivé pile à l'heure pour la répétition, qui avait été un fiasco, comme toujours. Édouard n'avait jamais réussi à faire comprendre à Hervé qu'il était incapable de déclamer ses sketches devant une salle déserte. Qu'il avait besoin d'un public pour devenir vivant, pour devenir *lui*. Que sans spectateurs, tout n'était finalement que du vent. Alors se retrouver devant ces milliers de chaises vides, devant ces gradins vertigineusement inertes, ça ne faisait que lui donner des haut-le-cœur, rien de plus. Il n'allait pas y arriver, cette fois, il avait vu trop grand, beaucoup trop grand. Il n'aurait jamais dû écouter son producteur, jamais dû entrer dans ce délire mégalo. Le spectacle affichait complet, les milliers de billets étaient partis en moins de quinze minutes le jour de leur mise en vente. Il avait imaginé les fans derrière leur écran d'ordinateur, puisque maintenant c'était comme ça qu'on achetait des tickets, il était loin le temps où l'on allait à 7 heures du matin devant la Fnac, où l'on faisait la queue dans le froid, sous la pluie parfois, avec son Thermos de café, en piétinant jusqu'à l'ouverture à 10 heures pétantes, et alors c'était la ruée, avec l'espoir rageur de réussir à obtenir une place bien méritée compte tenu des trois heures d'attente. Maintenant, on restait confortablement devant son PC, son Smartphone, on se contentait d'actualiser la page, encore et encore, jusqu'à remporter les billets tant convoités. Le spectacle affichait complet depuis plus de six mois. Une éternité. Mais Édouard restait persuadé, au fond de lui, que personne ne viendrait. Ils oublieraient la date, auraient autre chose à faire, se tromperaient de lieu. Et il se retrouverait seul ce soir, seul avec le silence, seul avec son cœur qui battrait à tout rompre.

Et si jamais les spectateurs tant espérés, tant redoutés, étaient malgré tout miraculeusement au rendez-vous, il allait tout foirer, c'était une certitude.

Celle qui le hantait depuis le tout début, qui lui susurrait à l'oreille que tout ça, ce n'était qu'une vaste plaisanterie, un sursis éphémère. Que les autres, un jour, allaient le démasquer, enfin, qu'ils allaient comprendre, réaliser qu'ils avaient encensé un pantin creux, qu'ils l'avaient rempli de leurs fantasmes, mais qu'en réalité il n'était que lui. Édouard Bresson, un pauvre type tout ce qu'il y a de plus normal, qui avait juste eu envie, besoin, de faire rire ses proches, puis, par extension, le monde. Qu'il n'était qu'un imposteur arrivé au sommet sur un quiproquo, un malentendu, parce que personne ne pouvait vraiment l'admirer autant que ça, lui qui n'avait en rien mérité cet engouement, cet amour. Tu verras, Édouard, un jour, tout sera fini, un jour, ils ouvriront les yeux et ils se diront qu'en fait, tu n'es pas si drôle que ça. Que tu as fait le tour de la question, que tu ne te renouvelles pas assez, qu'il y en a d'autres bien meilleurs que toi, bien plus hilarants. Une nouvelle génération qui prendra la relève et qui te transformera en dinosaure voué à l'oubli. Édouard Bresson, connais pas, c'était à l'époque de Coluche ? Bientôt, tout sera fini et ils parleront de toi au passé, tu te souviens de ce mec, ah zut, je n'arrive plus à retrouver son nom, c'est bête, je l'ai sur le bout de la langue pourtant…

Sans prendre la peine de frapper à la porte de la loge, Hervé entre en trombe pour s'assurer que son poulain est prêt.

— Tu pourrais me poster cette lettre, s'il te plaît ? demande Édouard, l'air préoccupé.

— Et puis quoi encore, je suis pas ton coursier, je te signale !

Mais le manager aux cheveux grisonnants saisit malgré tout l'enveloppe couleur crème que lui tend Édouard.

— C'est important, précise ce dernier avec un regard insistant.

— Elle ne partira pas avant demain, de toute façon, réplique Hervé.

— Demain, ce sera très bien. Merci, chuchote Édouard tandis que son manager ressort de la loge d'un pas pressé, il a mille choses à vérifier avant que les spots s'allument sur la scène.

Comme à chaque fois, Édouard va vomir aux toilettes tout ce qu'il y a encore dans son estomac. Les deux toasts à la confiture et le café du petit déjeuner, le sandwich en carton avalé distraitement dans le train, la granny-smith trop brillante pour être honnête et le café pour faire passer le déjeuner solitaire, puis les cinq ou six tasses supplémentaires de l'après-midi, pendant la répétition. Sans oublier les canettes de Red Bull entre deux cafés. Il faut bien tenir le rythme, gérer la pression, et c'est toujours mieux qu'autre chose. En tirant la chasse d'eau, il se demande brièvement si le fait de tout rendre annule ou non l'effet de la caféine. Puis il se brosse les dents rapidement, contemple une dernière fois son reflet dans la glace avant d'éteindre les lumières de la loge. Il inspire le plus doucement possible et pense soudain à son père qui, avant de partir à la raffinerie et de claquer la porte d'entrée avec force, lançait à la cantonade un très philosophique *Quand faut y aller, faut y aller*.

2

Hiver 1979

« Quand faut y aller, faut y aller… », bougonne Lucien Bresson en enfilant à la va-vite son blazer kaki. Dehors, les étoiles se sont progressivement allumées dans le ciel charbon, et l'ouvrier va prendre son poste d'ici une demi-heure. Édouard et Jonathan, son cadet de six ans, sont en pyjama, prêts à se coucher à 20 heures tapantes, et l'aîné songe qu'il est quand même dommage qu'au moment où son père part travailler, au moment où enfin ils pourraient faire un peu de bruit dans l'appartement, ils soient obligés d'aller dormir, chacun à son étage de leurs lits superposés. Privilège de l'âge, Édouard a la couchette supérieure, et il ignore délibérément les demandes incessantes de Jonathan pour échanger, heureux que sa mère en fasse autant, estimant qu'il serait bien trop dangereux pour le petit, à quatre ans, de grimper en haut de la vieille échelle de bois.

— Maintenant que papa est parti, on peut faire une partie de Simon, maman ? S'il te plaît…

Édouard brandit déjà le jeu aux quatre boutons rouge, bleu, vert et jaune, et sa mère soupire. *Si elle dit oui, alors tout ira bien*, songe malgré lui le garçon. Étrangement, ces petites phrases avec des « si » rythment son quotidien depuis qu'il est en âge de parler ; des superstitions auxquelles il croit pourtant dur comme fer, comme si elles avaient le pouvoir de déterminer le cours des choses. *Si j'arrive au passage clouté avant que le feu passe au rouge, alors tout ira bien. Si la concierge ne me voit pas passer devant sa loge, alors tout ira bien. Si maman accepte qu'on joue, alors tout ira bien...*

— Juste une partie..., insiste Édouard, et Jonathan applaudit d'un air ravi pour soutenir son frère. On ne peut jamais sortir ce jeu quand papa est là, en plus...

La mère finit par acquiescer et les gamins sautent de joie.

— Vous pouvez y jouer le temps que je fasse la vaisselle, mais après, au dodo, c'est compris ?

Sans répondre, Édouard allume la machine infernale, comme la surnomme son père, et les bruits électroniques viennent envahir le salon, mêlés aux hurlements des deux petits garçons.

Le vacarme ne gêne pas Monique Bresson, au contraire. Elle a l'impression qu'il y a un peu de vie dans l'appartement, au moins. Parce que dès que son mari franchit la porte d'entrée, le silence quasi absolu doit régner. Après huit heures dans le bruit assourdissant des pompes, des fours, des réacteurs et autres engins de la raffinerie, après huit heures dans l'odeur entêtante du pétrole qui s'immisce dans le moindre de ses pores, Lucien ne supporte plus le moindre son, le moindre mot plus haut que l'autre, le moindre craquement. Les enfants doivent chuchoter la plupart du temps, murmurer lorsque leur père est dans un bon jour. Interdiction de rire ou de pleurer, interdiction de jouer aux billes ou alors en évitant à tout prix le moindre claquement contre les plinthes, sous peine de devoir affronter le regard noir du père, ses sourcils froncés, un accent grave et un accent aigu, comme le décrit Édouard.

Le garçon vient de fêter ses dix ans, et s'il devait parler de son papa, il dirait que c'est un homme en permanence en colère. Qui râle à longueur de journée, qui aboie sur sa famille et sur le reste du monde sans relâche. Parce que les 4 × 8, ça l'use comme ça use des centaines d'autres ouvriers ; les repas décalés, les insomnies, les coups de pompe, l'irritabilité, l'impression parfois d'être un robot qui devrait pouvoir se mettre en marche ou en sommeil dès qu'on le lui demande. Parce qu'en plus du reste, Lucien est représentant syndical au sein de la raffinerie, et qu'il ne sait plus s'exprimer autrement que de manière vindicative, agressive, comme si la terre entière s'acharnait contre lui, comme si tout, tout le temps, était un combat. Lucien, il trime, il mange, il dort, et il enrage. Pour tout, pour rien. C'est ça sa vie, mais Édouard est persuadé que ce n'est pas ça, *la* vie. Qu'il y a forcément autre chose, sinon à quoi bon ? Une vie où l'on peut supporter le bruit, les éclats de rire, les chatouilles à n'en plus finir, les verres qui échappent des mains pour s'écraser sur le carrelage à damiers blancs et turquoise, les fenêtres qui claquent à cause des courants d'air venus laver l'odeur infecte de tabac froid, le vent frais qui s'engouffre dans l'appartement et qui fait s'envoler le courrier oublié sur la table de la cuisine, la musique qui sort du mange-disque et la voix d'Eddy Mitchell qui envahit ces murs un peu trop étroits pour eux quatre. Cette vie-là existe forcément, ailleurs.

Jonathan se lasse vite de jouer, commence à se frotter les yeux, et Édouard borde le lit de son frère avec application. « Je vais chercher maman. » Dans la cuisine tapissée de papier peint aux arabesques orange et marron, Monique termine la vaisselle du dîner en fredonnant tout doucement *Sur la route de Memphis*, et son fils la contemple sans un mot, immobile contre le réfrigérateur qui ronronne. *Si elle ne remarque pas ma présence, alors tout ira bien,* se répète l'enfant, bercé par ses croyances inventées.

Sa mère aurait voulu l'appeler Eddy, en hommage à son chanteur préféré, mais le père avait estimé que ce n'était pas un cadeau à faire à un môme. Alors Eddy s'était transformé en Édouard, même si Lucien avait ajouté que sans Les Chaussettes noires, Mitchell était foutu, que sa carrière était finie avant même d'avoir commencé et que c'était sacrément dommage de donner à son fils le prénom d'un chanteur qui allait tomber aux oubliettes. Monique avait tenu bon, et aujourd'hui, ça la faisait sourire lorsqu'elle constatait que la voix de crooner de son idole au regard délavé envahissait toutes les fréquences du transistor de la salle de bains.

Six ans et demi après la naissance de son aîné, à l'été 1975 – cette attente lui avait semblé interminable –, elle avait eu son second fils et Lucien s'était contenté de soupirer quand elle avait suggéré Jo pour

Joe Dassin, dont elle adorait tous les tubes depuis *Siffler sur la colline*. À la mairie de Gonfreville-l'Orcher, l'officier d'état civil avait relevé la tête pour demander au père d'un air perplexe : « Jo ? Jo quoi ? Jonathan ? », et Lucien s'était effectivement dit que Jonathan, c'était quand même plus civilisé comme prénom. Monique aussi s'était contentée de soupirer lorsqu'il était revenu en lui déclarant que deux syllabes de plus ou de moins, il n'y avait pas de quoi en faire un fromage.

Elle avait tellement espéré cet enfant qu'elle l'avait surnommé son « bébé miracle », lui qui était arrivé au moment où elle commençait à se résigner, à se recroqueviller dans son chagrin solitaire puisque son mari avait déclaré qu'après tout, un enfant, c'était déjà mieux que rien, et que ça faisait certainement deux fois moins de bruit, en plus.

Ce n'était pas qu'elle préférait Jonathan à Édouard, non, c'était plutôt qu'il lui semblait plus précieux, plus rare, parce qu'elle avait eu tant de mal à l'avoir. Et parce qu'il lui semblait précieux, il n'avait fallu qu'un pas pour conclure qu'il était aussi, forcément, plus fragile, et qu'il fallait le protéger bien plus que son aîné, qui, lui, n'avait besoin de personne pour être autonome.

Les deux garçons, dès que Jonathan eut l'âge de cavaler et de ne plus porter de couches, se retrouvaient souvent dehors, à devoir aller jouer ailleurs que dans les pattes de leur père, et Édouard avait évidemment la charge de s'occuper de son petit frère, de le surveiller et de l'emmener partout avec lui. Il suffisait que Jonathan s'amuse avec ses petites voitures, en les faisant rouler contre le radiateur en fonte du salon, pour que le père s'exclame, agacé : « Dehors ! Allez ouste, allez voir ailleurs si j'y suis ! » Le verre Duralex rempli de vin premier prix s'écrasait contre la table de la cuisine, le liquide rouge sang éclaboussant la toile cirée, et les frères se retrouvaient en moins de temps qu'il n'en faut pour le dire sur le palier du deuxième étage de l'immeuble, parfois même en chaussettes, attendant sans un mot, dans l'obscurité, que leur père rouvre la porte d'entrée pour leur lancer deux paires de chaussures.

— Jonathan voudrait un câlin, murmure Édouard au moment où sa mère ferme le robinet d'eau chaude.

Celle-ci se retourne, saisit un torchon à carreaux pour s'essuyer les mains, un sourire aux lèvres.

— Et toi, tu n'en veux pas ?

Édouard hausse les épaules d'un air indifférent, mais sa mère sait qu'il n'en a que l'air. Tandis qu'il grimpe l'échelle, elle va embrasser son cadet, déjà à moitié endormi dans le lit du bas, son lapin en peluche parfumé à l'eau de Cologne maternelle serré au creux des bras. Elle lui chantonne, comme tous les soirs, sa comptine préférée, et comme tous les soirs, sa voix décroche sur le « i » de petit naviiire, mais ça n'a aucune importance pour le garçonnet qui suce son pouce en souriant. Puis elle s'accoude au lit du haut et ne peut s'empêcher d'ébouriffer les cheveux d'Édouard, juste pour l'entendre s'exclamer « Mais euh… ! » d'un ton faussement renfrogné.

— Bonne nuit, mon grand, chuchote-t-elle avant de sortir de la chambre.

Si la porte se referme sans grincer, alors tout ira bien, se convainc Édouard.

Les gonds n'émettent pas le moindre bruit lorsque sa mère tire la porte, et, rasséréné, l'enfant se tourne contre le mur et ferme les yeux. Monique regagne le salon pour aller allumer la télévision ; ses pas s'éloignent discrètement sur la moquette du couloir.

Un brouhaha indistinct vient meubler le silence et Édouard se laisse bercer par ces voix étouffées, à la fois étrangères et rassurantes.

3

31 mars 2017 – 20 h 45

Un brouhaha indistinct vient meubler le silence, et Édouard se laisse bercer par ces voix étouffées, à la fois étrangères et rassurantes.

Les spectateurs sont en train de s'installer, il les imagine cherchant leur place, trouvant la bonne allée, je t'ai dit qu'on était Rangée 27, place J et K, pourquoi tu ne demandes pas à l'ouvreuse, là, celle qui a un uniforme, elle est payée pour ça, non ? Il imagine les gradins qui se remplissent, tu vois, finalement, on n'est pas si mal placés ! Il imagine les bousculés, les impatients, les enthousiastes, waouh, tu as vu les deux écrans géants, il n'a pas fait les choses à moitié, Édouard Bresson ! Il imagine les sceptiques, les ennuyés, c'est ma femme qui est fan de lui, je lui ai offert le spectacle pour Noël… Il imagine les fans, les vrais, les surexcités, viens, on se prend en photo avec la scène en arrière-plan, c'est trop dément d'être ici, je vais le poster sur mon mur !

Il sourit machinalement, et durant une fraction de seconde, oublie l'angoisse qui envahit peu à peu tout son corps comme une coulée de lave brûlante.

Édouard se contente des clameurs à défaut de pouvoir observer celles et ceux qui sont là ce soir pour lui. Il y a quelques années encore, il avait l'habitude de se rendre incognito dans la salle, de s'asseoir au hasard dans un fauteuil et d'observer les allées et venues, d'écouter les conversations des spectateurs qui ôtaient leur manteau et prenaient place négligemment, inconscients de l'anxiété que cela pouvait représenter pour lui de monter sur scène. Au tout début, c'était facile, il lui suffisait de s'installer n'importe où, et personne ne faisait attention à lui, son visage étant encore sinon inconnu, du moins pas instantanément identifiable de tous. Puis, avec la notoriété, il avait dû commencer à se grimer, se déguiser. Des lunettes, une fausse barbe, une écharpe enroulée jusqu'au nez, un chapeau, une perruque, même ! C'était un jeu, bien sûr, une façon de piéger son public, mais c'était surtout un moyen de se rassurer, de constater qu'on se déplaçait pour le voir, que les fauteuils se remplissaient à vue d'œil. Et aussi, sans doute un peu, une manière de se persuader que lui aussi pouvait encore être un anonyme parmi les anonymes. Malheureusement, avec le temps, sa petite habitude avait été éventée, et les spectateurs avaient commencé à le chercher dans la salle, à dévisager leurs voisins au cas où l'un d'eux serait Édouard.

Alors, à contrecœur, il avait dû cesser, trouver une autre façon de prendre la température de la salle. Il se contentait donc désormais d'écouter son public en coulisses, de mesurer sa ferveur au volume sonore grandissant à l'approche du début du spectacle. Le brouhaha ambiant, neutre, puis l'impatience, les cris, les sifflements, les « Édouard, Édouard ! » scandés en rythme, qui lui signifiait qu'il était attendu, désiré, *aimé*.

La peur s'infiltre au point qu'il lui devient presque douloureux de simplement avaler sa salive. La nausée ne le quitte pas, même si son estomac est désormais vide. Les bouffées de chaleur sont si fortes qu'il jurerait que sa peau est brûlante, tandis que les sueurs froides qui leur succèdent l'obligent à vérifier trois fois, dix fois, vingt fois, que ses vêtements ne sont pas imbibés de transpiration. Malgré lui, il regrette de ne pas avoir au creux de la main son morceau de verre poli fétiche, celui en forme de triangle équilatéral parfait, celui qu'il a toujours tourné et retourné avant d'entrer en scène, qui l'accompagnait depuis toujours.

Cette nuit, il a encore rêvé qu'il se trouvait seul face au public, incapable de prononcer le moindre mot. Le même cauchemar qui le terrorise chaque veille de spectacle, inlassablement, mais qui n'en perd pas pour autant sa force. Il veut parler, mais aucun mot ne franchit ses lèvres. Le silence se fait dans la salle, mordant, terrifiant. *Ils* attendent, et lui reste la bouche grande ouverte, désespérément muet. Alors, ils commencent à rire, à rire sans relâche, sans pitié, et les éclats moqueurs bourdonnent autour de lui – il voit leurs amygdales, leurs langues, leurs dents. Le public entier est plié de rire, secoué devant tant de nullité. L'obscurité est totale, il n'y a qu'un spot qui l'éclaire, lui, qui le désigne comme la cible à abattre, et Édouard ne distingue aucun visage, uniquement des bouches et des dents nacrées, aiguisées. Ils sont des loups et lui n'est qu'un pauvre mouton sans défense. Ils commencent à faire « Bêê bêê bêêê… » et la honte qu'il ressent le ramène instantanément à son enfance pitoyable de gamin bègue, quand il était la risée de tous.

Derrière lui, il sent que les équipes s'affairent, effectuent les derniers réglages tout en prenant bien soin de ne pas le déranger dans cet ultime moment avant le grand plongeon. Mécaniquement, il sort son MP3 de la poche arrière de son jean, déroule le fil des écouteurs avant de les disposer dans ses oreilles. Le volume est au maximum lorsqu'il appuie sur Play, les yeux fermés. Les riffs de guitare envahissent son cerveau et dès que la voix éraillée du chanteur de Survivor vient se mêler aux instruments, les décibels parviennent à le couper du monde et Édouard oublie durant quelques instants où il se trouve et ce qui l'attend. Quatre minutes rituelles avec *Eye of the Tiger*, comme s'il se préparait au plus grand combat de tous les temps, quatre minutes où la scène qui lui tend les bras se confond avec un ring, quatre minutes qui lui gonflent le cœur et le font se sentir vivant et invincible. Certains prennent un rail de coke pour ressentir tout ça : pour Édouard, il suffit d'une chanson, la même depuis plus de vingt-trois ans de carrière.

À quelques mètres de lui, Jean-Michel, son producteur, observe son protégé en silence ; il en tremblerait presque de peur pour lui quand il songe aux milliers de personnes qui attendent l'humoriste derrière ce mince rideau opaque. Il remarque le petit sourire en coin sur son visage, les yeux qui brillent un peu plus fort dans la pénombre à l'approche de l'entrée en scène. Il connaît Édouard par cœur et mettrait sa main au feu qu'il manigance quelque chose ; il a le même air malicieux qu'un gamin qui s'apprête à jouer un bon tour, la même impatience difficilement contenue. Pourvu qu'il n'aille pas encore inventer un truc saugrenu, songe Jean-Michel les sourcils froncés en se remémorant les derniers canulars de l'artiste qui sont loin d'avoir fait l'unanimité auprès des médias. Hervé a beau lui répéter qu'il n'y a pas de mauvaise pub, il reste convaincu que lorsque autant d'argent est en jeu, il faut rester un minimum consensuel…

Quand le morceau s'achève et qu'Édouard tend distraitement son MP3 à l'assistante postée discrètement en retrait, il prend conscience que le public lui aussi est prêt. Des milliers de mains applaudissent à un rythme régulier, au point qu'il a l'impression que son cœur est obligé d'accélérer pour suivre la cadence. Les pieds tapent avec force dans les gradins, le grondement en devient euphorisant, galvanisant. Les deux syllabes de son prénom sont criées, hurlées, beuglées. Comme un espoir, comme un ordre, comme une supplication, presque.

Édouard sait que dans quelques secondes, l'angoisse se dissipera, il sait que dès qu'il entrera dans la lumière des spots, il abandonnera sa peur comme le boxeur abandonne son peignoir en montant sur le ring. Parce que depuis le début, il n'y a que sur scène que l'angoisse est totalement vaincue, il n'y a que sur scène qu'il a le sentiment d'être véritablement qui il est *supposé* être.

Il est fait pour ça.

À quelques mètres, la foule du Stade de France n'attend plus que lui. Plus de cinquante mille personnes déchaînées, qui commencent à perdre patience au fur et à mesure que la nuit tombe.

Ici, il est enfin à sa place.

4

Juin 1980

— Ici, il est enfin à sa place ! s'exclame Ludovic d'un air aussi satisfait que s'il venait d'inventer l'électricité. Ou plutôt, à sa p-p-p-p-place ! hurle-t-il tandis que toute la classe éclate d'un rire mauvais.

Édouard rentre les épaules instinctivement, comme si les coups verbaux qui pleuvent l'atteignaient de la même manière qu'une gifle ou un coup de poing. Depuis des années, il a appris à ne pas répondre aux insultes, aux moqueries, et de toute façon, même s'il envisageait de le faire, il sait parfaitement que c'est là que se situe le problème : il est incapable d'ouvrir la bouche sans buter, b-b-b-buter sur ses mots. Ça a commencé à la naissance de son petit frère, il y a un peu moins de cinq ans, comme s'il avait perdu tous ses moyens lorsque Jonathan était arrivé sur terre, niché en permanence dans les bras réconfortants de sa mère. Au début, c'était insignifiant, presque anodin. La boulangère trouvait ça mignon. L'institutrice de CE1 jugeait cette hésitation attendrissante, il n'y avait aucune inquiétude à avoir, ça passerait comme c'était venu. Cela ne concernait que quelques mots, en plus. Les « b » et les « p » qui bloquaient, surtout. Les p-p-p-pourquoi, les b-b-b-bonjour, et bien sûr, les p-p-p-p-papa. Édouard avait subitement l'impression que les syllabes maudites restaient coincées au fond de sa gorge, et plus il s'acharnait à les extirper, plus elles s'enfonçaient et le privaient d'air. Il suffoquait, cherchait l'oxygène, regarde-moi ça, on dirait un poisson qui agonise sur la berge, pestait son père. Monique l'encourageait, bienveillante, prononçait les mots ennemis à la place de son fils, pour l'aider, et lui, s'il se sentait immédiatement soulagé, savait qu'il y aurait pourtant toujours une autre syllabe qui refuserait de sortir du premier coup. Est-ce que sa mère devrait toujours parler à sa place, alors, est-ce qu'il était condamné à avoir une interprète à ses côtés toute sa vie, comme la mère attentionnée qui traduit les babillements de son bébé lorsqu'il commence à balbutier ses premières paroles ? Lucien, lui, était persuadé que son fils faisait son intéressant, franchement, tu ne trouves pas ça bizarre qu'il ait commencé ce cirque à la naissance de son frère, je te dis qu'il le fait exprès, vaut mieux l'ignorer et ça passera, va, il se lassera de ces bêtises.

Mais mois après mois, la situation n'avait fait qu'empirer, insidieusement, sans que personne, à aucun moment, ne prenne enfin conscience que le bégaiement était devenu un véritable problème, un handicap terrifiant pour Édouard. L'enfant bouillait à l'intérieur de tout ce qu'il ne pouvait pas transformer en sons distincts, il se débattait contre cette lave de mots brûlante condamnée à rester prisonnière derrière ses dents. Jonathan grandissait, apprenait à parler, prononçait ses premiers mots, et tout le monde s'extasiait à chaque vocable nouveau, ça alors, il sait dire « bouteille », le gamin, son père l'a sacrément bien éduqué, hein, Lucien ! Plus le petit frère évoluait, moins Édouard se sentait capable de communiquer, plus il avait peur de ce démon intérieur contre lequel il ne savait pas comment lutter, comment gagner. Il évitait soigneusement tous les mots commençant par les dangereuses labiales, usait de tous les stratagèmes de son invention pour que son bégaiement passe le plus inaperçu possible, quitte à se taire le plus souvent, à renoncer. Sa mère lui répétait à longueur de journée « Respire, prends ton temps », et il avait envie de hurler l'injustice et la colère. Elle l'excusait auprès des autres, il cherche ses mots, ce n'est pas drôle pour lui, et il aurait voulu exploser, crier que non, il ne les cherchait pas, ces satanés mots, il ne les cherchait pas puisqu'ils étaient tous là, bien alignés dans sa tête, prêts à sortir les uns après les autres, il ne les cherchait pas, c'est juste qu'ils refusaient d'être partagés.

Apitoyée, sa mère avait finalement pris l'habitude de terminer ses phrases, à chaque fois. Agacé, son père soupirait, avant de se détourner au beau milieu d'une explication laborieuse d'Édouard. « Dans cette vie, y a pas de place pour ceux qui hésitent, va bien falloir que tu t'en rendes compte ! »

Et puis, évidemment, les moqueries avaient commencé à l'école. Les bêlements à son arrivée dans la cour de récréation, les bousculades prétendument malencontreuses, les œufs cassés sur la tête à la Saint-Nicolas puisque c'était son anniversaire, « ils ont rien de bon dans le ciboulot, ces morveux, au prix qu'ça coûte », grognait son père en le voyant rentrer de l'école les cheveux poisseux. Le sac de sport caché au moment de la gymnastique, les « bah alors Édouard, où t'as mis tes b-b-b-baskets ? » qui faisaient rugir de rire tous les garçons de sa classe.

Les poésies à réciter devant tout le monde étaient devenues sa hantise. Sur l'estrade, à côté de monsieur Follin, il sentait tous les regards rivés sur lui, les salves de railleries prêtes à se fracasser contre son corps, immobile comme un phare en pleine tempête. « Il dit non avec la tête, mais il dit oui avec le cœur », le soulagement de n'avoir pas flanché sur le premier vers, le hochement de tête encourageant de l'instituteur, « il dit oui à ce qu'il aime, il dit non au p-p-p-p… » Édouard s'était arrêté, épuisé, fataliste, mais personne ne lui était venu en aide. « Continue, tu peux y arriver », avait murmuré monsieur Follin. Les larmes de rage et de honte aux yeux, « il dit non au p-p-p-p… » L'envie de renverser les chaises, de frapper ceux qui esquissaient un sourire, un regard de connivence. « Si j'entends un bruit, les autres, ce sera une punition collective ! » L'instituteur voulait bien faire, il n'imaginait pas que la punition collective aurait pour conséquence une vengeance bien pire pour Édouard, alors comme ça, à cause de toi, on n'a pas eu de récréation, tout ça parce que tu ne sais pas p-p-p-parler ? Le garçon avait repris son souffle, s'était concentré comme il pouvait, évitant de croiser le moindre regard. « Ce n'est pas grave, ce sera pour la prochaine fois, ne t'en fais pas », avait tenté de le rassurer monsieur Follin. *Si j'arrive au bout du poème, alors tout ira bien*, lui avait au contraire susurré la petite voix dans sa tête, celle qui allait l'obliger, encore, à se dépasser. « Il dit non au p-professeur », s'était exclamé Édouard, mais il n'y avait pas le moindre soupçon de triomphe dans sa voix, parce qu'il savait qu'il n'avait récité que deux vers, qu'il y avait encore des dizaines de mots haïs à prononcer, et qu'après ceux-là, il y en aurait encore des centaines, des milliers contre lesquels il faudrait se battre toute sa vie.

La cloche avait retenti et les enfants s'étaient enfuis en récréation comme une volée de moineaux. L'instituteur avait retenu Édouard : « Est-ce que ça va ? Tu t'en es bien sorti, tu sais. » Le garçon avait haussé les épaules, « je voudrais juste être normal »... « Pour quoi faire ? » s'était étonné monsieur Follin, et Édouard avait secoué la tête d'un air lassé. « Pour être comme les autres, qu'on ne me remarque plus ! » Alors l'homme à la moustache grisonnante avait souri. « Parce que tu crois que c'est ça, le but d'une vie ? Être transparent, c'est ça que tu voudrais ? » Édouard n'avait rien répondu, il était fatigué d'essayer de communiquer, la récitation l'avait rendu exsangue. « Allez, file, mais réfléchis-y, d'accord ? »

Ce matin, pourtant, le garçon en est convaincu : il donnerait tout pour être transparent, invisible. Il savait à l'avance que cette sortie de fin d'année scolaire au cirque installé pour quinze jours au Havre n'était pas une bonne idée. Pour lui, du moins.

Ludovic, son bourreau depuis le CE1, répète encore et encore la phrase assassine qui fait pleurer de rire les autres élèves. « Ici, il est enfin à sa p-p-p-place ! », vocifère-t-il fièrement. Et pour être certain que tout le monde a bien compris le sens de sa plaisanterie, il ajoute : « Au cirque, vu que c'est un monstre de f-f-f-foire ! » Les autres reprennent en chœur les f-f-f-f jusqu'à ce que les oreilles d'Édouard soient emplies de ces fricatives désagréables. « Frappe-les, te laisse pas faire », hurle son père dans sa tête.

« En même temps, c'est normal que les autres se fichent de lui, regarde-le, on dirait un attardé quand il bloque sur un mot ! » Lucien n'a même pas attendu que les garçons soient endormis pour balancer ça à sa femme, non, il l'a crié devant Édouard, un jour qu'il en a eu marre que son fils vienne balbutier un amas de mots inintelligibles. « Ignore-les, ils se lasseront », lui conseille sa mère d'un ton empli de commisération. Ça fait pourtant quatre ans qu'ils ne s'en lassent pas, quatre ans que je fais tout pour qu'ils m'acceptent, pour qu'ils m'apprécient, pour ne plus être tout seul à la récréation, pour ne plus manger à la table du maître à la cantine, voudrait répondre l'enfant, mais il se tait pour ne pas en rajouter. Parce que s'il en dit le moins possible, la situation semblera peut-être moins réelle. Plus supportable.

« Une vraie b-b-b-bête de foire ! » rigole encore Ludovic, ravi d'avoir remplacé « monstre » par « bête » pour buter encore mieux dessus. Ludovic Grosmollard, c'est le pire de tous, le plus hargneux, le plus mauvais. Édouard sait très bien pourquoi le garçon immense aux épaules carrées l'a pris en grippe dès qu'il a remarqué son bégaiement. Il a attisé toutes les moqueries possibles, simplement pour détourner l'attention de son nom de famille, qui lui aussi aurait pu occasionner tellement de blagues douteuses. Il n'y avait pas à chercher bien loin : Grosmollard, va baver ailleurs, rêverait de lui asséner Édouard. Le gros dur a pris les devants, il est devenu le chef incontesté de la chasse au bègue et personne n'a moufté devant ses poings énormes et son regard meurtrier. Écraser l'autre, n'importe qui, pour ne pas être écrasé soi-même. Et le reste de la classe a suivi sans faire de difficulté, chacun étant secrètement soulagé de ne pas se trouver dans la ligne de mire de Ludovic, parce que Ludovic, il vaut mieux ne pas l'avoir pour ennemi.

Le pire, c'est peut-être que son bourreau se trouve être le fils d'un des meilleurs amis de son père, Jean Grosmollard. Ils travaillent depuis toujours ensemble à l'usine, ils sont les leaders incontestés de la rébellion syndicaliste, les premiers à appeler à la grève et à hurler qu'il ne faut pas se laisser faire par ces enfoirés de patrons qui se la coulent douce pendant qu'eux, les ouvriers, suent sang et eau pour faire tourner la raffinerie, pour faire tourner la France, même. Jean passe souvent chez eux, à l'improviste, pour discuter avec son père, faut qu'on parle, Lucien, il s'en passe de belles là-haut, impossible de te raconter tout ça à l'usine, les murs ont des oreilles, tu sais bien. Les deux hommes ferment la porte de la cuisine, pas un mot, les garçons, sinon vous dégagez dehors, hein, et les messes basses commencent au vin rouge pour s'achever en titubant. Édouard aime bien Jean, qui a toujours un mot gentil pour lui. T'inquiète pas gamin, qu'il dit, moi quand j'avais ton âge, je pissais encore au lit, et puis tu vois, c'est passé, à la longue. Alors toi aussi, ça passera, y a pas de raison ! Jean ponctue systématiquement ses paroles, qu'il veut réconfortantes, de grosses claques dans le dos qui manquent de faire trébucher Édouard, mais l'enfant ne lui en tient jamais rigueur, trop heureux que le père de celui qui le martyrise puisse s'intéresser à lui au point de vouloir lui remonter le moral. Trop heureux qu'un autre que son père puisse spontanément lui témoigner de l'affection.

Et tous les soirs après l'école, enfermé dans sa chambre pendant que Jonathan joue dans le salon ou que sa mère lui donne le bain, inlassablement, Édouard s'entraîne devant le miroir, en chuchotant. Parce qu'il sait que son père refusera de lui faciliter les choses, et qu'il l'enverra chercher le pain dès qu'il le croisera. B-b-b-b-b-bonjour. Une b-b-b-b-baguette, s-s'il vous p-p-p-plaît.

5

31 mars 2017 – 21 heures

« B-b-b-b-b-bonjour. Une b-b-b-b-baguette, s-s'il vous p-p-p-plaît. »

Cette simple entrée en matière suffit à faire gronder le Stade de France, qui connaît déjà par cœur le sketch d'Édouard. Plongés dans la pénombre, les spectateurs sifflent et l'acclament comme le Messie, juste parce qu'il vient d'arriver sur scène et de prononcer cette petite phrase en bégayant le mieux possible. Les rires sont francs, sincères, heureux, et un instant, Édouard réentend ceux de ses camarades de classe, il y a plus de quarante ans de ça. Cette réplique, elle est pour vous, bande de petits cons, murmure-t-il dans sa tête.

Il attend, immobile, que les applaudissements s'éteignent en douceur et que le silence se fasse. Les bras croisés, il tape du pied d'un air agacé. Consulte sa montre, hausse les sourcils en faisant la moue que tant de fans imitent à présent, puis soupire ostensiblement. Les rires fusent, et, quelque part en haut à gauche, une femme invisible hurle « Édouard, je t'aime ! » Impassible, d'un geste de la main, il recoiffe au ralenti ses cheveux châtains savamment en bataille, lisse de l'index la fine moustache qui lui donne un air de dandy anglais, avant de déclarer d'un ton neutre : « Normal. » Le public s'esclaffe de bon cœur, habitué au personnage pince-sans-rire qu'Édouard cultive depuis ses débuts, instantanément séduit par la nonchalance et le flegme de l'humoriste.

Lui-même n'a jamais su expliquer l'effet quasi magique qu'il produisait sur les autres dès qu'il montait sur scène, cette façon qu'avaient les femmes de le regarder avec intensité, cette façon qu'avaient les hommes de boire la moindre de ses paroles. Les journalistes, dès le début de sa carrière, avaient parlé d'un magnétisme inné, d'un charisme inexplicable, et Édouard s'était dit que si même les critiques ne trouvaient plus leurs mots, c'est que peut-être il avait effectivement quelque chose d'unique, de rayonnant. Certains avaient immédiatement admiré son art du mime, sa manière de camper n'importe quelle émotion à la vitesse de l'éclair, d'être un caméléon capable de faire défiler en lui toute une galerie de personnages aux caractères bien trempés. D'autres avaient parlé du fait que ses sketches semblaient universels ; chacun pouvait immédiatement y retrouver un pan de son quotidien, chacun pouvait, simplement, se *reconnaître*. On avait aussi souligné la facilité avec laquelle il maniait les mots, sa manière de les utiliser comme des flèches aiguisées qui ne pouvaient que faire mouche, accompagnées d'une bonne dose de cynisme et de noirceur. Évidemment, certains s'étaient empressés de noter que sa belle gueule et la façon dont il semblait se moquer éperdument de l'effet qu'il produisait sur la gent féminine ne pouvaient être complètement étrangères à son succès fulgurant. Et puis, un jour, un critique de *Télérama* avait commencé à parler de « l'effet Édouard », et les autres journalistes avaient suivi, ravis de pouvoir enfin nommer ce qui les dépassait.

Suivi à la trace par un gigantesque spot lumineux, il commence à faire les cent pas, lentement, les mains croisées dans le dos, pensif, tandis que les rires s'atténuent. Alors il relève la tête, et, d'une voix monocorde, lance à la cantonade : « C'est bon, là, on va pouvoir démarrer ? » À nouveau, les spectateurs gloussent, et Édouard songe que, quoi qu'il puisse dire, ils sont prêts. Ils sont venus ce soir pour rire, et le moindre de ses mots les fera se plier en deux, de façon presque magique. S'il n'a jamais vraiment compris pourquoi les spectateurs semblaient immanquablement séduits et aimantés par lui, il a malgré tout toujours su en tirer parti, jouer avec ce don qu'on lui avait mystérieusement attribué. Tout en étant persuadé que le miracle ne durerait pas, qu'il s'agissait d'une sorte d'accident cosmique inexplicable.

Enfin, le silence se fait, fragile, prêt à vaciller, et Édouard s'arrête de marcher, se tourne face au public suspendu à ses lèvres. Il relève la tête doucement, adresse à l'aveugle un sourire crispé, faussement timide. Il ne distingue que les visages des premiers rangs, en contrebas de la scène, le reste du Stade est dans une obscurité floue, les fans confortablement installés au cœur du crépuscule naissant. Un petit rire gêné du nez, et il se frotte les mains sur son jean, mimant le trac. Il fait semblant de tirer le bas de son éternel pull marin pour le placer impeccablement au-dessus de la ceinture de son pantalon. Se racle la gorge, inspire profondément en fermant les yeux, puis souffle doucement par la bouche, comme pour canaliser son stress. Quelques éclats de rire se font entendre discrètement. Édouard commence à se ronger les ongles avec concentration, à se dandiner maladroitement, à se gratter dans le cou, comme si une nuée de moustiques venait de s'abattre sur lui. Il enchaîne les grimaces, les soupirs les joues exagérément gonflées, les petits gémissements de peur, les yeux exorbités, la mâchoire grande ouverte qui mime *Le Cri* de Munch, toute une galerie de mimiques de terreur y passe. Tout ça sans prononcer un seul mot. Cinq minutes et dix-sept secondes sans prononcer la moindre parole. Enfin, il croise un genou devant l'autre en se penchant légèrement en avant, comme s'il crevait d'envie d'aller aux toilettes et que bientôt, il n'allait plus être capable de se retenir, et la vague de rire, telle un raz-de-marée, déferle dans le Stade, faisant d'Édouard un chef d'orchestre virtuose qui commande les maxillaires et les zygomatiques des cinquante mille êtres humains assis en face de lui.

Instantanément, dès les premiers sons de ravissement, il se redresse et se recompose un visage impassible. Tout en se lissant à nouveau consciencieusement la moustache, il attend que le silence se réinstalle, au bout d'une trentaine de secondes. Puis, d'une voix toujours aussi monocorde, il déclare avec tout l'aplomb du monde :

— Vous êtes venus ici ce soir pour que je vous fasse rire, pas la peine de mentir, je sais très bien ce que vous attendez de moi. Il me semble que c'est chose faite, donc, à présent, on va pouvoir se détendre un peu, j'estime que vous en avez eu pour votre argent.

La vague de rires revient vers lui une nouvelle fois, encore plus forte, et Édouard se laisse éclabousser par la joie sans faille des spectateurs.

— Si vous ne parvenez pas à vous retenir un minimum, je ne vais pas pouvoir en placer une, ce serait quand même dommage. Surtout vu ce que vous avez déboursé pour être ici ce soir.

Le ton, posé et flegmatique, détaché, froid, toujours. C'est ce qui leur a toujours plu. Une troisième vague vient se fracasser contre la gigantesque estrade, les gloussements viennent lui lécher les pieds, et Édouard se sent presque envahi d'un sentiment d'invincibilité, comme s'il était le maître du rire, comme s'il avait ce pouvoir fou de faire communier tous ces gens dans le bonheur, le temps d'une soirée. Il ne les voit pas, mais il les entend, et ce qu'il perçoit, c'est du bonheur à l'état pur, il le sait. On est vendredi soir, le jour où les gens lâchent tout après une semaine de boulot.

— Il ne vous faut vraiment pas grand-chose, à ce que je vois… Moi qui ai toujours pensé que les spectateurs étaient exigeants, quelle blague…

Édouard affiche un visage empli de lassitude, comme un professeur qui serait au bout du rouleau après des années à gesticuler devant des classes indisciplinées. Il sort son téléphone portable de sa poche et fait semblant d'écrire un texto, articulant le message qu'il rédige. « Je ne sais pas pourquoi je me casse le cul à leur écrire des sketches, ils rigolent sans que je dise quoi que ce soit de marrant. »

Son téléphone émet une brève sonnerie, comme si quelqu'un venait de répondre à l'humoriste, qui s'empresse de lire le message de son interlocuteur. « Ce sont les rires en boîte que tu entends, ceux qu'on avait prévus au cas où tu ne serais pas drôle. »

Une quatrième explosion de rires retentit dans le Stade, et cette fois il est convaincu que la soirée va se dérouler à merveille, le public est définitivement conquis.

— Bon, je vais peut-être enfin pouvoir reprendre où j'en étais, si tant est que vous m'ayez laissé le temps d'arriver où que ce soit… Je disais donc…

Édouard se racle à nouveau la gorge, avant de déclamer, le plus sérieusement possible et dans l'hilarité générale :

— B-b-b-b-b-bonjour. Une b-b-b-b-baguette, s-s'il vous p-p-p-plaît.

Les sketches s'enchaînent à un rythme infernal, sans que jamais Édouard ne laisse de répit à ses spectateurs, sans que jamais ils ne puissent reprendre leur souffle entre deux éclats de rire. « Vous verrez, quand vous repartirez, vous aurez des abdos en béton tellement vous aurez rigolé, c'est satisfait ou remboursé, voyez ça avec mon producteur ! » L'angoisse qui l'étreignait depuis l'aube n'a plus aucune prise sur lui désormais, puisqu'il est soutenu, porté par la foule. Il oublie qu'il est au Stade de France, il oublie que ce ne sont pas cinquante mille personnes qui le regardent ce soir, mais des millions, puisque le show est diffusé en direct sur TF1. Il oublie que le DVD de la tournée est enregistré ce soir, que le moindre faux pas serait impardonnable. Tout ce qui l'empêchait de dormir et de respirer sereinement n'a subitement plus aucun sens. La fatigue s'envole et l'adrénaline lui donne des ailes. L'humoriste est exalté, électrisé, il offre, comme à chaque représentation, tout ce qu'il a : son cœur, ses tripes, son énergie, son âme. Il a le sentiment d'être un Prométhée, d'avoir volé le rire aux dieux pour l'apporter aux hommes. Plus rien ne peut l'arrêter.

6

Octobre 1980

Plus rien ne peut l'arrêter. Furieux, Lucien saisit chacun de ses fils par le col – au grand dam de Monique, qui se retient de gémir qu'il risque d'abîmer leurs vêtements – et les traîne jusqu'au palier de l'appartement. « J'en ai ras le bol de vous entendre vous disputer pour ces bouts de verre, fichez-moi le camp tous les deux, et vite ! » La boîte de Banania va s'écraser au sol dans un nuage de poudre marron, tandis qu'Édouard et Jonathan, abasourdis, sont soulevés dans les airs jusqu'à se retrouver devant la porte d'entrée qui claque violemment.

— C'est de ta faute, tout ça, s'exclame l'aîné d'un ton accusateur.

— Je ne t'ai rien volé du tout, réplique Jonathan.

Les sourcils froncés, l'enfant croise les bras d'un air boudeur.

La dispute a éclaté dès le lever, lorsque Édouard s'est aperçu que son morceau de verre poli fétiche avait disparu du bocal de confiture où sa collection colorée s'accumule. Un dimanche sur deux, les enfants ont l'habitude d'aller déjeuner chez leurs grands-parents au Havre, avec leur mère, parfois leur père quand il a un jour de repos. En début d'après-midi, tandis que les adultes prennent le café dans la véranda, les garçons ont le droit de descendre s'amuser sur la plage, et la passion d'Édouard, c'est de ramasser des petits morceaux de verre polis par la mer. Des orangés, des vert bouteille, des bleus délavés, des blancs opaques. Jonathan, accroupi par terre, aide consciencieusement son frère à remplir son bocal, même s'il préférerait de beaucoup jouer au ballon ou au cerf-volant avec lui. À la fin de la journée, le pot de confiture plein d'éclats multicolores rejoint la petite table d'écolier dans la chambre que partagent les garçons, et Édouard pose avec précaution son morceau de verre porte-bonheur sur le couvercle, un triangle vert pastel quasiment opaque qui, affirme-t-il à son cadet, est investi d'un pouvoir spécial. Tous les matins, Édouard saute au bas du lit superposé, s'habille à la vitesse de l'éclair avant d'attraper son grigri usé par les vagues et de le glisser dans la poche de son pantalon. Mais aujourd'hui, lorsqu'il s'est levé, l'objet si précieux n'était pas à sa place habituelle et le garçon a aussitôt couru secouer son frère pour lui demander ce qu'il en avait fait. Le ton est très vite monté, entre Édouard qui s'impatientait devant le mutisme de Jonathan, et son cadet qui avait bien du mal à répondre à ses questions, les yeux encore lourds de sommeil. Le conflit a continué autour de la table du petit déjeuner, pendant que leur mère préparait deux tasses de chocolat chaud.

Le sang de Lucien Bresson n'a alors fait qu'un tour. Il venait à peine de rentrer de son poste de nuit que déjà ces petits merdeux venaient lui bourdonner aux oreilles !

Compatissante, Monique rouvre la porte d'entrée, et, tout en posant l'index sur ses lèvres pour signifier à ses enfants de ne pas faire de bruit, elle retire le pyjama de Jonathan et l'habille prestement. Elle tend un ancien seau de fromage blanc au plus petit des deux, et deux bananes au grand.

— Allez manger ça dehors, votre père est épuisé, vous comprenez ? Emmène donc ton petit frère ramasser des marrons, ça vous occupera.

— Il n'a qu'à y aller tout seul, moi j'en ai m-marre de tout le temps devoir le t-traîner avec moi ! s'exclame Édouard, incapable de chuchoter.

— C'est de ta faute si vous vous retrouvez sur le palier, Jonathan n'avait rien demandé à personne, je te signale ! réplique la mère d'un ton sans appel.

— Il m'a volé mon verre p-p-porte-bonheur !

— Même pas vrai, crie Jonathan en arrachant une banane des mains de son frère. J'ai rien pris du tout, d'abord !

— Ça suffit. Je ne veux plus vous entendre. Vous reviendrez pour le déjeuner, et encore, seulement si vous vous êtes calmés, c'est compris ?

Édouard bougonne, tandis que Jonathan s'empiffre et tend la peau de banane à sa mère.

— Et je compte sur toi pour surveiller ton frère !

Les deux garçons descendent à contrecœur l'escalier de l'immeuble et se retrouvent dans le vestibule carrelé du sol au plafond. La concierge, madame Rita, leur adresse un signe de tête soupçonneux, et Édouard ne pipe mot. Une fois dehors, dans la fraîcheur automnale, ils entendent une des fenêtres de l'appartement qui s'ouvre dans un claquement et la voix de Lucien Bresson qui résonne dans tout le quartier :

— T'as oublié ton fichu bocal !

Le récipient vient se fracasser sur le bitume à quelques mètres des pieds d'Édouard, et le garçon, les larmes aux yeux, court pour ramasser ses morceaux de verre poli éparpillés au milieu des éclats du bocal brisé. La mine contrite, Jonathan s'approche de lui et lui tend son seau Yoplait pour qu'il y dépose sa précieuse collection.

— Je ne t'ai pas pris ton morceau porte-bonheur, je te promets, murmure-t-il d'un ton suppliant.

— Laisse tomber, d'accord…

Les deux enfants sont encore accroupis sur le trottoir lorsque Ludovic et sa bande de copains les hèlent, de l'autre bout de la rue. Édouard sent tout son corps qui se crispe, même s'il ne laisse rien transparaître. Depuis cet été, ses parents l'envoient consulter une orthophoniste, trois fois par semaine, et force est de constater que son bégaiement s'est atténué. Il n'a évidemment pas disparu, mais Édouard se sent nettement moins handicapé au quotidien. Il bute sur les mots lorsqu'il a peur, lorsqu'il est en colère, ou lorsqu'il essaye de parler trop vite, mais la rentrée en sixième n'a pas été l'effroyable cauchemar appréhendé pendant les deux mois de vacances scolaires. Il s'était rendu à la première consultation à reculons, sans rien espérer, d'autant que son père avait grogné que tout ça, c'était une sacrée arnaque, qu'il y avait intérêt à ce que pour le prix, il y ait de l'or qui lui sorte de la bouche, après. La jeune femme qui l'avait reçu lui avait parlé du bégaiement volontaire, tu vas faire exprès de buter sur les mots, tu vas apprendre à contrôler ce qui t'échappe. Et Édouard, qui avait pour la première fois eu l'impression d'être écouté, qui s'était senti en sécurité dans la douceur rassurante du cabinet, avait commencé à s'entraîner dans sa chambre. Je m'ap-p-p-pelle Édouard et je b-b-b-égaye, ça vous p-p-p-pose un p-p-p-p-problème ? Son père avait tapé du poing sur la table, comme d'habitude, non mais c'est pour ça qu'on la paye, cette greluche ? Pour que le môme bredouille encore plus qu'avant d'y aller ? Jonathan trouvait l'exercice très drôle et s'amusait à faire de même. Lucien secouait la tête, dépité, ma parole, c'est qu'elle va nous bousiller le deuxième, avec ses conneries ! Mais Monique avait tenu bon, c'est la meilleure de toute la Normandie, ils me l'ont dit à l'école, c'est le directeur lui-même qui me l'a conseillée, attends un peu avant de postillonner et d'affirmer que ça ne marchera pas…

En septembre, Édouard était entré au collège et son cœur avait bondi de joie quand il s'était rendu compte que son ennemi juré, Ludovic Grosmollard, n'était pas dans la même classe que lui. Qu'il allait pouvoir, peut-être, être quelqu'un d'autre, paraître quelqu'un d'autre, ou en tout cas ne plus être le bouc émissaire de tous ses camarades. Se faire des amis, même, peut-être. Alors certes, il était loin d'être à l'aise lorsqu'il devait passer au tableau devant tout le monde, mais le sentiment intense de solitude et de honte qui s'emparait de lui avant avait bel et bien disparu. Il commençait sa première phrase en bégayant volontairement, et toute la classe pensait qu'il le faisait exprès, pour faire enrager le prof sans doute. Malheureusement, ses progrès rendaient Ludovic encore plus agressif, d'autant que son nom de famille avait été dès le premier jour repéré par des grands de quatrième qui s'en donnaient à cœur joie à la récréation, *Grosmollard tête de lard* étant devenu la nouvelle ritournelle à la mode.

En dehors du collège, donc, Ludovic prenait un malin plaisir à s'en prendre encore à Édouard, même si ce dernier s'efforçait de sembler indifférent au harcèlement. Le fils de Jean trouvait toujours trois ou quatre autres camarades prêts à s'esclaffer à ses blagues douteuses.

— Mais, c'est Édouard B-B-B-Bresson qui joue à quatre pattes par terre, les gars !

Les quatre gamins s'approchent des deux frères qui se redressent aussitôt, comme pris en faute.

— Vous faites quoi, au juste ?

— Rien du tout.

Édouard soutient le regard de Ludovic, plutôt se prendre une baffe que de baisser les yeux devant les autres.

— Ça tombe bien, j'ai un super plan à te proposer. Vous allez pouvoir nous accompagner…

— Où ça ? demande Édouard, méfiant.

— Tu vois la baraque abandonnée, pas loin de la pharmacie ? On va y faire un tour. Tu pourrais venir, enfin, sauf si t'as les foies !

Autour de Ludovic qui croise les bras d'un air fier, les trois garçons s'esclaffent.

— Pourquoi j'aurais peur ? réplique Édouard avec assurance.

— J'sais pas, tu sais tout ce qu'on raconte sur cet endroit. Que le dernier proprio séquestrait des gamins dans la salle de bains de sa chambre avant de leur trancher la gorge… Que depuis, tous ceux qui sont entrés dans cette maison n'en sont jamais ressortis vivants…

— Pfff, faut être stupide pour croire à ces salades.

— Eh bien, on va voir ça, B-Bresson ! Tu viens avec nous ?

Édouard acquiesce lentement, conscient qu'il ne peut plus faire marche arrière sans se ridiculiser auprès des quatre caïds goguenards. Prêt à croire, également, qu'il tient peut-être sa chance d'être enfin sinon apprécié, du moins respecté de Ludovic. Soudain convaincu qu'il va pouvoir prouver sa valeur à ces garçons et ce faisant, changer radicalement la donne.

— Suis-moi, Jonathan, on va se promener…

Lorsqu'ils parviennent devant la demeure en ruine, instinctivement, le cadet serre plus fort la main de son frère. Il a à peine cinq ans, et aller ramasser des marrons l'enchanterait bien plus que visiter une maison déserte et peu accueillante.

— On est obligés d'entrer, dis ?

Édouard hoche la tête, sûr de lui.

— Qu'est-ce que tu veux qu'il nous arrive ? On va juste faire le tour et on ressort, d'accord ?

Après avoir vérifié aux alentours que personne ne les observe, les six enfants franchissent la grille du jardinet en friche, où les herbes hautes et les pissenlits se disputent le sol. Les fenêtres des deux étages sont béantes, seuls quelques morceaux de verre brisés tiennent encore le coup, comme des dents aiguisées prêtes à défendre la propriété de toute tentative d'intrusion. Le lierre a envahi les murs et vient lécher le vieux paillasson encore posé devant la porte d'entrée ; on devine que jadis, « Bienvenue » y était inscrit en capitales d'imprimerie, mais le temps a effacé la moitié des lettres.

— À toi l'honneur, murmure Ludovic, qui, soudain, semble beaucoup moins arrogant.

Édouard ne répond pas, mais appuie sur la poignée de la lourde porte de chêne, en espérant secrètement que rien ne se passe. Et son vœu est exaucé : la porte est verrouillée. Il s'apprête à rebrousser chemin, le visage faussement déçu, mais Ludovic le retient par l'épaule.

— On n'a qu'à passer par la fenêtre, là, insiste-t-il en désignant le cadre en bois au rez-de-chaussée où plus aucune vitre ne fait obstacle.

Un par un, les garçons pénètrent dans la bâtisse déserte, à l'intérieur de laquelle les courants d'air semblent étrangement bien plus glacés que dans le jardin à l'abandon. Malgré les aérations forcées, les murs sentent le moisi et le renfermé, on se croirait dans une cave humide.

— Un tour et on s'en va, chuchote Édouard à l'oreille de Jonathan, comme si le lieu lui imposait de parler le plus discrètement possible.

La bande circule au rez-de-chaussée sans un bruit, même Ludovic semble ne pas en mener large. L'escalier menant à l'étage grince effroyablement quand les garçons entreprennent de monter voir les chambres, au point que tous sursautent imperceptiblement.

— Allez, les gars, un peu de nerfs, plaisante à voix haute Ludovic, et sa voix résonne entre les murs comme un écho dans la montagne.

La dernière chambre est plus grande que les deux premières, où les enfants n'ont pas trouvé grand-chose, hormis quelques seringues usagées et des mégots écrasés, la cendre ayant laissé des traînées noirâtres sur les murs crasseux qui semblent avoir fait office de cendrier.

— On peut repartir, maintenant, déclare Édouard après avoir jeté un coup d'œil à la pièce aussi vide que les précédentes déjà visitées.

— Attends, on n'a pas inspecté la salle de bains, là-bas, réplique Ludovic d'un ton ferme. La fameuse salle de bains… Ce serait dommage de louper le clou du spectacle, non ? Tu y vas ?

Édouard regarde la porte, de l'autre côté de la chambre. Elle est couverte d'un papier peint à petites fleurs qui est décollé sur la moitié de la hauteur, des rosaces vert sombre auréolant toute la surface.

— Le sol n'a pas l'air très sûr, Ludo.

Édouard est incapable de dire lequel des trois acolytes de Ludovic vient d'ouvrir la bouche, mais lorsque son regard se dirige vers le parquet auquel il manque une latte sur trois, il se rend compte que le sol est rongé par l'humidité, au point qu'à certains endroits de la pièce, le plancher vermoulu s'est effondré au rez-de-chaussée.

— Je ne vois pas pourquoi tu dis ça, réplique Ludovic d'un ton mauvais. Alors, Édouard, t'as pas assez de couilles pour aller inspecter la salle de bains, c'est ça ? T'as peur d'y trouver un fantôme ?

— Je t'ai dit que j'avais peur de rien, grommelle le garçon.

Il voudrait faire demi-tour, redescendre l'escalier et se tirer vite fait de cet endroit infect, mais quelque chose l'en empêche. Plus tard, il se dira que ce quelque chose s'appelle la fierté. Ou la bêtise.

Il avance en longeant le mur, avec précaution, un pas après l'autre. Lorsqu'il parvient à la salle de bains et qu'il en ouvre triomphalement la porte qui ne donne que sur un petit espace sombre avec une baignoire hors d'âge, son attention est brusquement détournée par un cri aigu. Édouard se retourne, juste à temps pour apercevoir Jonathan disparaître dans un craquement sinistre, comme avalé par un gigantesque nuage de poussière qui leur brûle immédiatement la gorge. En une seconde à peine, il ne reste plus qu'un trou béant au milieu de la chambre. Ludovic et sa bande s'enfuient sans demander leur reste, et Édouard, figé, entend la cavalcade de pas dans l'escalier. Un instant, tout lui semble sourd, comme s'il se trouvait sous l'eau, comme si son cerveau cherchait à comprendre ce qui vient de se passer, sans succès. Puis les rouages se remettent en branle, et, à son tour, il ressort de la chambre en longeant les murs. Il hurle « Jonathan ! » dans l'escalier et court sans s'arrêter jusqu'à la pièce sombre qui servait de salle à manger à une époque pas si lointaine. Son petit frère est allongé sur le sol, inconscient. Les autres ont disparu plus vite que l'éclair, et Édouard entend au loin le grincement de la grille qu'on escalade à toute vitesse. Qu'est-ce que je dois faire, qu'est-ce que je dois faire ? Il est terrifié, il cherche autour de lui quelque chose, n'importe quoi, il cherche dans sa tête une idée, une solution, il cherche dans ses poches, quelque chose, n'importe quoi, une baguette magique pour revenir en arrière.

Mais tout ce qu'il trouve, c'est un morceau de verre poli vert pastel, un triangle équilatéral parfait. Son porte-bonheur, oublié hier soir.

La boule au ventre, Édouard s'approche de son petit frère, tiens le coup, dis-moi que t'es pas mort, il met son oreille contre le nez de Jonathan, dis-moi que tu respires encore, puis il dépose le morceau de verre au creux de la main de l'enfant, avec ça, il ne pourra rien t'arriver, serre-le dans ta main, je reviens, je vais chercher de l'aide, ne bouge pas. Le silence compact, lourd, se referme autour des deux enfants. Alors Édouard sort de la maison en courant, en criant, il saute par-dessus la grille rouillée, manque de se briser la nuque, se rue en direction de la pharmacie située à une centaine de mètres, il est à bout de souffle, *si le pharmacien m'accueille avec son « Qu'est-ce qui t'amène, bonhomme » habituel, alors tout ira bien.* Sa poitrine est en feu, il a envie de tousser, de cracher, et lorsqu'il franchit la porte de l'officine, que la petite cloche de la porte d'entrée tinte joyeusement pour prévenir de l'arrivée d'un client, le pharmacien relève la tête, réajuste ses lunettes sur son nez, et s'exclame, interloqué : « Qu'est-ce qui t'amène, bonhomme ? On dirait que t'as vu un fantôme ! »

7

31 mars 2017 – 22 h 30

« On dirait que t'as vu un fantôme ! » lance Hervé d'un air hilare en contemplant Édouard, immobile derrière le grand rideau noir qui vient de se refermer sur lui. Il sait pourtant combien l'humoriste déteste être déconcentré pendant son spectacle, à quel point il insiste sur la nécessité d'être seul jusqu'à ce que le show soit complètement terminé. Mais Hervé estime que le rôle de manager lui confère tous les droits.

— Fous-moi la paix encore un quart d'heure, tu veux ? souffle Édouard, les yeux fermés.

Hervé déguerpit en marmonnant quelques mots incompréhensibles, probablement une réflexion sur les stars et leur grosse tête.

Une paroi d'à peine quelques millimètres de tissu opaque sépare l'humoriste des milliers de spectateurs exaltés. Il vient d'enchaîner une heure et demie de sketches, son front dégouline de sueur, et il se retient de retirer son pull marin à rayures, se contentant d'en remonter les manches jusqu'aux coudes. C'est Magda qui lui a offert ce vêtement, il y a des années, pour lui porter chance lors de sa première audition importante.

Malgré son trac, ça avait marché du tonnerre, et depuis, il n'a plus quitté son pull de laine, même s'il est parfois un peu trop chaud pour qu'Édouard soit tout à fait à l'aise sur scène. L'exemplaire original a fini par être usé aux coudes, bouloché, troué à un endroit, même, par une braise chaude de cigarette tombée malencontreusement. Et Édouard s'est simplement contenté de conserver la précieuse relique dans sa penderie, à côté de six autres spécimens identiques achetés à la va-vite dans une boutique Saint James. Le pull bleu marine et blanc est devenu au fil des années son uniforme, son signe distinctif, présent sur toutes les affiches de ses différents spectacles.

Le rideau oscille légèrement et Édouard se laisse envahir par le tumulte des spectateurs, qui hurlent, qui sifflent, qui acclament, qui ovationnent, et surtout qui tapent des mains à la cadence régulière de la demande de rappel. Ils l'attendent, ne partiront pas avant un dernier tour de piste, ils l'*exigent*. Pour cet ultime rappel de la tournée qui s'achève ce soir, Édouard a prévu un sketch inédit, qu'il a mis des semaines à imaginer, à mettre en mots, au gré des ratures qui remplissaient les pages de son carnet Moleskine. Peut-être son texte le plus personnel, puisqu'il y parle, avec humour évidemment, de la difficulté d'être célèbre. Il y confesse des anecdotes de son quotidien, de toutes ces années depuis lesquelles le public l'adule, lui, le petit gars de Normandie qui était la risée de sa classe en primaire et sur lequel personne n'aurait jamais parié le moindre centime.

Édouard compte les secondes, soixante qui s'étirent à l'infini, emportées par les cris de joie du public invisible. Savoir se faire désirer, créer l'impatience, le manque. Savourer la joie indicible de se sentir pleinement aimé. Puis il écarte le rideau et retourne sur la scène, suivi par le rond de lumière blanche qui accompagne chacun de ses pas, au millimètre près.

Il avance nonchalamment sur le devant de l'immense estrade, balaye du regard le public qu'il ne distingue pourtant pas. Attend le moment de calme pour reprendre la parole et prononcer ces mots :

— Je suppose que le rappel est compris dans le prix du billet ?

Les rires éclatent, épars.

— Eh bien, figurez-vous que pour clore cette tournée inédite, je vous ai réservé une surprise…

Les hourras fusent, un peu partout, et Édouard, confiant, s'apprête à poursuivre lorsque, quelque part dans un gradin, un homme hurle : « Zita ! Fais-nous Zita ! »

L'humoriste sourit sans prêter attention à cette exclamation.

— Un nouveau sketch, que personne, absolument personne, n'a encore jamais entendu. Alors vous allez me dire, si ça trouve, il est nul à chier, puisque personne ne l'a validé. Si ça se trouve, il ne va pas nous faire rire !

En contrebas, un autre fan s'écrie : « Oui, Zita, on veut Zita ! » mais Édouard continue sur sa lancée, imperturbable.

— Ce sketch, j'avais envie de le tester en direct, ce soir. Sans filet. De voir avec vous ce que vous en pensiez, de vous laisser décider !

Quelque part sur la droite, plusieurs voix parfaitement synchronisées se mettent à scander des « Zi-ta, Zi-ta ! » bientôt repris par tout le public, des milliers de personnes qui hurlent ce souhait, cet *ordre*.

Zita.

Édouard s'immobilise malgré tout, la bouche encore légèrement entrouverte, comme s'il cherchait la prochaine phrase qu'il avait prévu de prononcer.

Zita, c'est le personnage complètement déjanté qui l'a fait connaître, qui a fait son succès. Zita la concierge maniaque, librement inspirée de madame Rita, la gardienne de l'immeuble de son enfance. Zita qui n'a qu'une obsession : nettoyer, laver, astiquer, dépoussiérer. Qui vient balayer la scène en plein milieu des sketches d'Édouard, avec son pseudo-accent portugais et ses gants Mapa jaune canari. Qui pousse le vice jusqu'à descendre dans le public pour épousseter certains spectateurs. Et qui, dès qu'elle entend quelques notes d'une chanson de son Enrico Macias chéri, se transforme du tout au tout, comme si elle était subitement possédée par le démon de la « mouzik », ôtant un à un les doigts de ses gants d'un air inspiré avant d'improviser un morceau d'*air guitar* avec son balai.

Les gens ont toujours adoré Zita, ils l'ont adoptée dès sa première apparition. Mais au fil des années, Édouard s'était lassé, se contentant d'une petite apparition de la concierge dans chacun de ses spectacles, parce que les fans l'attendaient, l'espéraient, il en était conscient. Pour ce dernier soir, il avait eu envie de zapper Zita, purement et simplement. Il en avait sa claque de ce personnage qui l'accompagnait comme une sœur siamoise depuis ses débuts, le moment était venu de passer à autre chose. Hervé avait tenté de l'en dissuader, il faut donner au public ce qu'il réclame, Édouard, et ils vont réclamer Zita, tu ne voudrais quand même pas les *décevoir* ? L'humoriste avait persisté, sûr de lui, j'ai écrit un nouveau texte, ils vont l'adorer, tu vas voir. Ras le bol de gesticuler comme un diable sur du Enrico Macias, il faut savoir se renouveler, pas vrai ? Hervé avait hoché la tête d'un air sceptique, fais comme tu le sens, c'est toi qui es sur scène, c'est ton public.

Plus de cinquante mille personnes exigent désormais Zita en tapant des pieds dans les gradins, mais Édouard insiste, refusant de s'avouer vaincu. Il lève les paumes devant lui, lentement, comme pour demander, implorer le silence. Les spectateurs, dociles, se taisent, acceptent d'être suspendus aux lèvres de leur idole. Édouard soupire, presque soulagé de ne pas perdre le contrôle.

— Arrêtez un peu de m'interrompre, s'il vous plaît… Ça me donnerait presque envie de tourner les talons et de disparaître en coulisses ! Vous feriez quoi si brusquement je décidais de me volatiliser, de vous planter là ? Plus d'Édouard, plus de Zita, plus personne pour vous faire rigoler… !

Il parle avec une douceur inhabituelle, un sourire attendri aux lèvres comme celui que peuvent avoir des parents face à leurs enfants turbulents. Une sorte de flottement s'installe et le Stade de France demeure étrangement muet, comme si le public réfléchissait à quelle réaction adopter.

Et puis les « Zi-ta » impérieux reprennent, çà et là. Édouard poursuit, confiant malgré tout. Prêt à embrayer sur le nouveau sketch qui lui a demandé tant d'heures de travail.

— Je crois que je ne vous ai jamais raconté à quel point c'est compliqué d'être une star internationale comme moi…

La foule se réveille complètement et, pendant une fraction de seconde, il oublie où il se trouve, submergé par les deux syllabes scandées de plus en plus vite, de plus en plus fort, comme une tornade qui ravagerait tout sur son passage.

— L'autre jour, j'étais au supermarché, au rayon des fruits et légumes, et…

Édouard perd brusquement, impitoyablement, le fil de ses pensées, et soudain, c'est le trou noir. Son texte a disparu dans les méandres de sa mémoire, il a beau racler l'intérieur de son esprit, il ne trouve plus que du vide, un vide épais, lourd, brutal, sans appel. Il n'a aucune idée de ce qu'il est censé dire, alors qu'il a passé des dizaines d'heures à inventer, peaufiner chaque mot de ce sketch jusqu'à ce que toutes les phrases sonnent sans la moindre fausse note.

Il ne sait plus.

Les « Zi-ta, Zi-ta » s'imprègnent en lui, malgré lui, et instinctivement, sans rien laisser paraître sur son visage aussi flegmatique que d'habitude, il serre les poings. Il les entend mais ne peut observer que les visages des premiers rangs, les bouches qui s'ouvrent et se referment en martelant les deux syllabes fétiches.

Alors il vacille, il renonce. Peu importe que lui ait eu envie, pour une fois, peut-être même pour la première fois, d'écrire et de présenter un texte différent, un texte où il avait eu le sentiment de se dévoiler, de se mettre à nu, un texte entre rire et larmes, entre cynisme et désespoir absolu. Il avait ressenti le besoin de leur expliquer à tous ce que ça signifiait au quotidien d'être célèbre, il avait cru pouvoir se livrer, il avait cru pouvoir *compter* sur son public. Mais à présent, la tête lui tourne, les deux syllabes emplissent tout son cerveau ; il aurait presque le sentiment d'être un animal en cage à qui on jette des cacahuètes dans l'espoir de le faire s'agiter.

D'un regard appuyé en direction de l'ingénieur son lui aussi invisible, il rend les armes, lui signifiant de lancer la musique. Lorsque les premières notes des *Filles de mon pays* résonnent dans le Stade de France, la foule est en délire, et Édouard aurait presque envie de pleurer. Leur donner ce qu'ils réclament. Le client est roi.

En coulisse, une assistante lui tend un balai, et Édouard s'empresse d'aller l'attraper avant de hurler en direction du public conquis : « Mouziiik ! » Au bout de trois minutes de danse infernale, le balai utilisé comme une guitare électrique, Édouard, ou plutôt Zita, finit allongé par terre, mimant un solo éprouvant digne des plus grands concerts de rock. La mélodie s'éteint en douceur, et il se redresse, pour déclamer le plus sérieusement du monde :

— C'est pas tout ça, mais moi yé dou ménage qui m'attend, non mais vous avez vu toute cette poussière ?

Les spectateurs hurlent de rire, les répliques connues par cœur de tous, toutes générations confondues, faisant mouche sans le moindre effort. Édouard se relève, et, droit comme un I, une main le long du corps et l'autre posée sur le ventre, entreprend de saluer tous ceux qui sont venus pour lui ce soir. Il ne peut s'empêcher de songer que finalement, ce n'était peut-être pas si douloureux, si déchirant, de rester sagement dans la case qu'il s'est lui-même construite au fil des années. De leur offrir ce qu'ils attendaient de lui. D'*être* ce qu'ils attendaient qu'il soit.

Il se courbe pour rendre hommage à son public, et les fans des premiers rangs se lèvent enfin, applaudissant de toutes leurs forces. Les visages sont radieux, subjugués, et Édouard, d'un claquement de doigts, fait allumer les centaines de lumières de la gigantesque soucoupe volante qui les a accueillis ce soir. Enfin, il peut contempler les milliers d'inconnus en face de lui, autour de lui, et quand il balaye le Stade du regard, le vertige l'étreint subitement, comme si le monde se mettait étrangement à tourner autour de lui. Ils sont tous debout, et leur joie déferle sur Édouard comme un tsunami, si fort, si violemment qu'un instant, il a l'impression de vaciller devant la force des acclamations, devant tout l'amour qu'on lui balance à la figure comme un barrage qui aurait cédé. Une émotion immense lui serre la gorge, et il parvient à peine à chuchoter « Merci », à le répéter un peu plus fort même s'il sait que plus personne ne l'entend, qu'au mieux les spectateurs liront sur ses lèvres, ou sur celles des gigantesques Édouard en 2D qui s'agitent sur les deux écrans de cinéma installés de part et d'autre de la scène. Les applaudissements n'en finissent plus, et il se sent minuscule face à ce public surexcité qui le porte, encore une fois, aux nues. Il se sent infiniment petit et en même temps infiniment reconnaissant pour tous ces étrangers qui lui hurlent, à leur façon, à quel point ils l'aiment, inconditionnellement.

Un sourire ému aux lèvres, il pose son index sur sa bouche fermée, chut, et lève l'autre main vers le ciel. Les milliers de regards suivent, les milliers de têtes se redressent, les milliers d'oreilles sont suspendues aux lèvres d'Édouard.

— Je voudrais… Je ne sais pas si vous vous en êtes rendu compte, mais on a la chance d'avoir pu passer la soirée dans la seule salle avec vue sur la voûte céleste. Alors, pendant que je m'éclipse, je voudrais que vous la contempliez, cette voûte, que vous cherchiez les étoiles qu'on observe si rarement au-dessus de Paris. J'espère que vous en trouverez beaucoup, parce que chacune d'entre elles est un éclat de rire qui a fusé jusqu'au ciel, ce soir.

Tous les spots s'éteignent, les acclamations reprennent, et, avant de retourner dans les coulisses, Édouard regarde une dernière fois toutes ces têtes levées vers les étoiles qui scintillent faiblement. Enfin, il s'autorise à croiser le regard de son frère, installé au premier rang dans son fauteuil roulant qui mange deux places. Jonathan est peut-être le seul assis, mais son sourire et ses applaudissements à tout rompre manquent, comme à chaque fois, de faire exploser le cœur d'Édouard dans sa poitrine.

Son frère lève le regard vers le ciel noir d'encre et Édouard murmure à son intention : « Merci d'être là. »

8

Décembre 1981

Son frère lève le regard vers le ciel noir d'encre et Édouard murmure à son intention : « Merci d'être là. » Jonathan ne répond rien, il est complètement absorbé par la voûte céleste, les sourcils froncés pour se concentrer de toutes ses forces.

— Je ne la trouve pas, la Grande Ourse…

Édouard se penche par la fenêtre de la chambre, et, de l'index, montre à son cadet la célèbre constellation.

— Là, tu vois, ça forme une casserole. Le manche, juste à droite…

Jonathan hoche la tête, satisfait.

— Allez, on ferme la fenêtre, sinon maman va râler à cause du chauffage, ajoute l'aîné en reculant le fauteuil roulant de quelques centimètres pour pouvoir accéder plus facilement à la poignée.

Jonathan est rentré à la maison depuis un mois, à présent. Après avoir passé un peu plus d'un an dans un centre de rééducation au bord de la mer, à deux heures de route de Gonfreville-l'Orcher. Édouard a beau être allé rendre visite à son frère tous les mois, il n'en a pas moins été étonné – voire impressionné – de constater à quel point ce dernier a changé, à quel point le petit garçon est devenu un enfant de six ans sérieux et réfléchi, comme s'il avait grandi d'un seul coup, sans l'attendre.

Après l'accident, Jonathan avait été évacué en hélicoptère à l'hôpital du Havre, et cet événement inédit était resté dans les mémoires de tous les habitants du quartier. Édouard était devenu le frère du gamin qui a été emmené en hélicoptère, tu ne te rappelles pas ? C'était un dimanche en fin de matinée, je m'en souviens comme si c'était hier, j'étais en train de tondre la pelouse quand j'ai entendu le vrombissement des hélices… Lucien et Monique Bresson avaient rejoint Édouard au service des urgences, où le garçon, terrifié, attendait assis sur une chaise depuis plusieurs heures, les genoux remontés sur la poitrine. Après une opération qui leur avait semblé durer une éternité, le chirurgien, un homme bedonnant engoncé dans une blouse blanche trop serrée au niveau de l'abdomen, avait finalement débité à la famille d'un ton le plus administratif possible : « Votre fils est paraplégique à hauteur de la D12, l'IRM a révélé une contusion de la moelle épinière, il a malheureusement perdu l'usage de ses jambes. » Devant l'incompréhension évidente des parents, il avait ajouté, presque agacé, un « Je suis désolé » vaguement contrit. Devant leur absence de réaction, leurs regards vides, il avait finalement lâché, en augmentant d'un coup le volume : « Il ne pourra plus jamais marcher, vous comprenez ? », avant de disparaître dans un couloir empestant l'eau de Javel.

Alors, la mère s'était retournée vers son aîné et lui avait demandé d'une voix blanche : « Il s'est passé quoi, là-bas ? », comme si cette explication lui était subitement devenue essentielle. Édouard avait ouvert la bouche, mais malgré ses efforts, les mots étaient restés coincés, pétrifiés au bord de ses lèvres, et Monique avait refusé d'attendre que les paroles acceptent de couler, elle avait balayé la tentative de son fils d'un brutal « C'est de ta faute, de toute façon. » Puis elle s'était laissée tomber sur une chaise en plastique, anéantie, avant de poursuivre, sans parvenir à croiser le regard de celui qu'elle tenait pour responsable : « Tu étais censé le surveiller, on te faisait confiance. Tu devais t'en occuper, et au lieu de ça, tu lui as arraché les jambes. Tu entends, Édouard ? À cause de toi, il ne pourra plus jamais marcher ! Mon tout-petit ne pourra plus jamais marcher ! » La voix de la mère s'était brisée, et Édouard avait rentré le plus possible la tête dans les épaules, comme s'il acceptait de prendre tout le poids de l'accusation sur son dos, comme s'il acceptait volontiers ce sac de plomb qu'il estimait lui aussi avoir entièrement mérité. Désespéré, il avait tenté de bredouiller « P-p-p-p », mais sa mère lui avait ordonné de se taire, tu en as assez fait, je ne veux plus t'entendre. Et le « Pardon » d'Édouard n'était jamais sorti, il l'avait gardé au fond de lui, tout au fond de son cœur, tout au fond de sa mémoire, enfoui sous la plus épaisse couche de culpabilité qu'il ait jamais été donné à un enfant de porter.

Devant l'incapacité de son fils à parler, Lucien Bresson n'avait pu s'empêcher de grogner : « Nous v'là bien, maintenant, avec deux gosses handicapés », inconscient du regard noir que sa femme vrillait sur lui.

Édouard avait supporté la solitude de sa chambre soudain devenue trop grande, trop vide, et chaque soir, chaque matin, lorsqu'il montait ou descendait l'échelle de son lit superposé, la vue de la couchette du bas impeccablement bordée lui ravageait l'estomac. Tous les week-ends, il avait écrit une lettre à son frère, espérant qu'une infirmière accepterait de la lire au petit, espérant que le courrier égayerait ses journées de rééducation. Pendant un an, c'était comme s'il avait vécu en apnée, avec l'impression de ne pas pouvoir respirer, de ne pas avoir le droit de respirer sans son frère. Avec le sentiment que jamais plus sa mère ne lui témoignerait la moindre affection, que quoi qu'il fasse pour tenter de se rapprocher d'elle, le gouffre entre eux deux était bien trop large pour espérer qu'il se referme un jour. Tant de fois il aurait voulu aller se blottir contre sa poitrine, sentir la chaleur de sa peau et de son cœur, et tant de fois il avait renoncé à quémander des miettes d'un amour qui paraissait désormais bien trop enfoui sous la colère et le ressentiment. Il n'aurait pas supporté de faire un pas et qu'elle recule, qu'elle se détourne, alors il s'était abstenu, pour se protéger. Tant de fois Monique Bresson aurait voulu être capable de trouver en elle la force de pardonner, tant de fois elle s'en était voulu d'éprouver tant de rancœur vis-à-vis de son aîné, et tant de fois elle avait abdiqué devant ce fils qui de toute façon semblait délibérément la tenir à distance.

— C'est l'heure d'aller au lit, les garçons !

La voix de Monique s'élève depuis la cuisine, et Édouard aide péniblement son frère à quitter son fauteuil roulant pour s'allonger dans le lit. Il ne peut s'empêcher de songer que dorénavant, Jonathan n'aura jamais le privilège d'occuper le matelas du haut. La liste de tout ce dont il a privé son frère est longue, ça fait un an qu'il inscrit dans un petit carnet tout ce que Jonathan ne pourra jamais accomplir à cause de ce stupide accident. Jouer au foot, briser du pied la coquille des marrons à l'automne, nager dans les vagues, gagner à la course en sac aux anniversaires des copains. Édouard a déjà rempli quatre pages de ses pattes de mouche, sans même savoir pourquoi il ressent le besoin d'énumérer toutes ces activités désormais inaccessibles à son cadet.

— Je suis désolé, tu sais.

— Pourquoi ? demande naïvement Jonathan.

— Pour ce qui s'est passé. Pour t'avoir laissé… tomber.

— Tu ne pouvais pas savoir qu'il y aurait un trou.

— Mais même… Je n'aurais jamais dû t'emmener là-bas.

Jonathan ne répond rien mais va fouiller dans son petit sac à dos accroché en permanence à son fauteuil. Il en extirpe quelque chose et, avec un sourire presque timide, tend à son frère l'objet mystérieux. Édouard reconnaît immédiatement le triangle de verre poli.

— Je te l'ai donné, garde-le…

— Je n'en ai plus besoin, maintenant, puisque je suis rentré à la maison.

Jonathan insiste, et Édouard finit par prendre son ancien porte-bonheur au creux de la main, sans savoir quoi en faire.

Le lendemain matin, Monique ouvre le volet de la chambre en s'écriant : « Debout là-dedans, c'est l'heure d'aller à l'école ! » et les enfants se lèvent en grommelant. Après avoir avalé un bol de chocolat chaud et s'être habillés, tous trois sortent de l'appartement, en retard comme tous les jours. L'ascenseur étant en panne, Édouard prend Jonathan sur son dos tandis que Monique transbahute laborieusement le fauteuil dans l'escalier jusqu'au rez-de-chaussée de l'immeuble. Quand ils arrivent devant l'école primaire où la mère travaille depuis toujours, servant chaque midi le repas d'une centaine d'élèves affamés, leurs chemins se séparent. Édouard poursuit sa route jusqu'au collège. Devant la grille de la cour de récréation, un groupe de mères, apparemment désœuvrées, sont en grande discussion, ravies de se retrouver pour échanger quelques paroles de bon matin. À l'approche de Monique et de son fils, les voix s'atténuent pour se muer en chuchotements, les regards deviennent méfiants, froids, *dégoûtés*. « Non, mais franchement, un gamin comme ça, ça n'a rien à faire dans une école… » La mère se force à passer devant elles la tête levée, le dos bien droit. « Je ne comprends pas pourquoi elle persiste, elle ne voit pas qu'il ne pourra rien faire de sa vie, dans son fauteuil roulant ? » Monique a l'habitude de ces réactions, depuis un mois qu'elle emmène Jonathan à l'école, qu'elle l'accompagne jusqu'à sa classe, qu'elle l'aide à chaque récréation pour franchir l'escalier qui mène à la cour, qu'elle suit le moindre de ses mouvements du coin de l'œil à la cantine, prête à accourir si son fils devait renverser son plateau. « Et puis, faut avouer, ce n'est vraiment pas agréable d'imposer la vue d'un handicapé à nos enfants, le mien commence à poser des questions, c'est embarrassant, tout de même ! » Monique a l'habitude, oui, mais ça ne signifie pas pour autant que toutes ces réflexions ne la blessent plus, ne l'atteignent plus. Elle voudrait leur asséner une réplique bien sentie, à ces mégères, mais elle s'interdit de le faire, elle sait que si Jonathan est toléré à l'école, si l'instituteur fait son possible pour l'aider, c'est parce qu'elle travaille à la cantine de l'établissement, c'est parce qu'elle a toujours donné entière satisfaction à la directrice, qu'on l'estime efficace et fiable. Alors elle se tait, et se contente d'agripper un peu plus fermement les poignées du fauteuil de Jonathan, de lui parler pour s'assurer qu'il n'entende rien des remarques désobligeantes à son égard. Parce qu'il est hors de question que son petit garçon de six ans moisisse à longueur de journée entre quatre murs, parce que lui aussi a le droit de voir le monde. Et le monde, à son âge, c'est l'école, point à la ligne. Que personne ne vienne prétendre le contraire.

Arrivé au collège, Édouard rejoint quelques camarades de classe occupés à parler du contrôle de maths qui doit avoir lieu dans la matinée. Il observe Ludovic à l'autre bout de la cour, adossé contre la grille, concentré sur un Malabar qu'il mâchonne consciencieusement pour se donner une contenance. Lorsque le garçon s'aperçoit qu'Édouard le dévisage, il baisse la tête, attrape son sac à dos à ses pieds et s'empresse de gravir l'escalier pour rejoindre le premier étage du collège, là où se trouve la classe des 5e B. Depuis plus d'un an, l'ancien bourreau d'Édouard fait tout ce qu'il peut pour éviter tout contact avec lui, allant même jusqu'à changer de trottoir plutôt que de risquer de passer à sa hauteur. Jamais plus Ludovic ne s'arrête devant lui en bégayant un B-B-B-Bresson agressif. Pourtant, au fond de lui, Édouard souhaiterait presque que son ennemi s'en prenne encore à lui, qu'il le martyrise à nouveau, qu'il l'humilie devant les autres collégiens avides de bagarres et de bizutages, qu'il lui fasse payer, encore et encore, d'avoir été assez stupide pour le suivre l'année dernière dans cette maudite maison en ruine. Qu'il lui fasse payer d'avoir cherché des noises à Jonathan pour un pauvre morceau de verre poli, d'avoir été l'instigateur d'une stupide dispute. Qu'il lui fasse payer d'avoir déchiré les ailes de son frère avant même que celui-ci n'ait appris à voler.

Pour divertir Jonathan, Édouard lui propose toutes sortes de mises en scène, avide d'entendre à nouveau son rire cristallin devenu un peu trop rare. Il invente des blagues en appelant des numéros gratuits du téléphone du salon, et Jonathan est suspendu à l'écouteur de l'appareil, pouffant de rire derrière la paume de sa main. Édouard, véhément, s'en donne à cœur joie : « Allô ? Qui est à l'appareil ? Comment ça, c'est moi qui vous appelle ? Mais pas du tout, monsieur, voyons, c'est vous qui me téléphonez ! Pardon ? Mais bien sûr que si, puisque je vous dis que mon téléphone vient de sonner ! Écoutez, j'ai l'impression que vous vous moquez de moi, est-ce que ça vous amuse de faire des blagues aux gens ? Vous n'avez rien d'autre à faire de vos journées ? » À l'autre bout de fil, l'interlocuteur perd patience, s'énerve, en vient parfois aux insultes, pour le plus grand ravissement de Jonathan qui a beaucoup de difficulté à réprimer son envie de rire.

Tous les soirs, Édouard prend l'habitude de faire un spectacle devant son frère, sa mère et son père, quand il n'est pas à la raffinerie. « En exclusivité mondiale, interplanétaire et intergalactique, merci de bien vouloir accueillir l'extraordinaire, l'exceptionnel, le magnifique, le fantastique… » L'énumération peut durer plusieurs minutes, jusqu'à ce qu'Édouard ait épuisé les synonymes qu'il a consciencieusement appris par cœur. Lucien soupire d'un air désabusé, tandis que Jonathan applaudit en gloussant. Plus le père souffle, plus le cadet est hilare. Édouard se déguise, se grime, se maquille avec le rouge à lèvres de sa mère. Il gesticule, se contorsionne dans tous les sens. Il imite à la perfection son père qui râle et ronchonne à longueur de temps, et Monique feint de ne pas trouver la caricature amusante pour éviter que Lucien s'emporte. Il parodie madame Rita, obsédée par son balai, mais, mais, mais, c'est oune trace dé doigts que yé vois là, sour cette vitre ! Une trace de doigts, mais c'est intolérable, c'est insupportable, c'est insoutenable ! Édouard vocifère, un foulard de sa mère sur la tête, et les éclats de rire de son petit frère viennent emplir le salon et son cœur coupable.

Plus tard, lorsque les journalistes lui demanderont d'où lui est venue sa vocation, il répondra qu'il a toujours aimé faire rire les autres, leur apporter un peu de gaieté, leur faire oublier, quelques instants, la dureté ou la monotonie de leur quotidien. Mais la vérité, c'est que sa vocation lui est venue à l'automne 1981, quand il a décidé de tout faire pour que son petit frère ait l'enfance la plus joyeuse possible, de tout faire pour qu'il oublie, quelques instants, le poids mort de ses jambes à jamais inertes. Le jour où il a décidé, plus ou moins consciemment, de tout faire pour se sentir, même de façon éphémère, utile.

9

31 mars 2017 – 22 h 45

Le jour où il a décidé, plus ou moins consciemment, de tout faire pour se sentir, même de façon éphémère, utile, ce jour-là a marqué le début d'une course effrénée, vaine peut-être, pour échapper à l'ombre menaçante, grandissante, de la culpabilité. Faire rire Jonathan, faire rire sa famille, ses amis, faire rire tous ceux qu'il croisait pour trouver un sens à son existence. Faire rire les autres pour avoir le sentiment qu'il pouvait être à sa place quelque part, qu'il était autorisé à devenir quelqu'un d'autre que le gamin qui n'avait pas su protéger son petit frère.

De retour dans sa loge, Édouard contemple d'un air morne les dizaines de bouquets, d'enveloppes multicolores et de peluches en tous genres qui s'amoncellent sur une table dans le coin de la pièce. Doucement, il referme la porte puis reste adossé contre la paroi de contreplaqué. La première descente s'amorce, implacable, et l'humoriste a beau connaître par cœur ce sentiment de vide intense qui s'abat infailliblement sur lui dès qu'il a quitté la scène, dès qu'il se retrouve dans le silence feutré des coulisses, il n'est jamais parvenu à l'atténuer au fil des années. C'est comme un ascenseur qui, arrivé au dernier étage d'une immense tour, lâcherait soudain, s'effondrant dans le vide obscur d'une cage hostile. La première vague de solitude a toujours lieu dans la loge, pendant les quelques minutes de tranquillité où Édouard reprend son souffle après le spectacle. La seconde vague, la pire, se fracasse sur lui lorsqu'il rentre à son hôtel, ou à son appartement, au milieu de la nuit, seul. Il est toujours seul, qu'il soit accompagné ou non, qu'il ait cédé aux avances d'une femme plus entreprenante ou plus séduisante que les autres, qu'il y ait ou pas un autre corps que le sien dans son grand lit king size. Il est toujours, irrémédiablement, seul. Toute sa vie, il n'aura eu qu'une seule et unique raison de se lever, matin après matin : tenter de combler ce vide, tenter d'oublier ce sentiment d'isolement écrasant, celui-là même qui l'envahit dès qu'il n'est plus sur scène et qui lui donne l'impression de ne plus faire qu'errer.

Quand il était enfant, son arrière-grand-père maternel venait parfois leur rendre visite quelques jours, dormant sur le vieux Clic-Clac du salon, et l'appartement prenait alors des airs de camping, avec ses effets disséminés un peu partout, des médicaments pour la tension sur la table de la cuisine au verre prévu pour son dentier sur le lavabo de la salle de bains. Et invariablement, lorsque le vieil homme remballait toutes ses affaires pour les ranger dans sa maigre valise grise, le cœur d'Édouard se serrait, pourquoi tu dois partir, papy, pourquoi tu ne restes pas encore un peu ? Au moment où sa Citroën Ami 8 cabossée quittait la place de parking en bas de l'immeuble, le garçon sentait fondre sur lui un sentiment terrible et d'une puissance à couper le souffle, qu'il était pourtant bien incapable de nommer. Ça ressemblait à de la tristesse, mais c'est bien plus tard qu'il mettrait le doigt sur le véritable nom de l'émotion qui venait enserrer son cœur lorsque la voiture beige quittait son champ de vision. La mélancolie. Une mélancolie profonde, la même qui l'étreint aujourd'hui dès qu'il n'est pas occupé à faire rire quelqu'un.

À présent, il était prêt à reconnaître qu'il avait parfois – souvent, même – perdu de vue ce qui aurait pourtant dû être l'essentiel. Sa femme, son fils, dont il s'était éloigné peu à peu, presque sans s'en rendre compte, tellement persuadé qu'un pas de plus ne bouleverserait pas la donne, qu'au moment où il se retournerait, ils seraient forcément là à l'attendre sagement, à lui faire un signe bienveillant de la main, on ne bouge pas, Édouard, évidemment qu'on sera toujours là. Avait-il même jamais dit à Magda à quel point il l'avait aimée, à quel point il n'avait jamais cessé de l'aimer, en réalité ? À quel point elle l'avait porté, à quel point il lui devait tout, grâce au soutien sans faille qu'elle lui avait accordé des années durant…

Son frère, avec qui il avait maintenu une relation affectueuse, mais distante, de crainte que la vue trop régulière du fauteuil roulant ne finisse par le faire définitivement sombrer, par l'engloutir dans ce trou béant de plancher vermoulu qui peuplait encore le moindre de ses cauchemars, qui le réveillait encore, le cœur battant, plus de trente-cinq ans après, dès les premières lueurs du jour.

Et ses parents, bien sûr, avec lesquels il s'était empressé de couper le cordon dès qu'il s'était installé avec Magda, se contentant d'un rapide coup de fil de temps en temps, au mieux d'un déjeuner éclair, j'ai du travail qui m'attend, des sketches à écrire, à répéter, je dois absolument m'éclipser, la prochaine fois je serai plus disponible… Lucien secouait la tête, se resservant une énième rasade de vin rouge dans un verre opacifié par les traces de calcaire ; du travail qui l'attend, quelle blague, alors faire le zouave devant une bande d'abrutis, on appelle ça un boulot, maintenant ? On aura tout vu, maman, on aura tout vu… Monique se gardait bien de répondre quoi que ce soit, sentant à quel point l'atmosphère était irrémédiablement devenue glaciale entre les deux hommes.

Son père avait trimé toute sa vie, avait consacré toute son énergie à la raffinerie, sans jamais prendre de vacances, sans jamais imaginer qu'il pouvait y avoir autre chose dans l'existence que travailler, manger (boire) et dormir. Tout ça pour finalement casser sa pipe le jour de son pot de retraite.

Édouard revoit encore les ballons jaunes gonflés à l'hélium, couverts du losange Renault – que Jean, le meilleur ami de Lucien, avait dû récupérer de son beau-frère, commercial chez un concessionnaire de Montivilliers. L'après-midi passé autour du barbecue de Jean avait été particulièrement arrosé, et les collègues de son père, passablement éméchés, avaient fini par s'amuser à aspirer l'hélium des ballons pour se tordre de rire en comparant leurs voix de personnages de dessins animés toutes plus ridicules les unes que les autres. Et lorsque Lucien, imitant à la perfection le ton nasillard de Donald Duck, s'était lancé dans une tirade des plus larmoyantes sur le fait que jamais il ne laisserait tomber ses camarades, qu'il fallait à tout prix continuer la l…, Édouard l'avait vu s'effondrer lentement, comme au ralenti, jusqu'à s'affaisser mollement sur la pelouse brûlée par le soleil estival. Le mot « lutte » n'avait jamais franchi les lèvres de Lucien, foudroyé par une crise cardiaque. Le ballon jaune qu'il tenait à la main s'était échappé, pressé de rejoindre les nuées, et Édouard avait espéré que l'âme de son père avait eu le temps de s'y accrocher pour arriver plus vite au paradis ou ailleurs. Il s'était senti immensément triste sans comprendre pourquoi cette mort l'atteignait en plein cœur, comme s'il prenait brusquement conscience qu'il était désormais trop tard pour espérer un jour parvenir à ce que Lucien le comprenne et le considère.

Monique avait rejoint son époux quelques années plus tard, sans doute lassée du quotidien monotone et solitaire qui s'était brutalement imposé, et estimant qu'entre un fils qu'elle voyait désormais davantage sur son écran de télévision que dans la vraie vie et l'autre qui s'était installé en Alsace – le bout du monde – pour y fonder sa petite famille, son existence était finalement devenue plus que superflue. Sa mission était accomplie, aucun de ses trois hommes n'ayant plus besoin d'elle sur terre, et, tout en écoutant en musique de fond son idole Eddy Mitchell chanter de sa voix de crooner *La Dernière Séance*, elle avait laissé un lymphome silencieux lui polluer le foie, la rate et les poumons, jusqu'à ce qu'il ne reste plus rien à gangrener, le tout sans un mot plus haut que l'autre. Édouard aurait aimé entendre sa mère prononcer des paroles de pardon avant qu'elle s'éteigne, mais rien n'était venu, et lui n'avait rien osé demander non plus. Il n'avait donc jamais su si jusqu'au bout, elle lui en avait voulu. Le silence avait tout englouti, encore une fois.

Oui, Édouard a souvent perdu de vue l'essentiel, trop occupé à courir pour échapper à la lourdeur du chagrin et du remords. Et aujourd'hui, toujours immobile derrière la porte de sa loge, il a soudain le sentiment que ses jambes refusent de le porter plus loin. Le reflet dans le miroir entouré d'ampoules criardes ne ment pas, lui. Les rides qui barrent durement son front moite, les lèvres serrées, les valises brunes sous les yeux qui n'ont pas résisté bien longtemps à l'anticerne pourtant hors de prix, les cheveux châtain-roux désormais parsemés de mèches grisonnantes, la moustache fine impeccablement taillée qui avait réussi à faire fondre Magda lors de leur première rencontre, bien avant que des éclats argentés n'y apparaissent. Même les taches de rousseur qui criblent ses pommettes saillantes et ses tempes lui semblent avoir pâli au fil des années, comme si tout son visage était à présent délavé, terni. Tout le temps qui a passé est gravé dans le moindre détail de son visage, et il est toujours sidéré d'observer dans la glace le gouffre entre l'image impeccablement maquillée d'avant le spectacle et le reflet livide, lessivé, qui s'offre à lui à peine quelques heures après, comme si un vampire était passé par là pour le vider de son sang.

Pourtant la soirée est loin, très loin d'être terminée. Il a encore fort à faire s'il veut qu'elle s'achève en apothéose, et il est plus que temps d'avaler un ou deux Guronsan s'il veut affronter comme il se doit les festivités imposées de la nuit. En attendant que les comprimés aient fini de faire des bulles dans le gobelet d'eau, Édouard farfouille sans entrain dans la pile de cadeaux fleuris qui l'attendent. Les bouquets seront redistribués aux femmes de son staff, qu'est-ce qu'il pourrait bien en faire, de toute façon ? Les peluches à leurs gamins. Il ne conservera que les petits mots, les lettres qui parfois empestent le parfum, les cartes sur lesquelles, invariablement, on s'adresse à lui en le tutoyant, parce qu'on a tellement l'impression de le connaître, à force de le voir partout, d'entendre ses sketches et ses répliques devenues cultes. Édouard est le meilleur ami de tout le monde, lui qui n'en a aucun. Il aurait envie de rire si ça ne lui filait pas autant de sanglots au fond de la gorge. Tout le monde l'adule, l'adore, l'idolâtre, lui, le comique rongé par la solitude. Parfois il hait son visage si célèbre, il en vient à détester son reflet dans la glace, aussi bien l'impeccable que le lessivé ; il voudrait pour une journée, une journée seulement, être un anonyme, quelqu'un de normal, qui pourrait marcher dans la rue sans être dévisagé, montré du doigt, pris en photo comme la tour Eiffel. Combien de fois est-il arrêté dans la rue par un fan qui lui demande : « Vous pouvez me raconter un truc drôle ? » comme s'il était une vulgaire machine à blagues, un robot sans âme tout juste bon à débiter des répliques hilarantes. Et après tout, est-il encore autre chose que ça ?

Hervé dirait que c'est la rançon du succès. Que tout se paye, tout se mérite. Le prix de la survie lui semble pourtant bien élevé, parfois.

22 h 50. Édouard aura réussi à grappiller cinq minutes de répit. Trois coups frappés énergiquement à la porte viennent le tirer de ses pensées.

10

Été 1987

Trois coups frappés énergiquement à la porte viennent tirer Édouard de ses pensées. Il éteint la télévision et les cyclistes pantelants du Tour de France, qui ne parvenaient de toute façon même pas à éveiller sa curiosité, laissent place à un écran noir.

Il est seul dans l'appartement familial ; son père travaille, sa mère est partie faire des courses avec Jonathan. Il en profite pour ne pas faire grand-chose de la journée.

Lorsqu'il entrouvre d'un air méfiant la porte d'entrée, il tombe nez à nez avec une jeune fille au visage timide qui danse d'un pied sur l'autre.

— Bonjour… Je viens pour l'annonce… L'affiche que vous avez accrochée dans le vestibule de l'immeuble. Je me disais que, peut-être, vous aviez trouvé mon foulard.

Elle parle avec un accent italien, une voix légèrement éraillée qui réveille instantanément quelque chose d'étrange au creux du ventre d'Édouard.

— Qu'est-ce qui vous dit que j'ai un foulard en ma possession ?

— « J'ai trouvé quelque chose. Si c'est vous qui avez perdu ce quelque chose, j'habite Appartement 207 », récite d'une voix incertaine la brune aux cheveux bouclés enserrés dans un bandeau rouge à pois blancs.

— Mmm… Admettons que l'objet que j'ai trouvé soit bel et bien un foulard. Qu'est-ce qui me prouve que c'est le vôtre ? réplique Édouard, ravi que son petit jeu la mette tellement mal à l'aise et tout à fait conscient que les joues de son interlocutrice commencent à rosir de gêne.

— Il est bleu nuit, avec des petits miroirs aux extrémités… J'habite au sixième, tente-t-elle d'un ton presque suppliant.

Édouard ne s'apitoie pas, sa cible est trop facile pour qu'il lâche déjà prise.

— Mais quelqu'un d'autre dans l'immeuble pourrait avoir le même, et l'avoir perdu… C'est tout à fait probable, d'ailleurs ! Et je serais plus qu'embarrassé si cette autre personne venait frapper à ma porte demain et que je devais lui avouer que je n'ai plus son foulard, que je me suis fait piéger par une impostrice… Ça se dit, impostrice ?

Malgré elle, la jeune fille recule d'un pas, elle est déjà prête à battre en retraite devant cet hurluberlu. Elle abat pourtant sa dernière carte, avant d'abandonner définitivement.

— Mon foulard doit sentir mon parfum… Je mets toujours le même…

Édouard, appuyé au chambranle de la porte d'entrée, croise les bras dans une posture assurée.

— Vraiment ? Mais pourquoi vous ne l'avez pas dit plus tôt ?

Sans laisser à la jeune fille le temps de reculer davantage, il plonge la tête au creux de son cou et inspire profondément.

— C'est de la vanille, je me trompe ?

Elle hoche la tête, portant inconsciemment la main à sa gorge, comme pour se protéger de toute nouvelle tentative d'intrusion olfactive.

— Je suis désolé, mais à présent que tous ces éléments de l'enquête sont en ma possession, je suis au regret de vous informer que votre foulard ne se trouve pas ici. Je ne l'ai jamais croisé de ma vie, à vrai dire. Encore un mystère sur lequel le voile n'aura pas été levé !

Si Édouard est satisfait de sa tirade et de son petit jeu de mots, la jeune fille en face de lui ne laisse rien paraître, hormis de la déception.

— Mais alors… Vous avez trouvé un autre foulard que le mien, c'est ça ?

— Absolument pas ! J'ai ramassé une casquette Pastis 51 devant le local à ordures, rétorque-t-il d'un air goguenard. Mais je ne voulais pas réduire vos espoirs à néant en un éclair, alors j'ai prolongé la conversation.

Sa voisine secoue la tête, et les boucles sombres s'agitent harmonieusement sur ses épaules.

— Pourquoi vous n'avez pas écrit sur votre affiche que vous aviez trouvé une casquette, ç'aurait été plus simple !

Édouard soupire, comme s'il était attristé de devoir lui expliquer une chose aussi évidente. Il se penche vers elle et, sur le ton de la confidence, murmure :

— Si j'avais écrit ça, n'importe qui aurait pu venir sonner et prétendre avoir perdu son couvre-chef… Vous imaginez les files d'attente qu'il y aurait eu sur le palier ? Les gens qui se seraient disputés, battus même, affirmant que la casquette était la leur ? Non merci, je suis pour la paix de l'immeuble, moi. Sans compter que j'aurais eu trop peur de me faire houspiller par madame Rita.

Enfin, la jeune femme esquisse un sourire, et Édouard aperçoit une petite trace de rouge à lèvres cerise sur ses incisives. Il pourrait le lui faire remarquer, mais il trouve ce détail, soudain, tellement attendrissant qu'il se retient d'ouvrir la bouche. Et c'est d'un ton nettement moins bravache qu'il lui propose d'entrer prendre un café.

Il est si persuadé qu'elle va refuser, après le numéro qu'il vient de lui faire, qu'il ne bouge pas d'une semelle quand elle acquiesce, toujours en souriant. Enfin, il se décale pour la laisser entrer, les mains subitement moites. D'un geste flou, il lui indique le canapé du salon avant de se précipiter dans la cuisine pour préparer deux tasses dans la cafetière italienne chromée de Lucien.

— Du sucre ? Du lait ? demande-t-il en passant la tête dans le salon.

— Tu aurais du chocolat en poudre ?

Édouard songe que cette fille est plus qu'étrange de vouloir mettre du Banania dans son café, qu'il s'agit peut-être d'une tradition en Italie, mais qu'il n'en a jamais entendu parler avant aujourd'hui. Et en même temps, il remarque que désormais, elle le tutoie.

Lorsqu'il lui tend une tasse fumante, il décide de reprendre la conversation en main.

— Je m'appelle Édouard.

— Je sais, réplique-t-elle en soufflant sur son café au chocolat. Moi, c'est Magda. J'ai emménagé ici l'année dernière, je vois souvent ton petit frère faire du slalom en bas de l'immeuble.

Effectivement, Édouard accompagne régulièrement Jonathan dans la rue, disposant des petits plots rouges pour lui créer un parcours. L'adolescent n'a évidemment pas de skateboard, mais avec son fauteuil, il a appris à concurrencer les garçons de son âge.

Dehors, le ciel se couvre brusquement et Édouard est obligé d'allumer le lampadaire à côté du tourne-disque pour que la pénombre n'envahisse pas le salon. Les premiers éclairs viennent marbrer les nuages noirs, la pluie se met à taper contre les fenêtres, et le grondement de l'orage inattendu vient meubler le silence qui s'est installé, Édouard cherchant vainement une plaisanterie à proposer à cette fille qui a fini, paradoxalement, par l'intimider. C'est Magda qui reprend alors la parole, après s'être approchée de la baie vitrée sur laquelle les gouttes d'eau tambourinent violemment.

— C'est une des choses que je préfère, dans la vie, murmure-t-elle en contemplant le ciel.

— Boire du café chez un voisin ? demande Édouard, perplexe.

Elle hausse les épaules.

— Mais non. Être à l'intérieur quand d'un seul coup, il se met à pleuvoir à torrents. Ça te donne l'impression d'être la personne la plus chanceuse au monde, tu ne trouves pas ?

— C'est un peu comme quand tu es dehors et qu'il fait grand soleil, en réalité.

Madga se retourne, observe le jeune homme avachi dans le canapé.

— Tu sais que tu n'es pas obligé de vouloir me faire rire à tout prix ? On peut juste… parler.

Plus tard, quand Édouard aura refermé la porte sur Magda, il se souviendra de sa voix rauque et posée, une voix qui lui donne envie de se pelotonner sous la couette pour l'écouter raconter tout et n'importe quoi. Il se souviendra de ses boucles d'oreilles étranges, des triangles de Vache qui rit en pâte Fimo qui virevoltaient au moindre de ses mouvements et qu'Édouard avait trouvés très gais, même s'ils n'étaient pas forcément du meilleur goût. Il se souviendra de son fard à paupières blanc nacré, du fait qu'il y en avait davantage sur la paupière gauche que sur la droite. Il se souviendra de son rouge à lèvres, bien sûr, et de ses incisives très légèrement écartées. De ses trois grains de beauté alignés dans le cou, de son parfum sucré un peu écœurant. Il sera pourtant incapable de dire de quelle couleur étaient ses yeux, si elle était mince ou grosse, ou quels vêtements elle pouvait bien porter. Il ne lui restera que des fragments de Magda, même si, au moment où elle se tenait dans son salon, il n'avait pas été le moins du monde conscient d'enregistrer tous ces infimes détails. Mais après son départ, lorsqu'il repensera à elle, allongé sur la couchette du haut, les bras croisés derrière sa tête, ce sont toutes ces petites pièces de puzzle qui lui reviendront immédiatement en mémoire.

Le soir même, après être allé chercher Jonathan à la sortie des cours dans la Passat de sa mère, Édouard emmène son petit frère slalomer entre les dizaines de plots savamment déposés, ajoutant au passage un tremplin qu'il a fabriqué avec du bois de palette que son père a récupéré à la raffinerie. Malgré l'assurance de ses dix-huit ans, il ne peut s'empêcher de jeter un coup d'œil furtif aux fenêtres du sixième étage, imaginant Magda occupée à les observer depuis sa chambre, l'espérant, même.

— T'es sûr que je peux y arriver ? Que je ne vais pas me ramasser en beauté et exploser mon fauteuil au passage ? demande Jonathan en contemplant d'un regard inquiet l'installation de plus en plus élaborée.

D'un signe de tête, l'aîné rassure son cadet, qui prend alors son élan de toutes ses forces. Et lorsqu'il saute du tremplin improvisé et atterrit en beauté, se permettant même un dérapage contrôlé sur ses deux roues métalliques, Édouard s'écrie :

— Bravo, champion ! Tu vois, je t'avais dit qu'il n'y avait aucune raison d'appréhender, que tu allais t'en sortir comme un chef !

11

31 mars 2017 – 22 h 50

— Bravo, champion ! Tu vois, je t'avais dit qu'il n'y avait aucune raison d'appréhender, que tu allais t'en sortir comme un chef !

La porte de la loge s'ouvre sur un Jonathan radieux, la fierté scintille dans le moindre de ses gestes. Édouard s'efface pour laisser son frère entrer dans le minuscule espace qui lui appartient pour la soirée.

— T'imagines qu'ils sont encore en train de t'applaudir, là ? Si c'est pas un truc de dingue ! s'extasie Jonathan à nouveau tandis que l'humoriste avale d'un trait ses Guronsan.

Édouard se penche en avant pour serrer son frère dans ses bras, puis s'assoit sur l'unique fauteuil de la pièce.

— Encore une tournée qui s'achève…

— Qui s'achève en beauté, tu veux dire ! Franchement, quand tu m'avais parlé du Stade de France l'an dernier, je m'étais dit que tu n'avais plus aucun sens des réalités, que tu planais à cent milles… Mais bon sang, quel show, ce soir !

Édouard ne peut s'empêcher de trouver l'enthousiasme généreux de Jonathan attendrissant. Pourtant, son soutien indéfectible depuis le début de sa carrière ne lui a jamais semblé mérité, et il aurait presque préféré qu'il finisse par se détourner de lui une bonne fois pour toutes, pour n'importe quelle raison, valable ou non.

— Tu n'aurais pas dû venir de Strasbourg, c'est un énorme déplacement, je suis gêné…

— N'importe quoi ! Tu plaisantes, j'espère ? Je n'aurais raté ta consécration pour rien au monde ! Moi aussi, je veux pouvoir dire « J'y étais ! » dans quelques années, quand tout le monde se souviendra du jour où Édouard Bresson est devenu une légende !

— Il faut toujours que tu exagères, sourit Édouard sans pouvoir s'empêcher de songer avec une étrange excitation que son frère ne pense pas si bien dire.

— Je crois plutôt que c'est toi qui ne te rends pas bien compte de tout ce qui se passe autour de toi, à quel point les gens t'aiment et t'admirent ! Ils sont des centaines à faire le pied de grue dehors pour espérer ne serait-ce qu'une poignée de main ou un sourire… Tu rameutes plus de foule que le pape !

Comme toujours mal à l'aise devant tant de louanges, Édouard choisit d'orienter la conversation sur quelqu'un d'autre que lui.

— Comment va Céline ? Et les filles ? Elles ne sont pas venues avec toi ?

— Non, Céline trouvait que c'était un trop long voyage pour elles, tu sais que leur faire manquer une demi-journée d'école n'est pas envisageable pour elle ! Les filles vont très bien, on a fêté les huit ans de Louisa la semaine dernière, d'ailleurs elle t'a fait un dessin pour te remercier du paquet que tu lui as envoyé…

Édouard saisit la petite enveloppe que son frère lui tend et l'ouvre pour découvrir un dessin au feutre, représentant apparemment les quatre membres de la famille autour d'un énorme gâteau d'anniversaire à étages. En bas à droite, la fillette a consciencieusement inscrit un « Merci Tonton. Signé Louisa », chaque lettre étant d'une couleur différente. Huit ans déjà… Ce qui signifie qu'il n'est pas allé rendre visite à son frère depuis plus de trois ans. Il n'a pas vu le temps passer, et il se demande soudain si l'énorme château de Duplo était vraiment adapté à une enfant de cet âge.

— Mon cadeau lui a plu ? Je ne savais pas trop à quoi elle aimait jouer…, s'excuse d'avance Édouard.

— Ne t'en fais pas, c'était parfait. Il faudrait que tu viennes nous voir, cet été. Ou avant, même, selon ton emploi du temps de ministre.

Édouard hoche la tête en souriant faiblement.

— Bien sûr, oui, c'est une excellente idée. Je pourrais venir un week-end, ça me ferait plaisir de voir les filles, elles ont dû changer.

Jonathan s'empresse de sortir son portefeuille et de montrer à son frère une photo de Louisa et Marion, probablement prise par un photographe scolaire. Sur le papier glacé, les deux fillettes sourient avec malice, et Édouard caresse du pouce les visages lumineux. Il reconnaît à peine les enfants de son frère, les visages sont moins ronds, les regards plus sages, les cheveux plus longs. Une chose est sûre, elles ressemblent énormément à leur mère, la même bouche, les mêmes yeux marron clair.

— Et Céline ?

— Elle va très bien, elle réfléchit à changer de poste depuis quelque temps, on aimerait bien ouvrir des chambres d'hôtes, se reconvertir tous les deux pour pouvoir travailler ensemble.

— C'est un joli projet, acquiesce Édouard.

— Oui, on a déjà trouvé une propriété à rénover, avec des granges attenantes que l'on pourrait transformer. Il n'y a plus qu'à se lancer !

Édouard est impressionné qu'au bout de quinze ans de mariage, Jonathan et Céline soient encore aussi fous amoureux l'un de l'autre, au point de vouloir travailler ensemble vingt-quatre heures sur vingt-quatre. Qu'ils aient encore des projets, des envies de cette ampleur, que le quotidien n'ait apparemment en rien émoussé l'enthousiasme de leur couple.

Au fond de lui, Édouard s'est toujours dit que la rencontre de son frère avec Céline avait relevé du miracle, il s'était tellement interrogé à l'époque sur la réalité des sentiments de la jeune femme, il avait tellement eu peur qu'elle finisse par s'enfuir à toutes jambes une fois qu'elle se serait rendu compte que partager le quotidien d'un paraplégique n'avait rien d'évident. Mais Céline était restée, et avait fait de chaque contrainte quelque chose de simple et de parfaitement surmontable. Un jour où Édouard s'était trouvé quelques minutes en tête à tête avec elle, il n'avait pu s'empêcher de lui souffler qu'il espérait qu'elle n'avait pas l'intention de briser le cœur de son frère, qu'il n'avait pas besoin de se relever d'un chagrin d'amour en plus du reste. Céline avait froncé les sourcils, soudain inquiète : « En plus de quoi ? »

avait-elle interrogé. Et Édouard avait compris à son regard perplexe qu'elle ne voyait vraiment pas à quoi il faisait allusion, à croire que le fauteuil roulant greffé à Jonathan serait toujours invisible à ses yeux. Il avait songé que Jonathan avait de la chance d'être tombé sur une fille comme ça, même s'il lui semblait complètement incongru de se dire que son frère pouvait avoir une quelconque *chance* dans sa vie.

— Mais alors… Tu es heureux ?

Édouard plonge son regard dans celui de son frère, inquiet de la réponse que celui-ci va faire à une question aussi directe, indiscrète peut-être. Est-ce qu'on a le droit de demander de but en blanc à quelqu'un où il se situe sur l'échelle du bonheur ?

Jonathan s'esclaffe tout en rangeant son portefeuille dans la poche intérieure de son blazer.

— Évidemment qu'on est heureux ! Sinon, on n'en serait pas là !

Édouard hoche la tête, soulagé. Il doute que les choses puissent être aussi simples, mais au moins, son frère n'est pas malheureux. Sa petite vie de comptable, avec sa femme et ses deux enfants, n'a rien d'extravagant, elle semble même plutôt d'une monotonie terrifiante, mais malgré tout, il semble s'en satisfaire, du moins c'est ce qu'il affirme. Édouard sait bien qu'avec deux jambes sur lesquelles il aurait pu compter, Jonathan aurait probablement eu une vie radicalement différente, il aurait au moins pu se permettre de rêver, à défaut de réaliser tous ses souhaits. Il aurait pu voir plus grand, plus fou que cette vie bien rangée, si Édouard n'avait pas tout fichu en l'air. Il a peut-être l'impression que rien ne lui manque, parce qu'il n'a quasiment aucun souvenir de l'accident, aucun souvenir de ces quelques années d'enfance où il pouvait marcher et courir. Jonathan est comme un aveugle de naissance, qui ne saurait pas à quel point les couleurs et les formes peuvent être essentielles à la vie. Il ne peut même pas imaginer la sensation de courir avec le vent qui vient vous fouetter le visage, et le pire, c'est que ça ne lui manque soi-disant même pas.

— Je dois signer quelques autographes et après j'emmène toute l'équipe manger un morceau dans un restaurant. Est-ce que ça te dit de te joindre à nous ?

Jonathan secoue la tête.

— C'est gentil, mais je ne me sentirais pas à l'aise, tu me connais… Je suis déjà très content d'avoir eu quelques minutes en tête à tête avec toi, il y en a qui tueraient pour ça !

— Tu sais, je peux aussi les laisser aller dîner sans moi, je ne suis pas indispensable, rétorque Édouard.

— Tu plaisantes ? Tu clôtures une tournée qui dure depuis septembre dernier, ton équipe a sillonné la France, la Belgique et la Suisse avec toi, tu leur dois bien cette dernière soirée ! Je loge chez les parents de Céline, de toute façon, et je ne veux pas rentrer trop tard.

— Comme tu veux, je n'insiste pas davantage, dans ce cas… J'y pense : je pourrais te confier un paquet pour Arthur ?

Édouard se lève pour aller fouiller dans son sac à dos qui l'accompagne toujours partout, et en sort une boîte en carton, où le prénom Arthur est inscrit au marqueur noir.

— Je veux bien, mais ça fait des années que ton fils n'est pas venu nous rendre visite à Strasbourg, tu sais… Tel père, tel fils, il faut croire, répond Jonathan en adressant un clin d'œil à son frère.

— Je crois qu'il a prévu de passer vous voir bientôt.

— Ah… Mais pourquoi tu ne lui donnes pas toi-même ? Ne me dis pas que vous êtes encore brouillés ?

— Pas du tout, c'est juste que j'ai envie de lui préparer une petite surprise, en souvenir du bon vieux temps, lance Édouard d'un air mystérieux.

— D'accord, je ne cherche pas à comprendre, alors. J'espère quand même qu'il n'y a rien de périssable, là-dedans !

Jonathan range le paquet dans une pochette située à l'arrière de son fauteuil roulant, curieux de découvrir dans quelque temps ce que son frère aura encore inventé pour surprendre son fils.

Deux coups frappés à la porte, et la tête d'Hervé apparaît immédiatement dans l'embrasure.

— On n'attend plus que toi, Édouard !

— J'arrive dans une minute.

Jonathan fait marche arrière, conscient qu'il est temps pour lui de s'éclipser. Édouard, spontanément, lui pose la main sur l'avant-bras pour le retenir encore un instant.

— Tu sais que je suis désolé, hein ?

Jonathan semble perplexe.

— Désolé pour quoi ?

— Ben, pour tout…

— Arrête ton char, bientôt les violons vont débarquer ! Je compte sur toi pour venir en Alsace cet été, alors ?

Édouard hoche la tête, et son frère lui fait un signe de la main en franchissant la porte de la loge.

— Attends !

L'humoriste se lève d'un bond, va attraper au hasard une orchidée rose pâle en pot qui traîne sur la table jonchée de cadeaux, et la tend à Jonathan.

— Tiens, tu l'offriras à Céline de ma part. Je ne connais pas une femme au monde qui n'aime pas les fleurs.

12

Août 1993

— Je ne connais pas une femme au monde qui n'aime pas les fleurs.

L'employé en tablier vert sapin sourit à Édouard, qui hésite toujours entre un bouquet de roses et un aloe vera. Dernièrement, dans un de ses magazines où il y a pourtant plus de photos de mode et de publicités pour parfums que d'articles dignes d'intérêt, Madga a lu que certaines plantes avaient un impact positif sur la qualité de l'air : il semblerait qu'elles absorbent des particules néfastes pour la santé. Édouard n'a pas cherché à en savoir plus, laissant sa femme envahir leur petit deux-pièces au Havre de plantes vertes en tout genre. Ça lui semble toujours étrange de parler de « sa femme », sans doute s'habituera-t-il avec les années, après tout le mariage ne date que de quelques mois.

26 décembre 1992, c'est Magda qui avait choisi la date, tu comprends, comme ça la famille ne se déplacera qu'une fois, pour Noël et pour notre mariage… Ça faisait plus de cinq ans à présent qu'ils étaient

ensemble, il était plus que temps d'officialiser leur relation, comme le répétait à l'envi Monique. Ils avaient opté pour une cérémonie intime à l'église de Harfleur puis à la mairie de Gonfreville-l'Orcher, et quelques mois plus tard, lorsqu'ils avaient annoncé à leurs parents que Magda attendait un heureux événement, personne n'avait voulu croire que ce n'était pas pour ça qu'il l'avait épousée, même si la jeune femme n'était tombée enceinte que début janvier – le soir du Nouvel An, ne manquait pas de préciser Édouard, lassé d'entendre les commentaires moqueurs des uns et des autres, ah je comprends mieux pourquoi tu t'es précipité pour te mettre la corde au cou, avec un polichinelle dans le tiroir…

— Ou une orchidée, sinon : ça demande un peu d'attention, mais c'est une fleur magnifique ! Regardez, j'en ai des rose pâle mouchetées, je suis sûr que ça plaira à votre épouse…

Édouard fait la moue et, sans répondre au fleuriste qui commence à être exaspéré que rien ne satisfasse ce client, continue d'arpenter la boutique luxuriante.

— Je vais prendre l'aloe vera.

— C'est vous qui voyez, lance l'employé en s'empressant d'emballer et d'enrubanner la plante.

— Il paraît que ça absorbe les mauvaises choses qu'il y a dans l'air…

— Si vous le dites…

Édouard presse le pas, impatient d'aller retrouver Magda à la maternité. Ça ne fait que quelques heures qu'il s'est absenté, le temps de prendre une douche, de rassembler quelques affaires pour les jours à venir et d'aller acheter l'essentiel qui leur manque, en particulier des bodies et des pyjamas en taille prématuré. Arthur a pointé le bout de son nez avec un mois et demi d'avance, alors que personne ne l'attendait. Édouard n'a même pas encore monté le petit lit en bois, le carton est encore rangé sous leur lit à eux… Les médecins sont rassurants, l'accouchement, malgré l'anxiété de Magda, s'est bien passé – enfin, elle ne raconterait certainement pas les douze heures de travail le sourire aux lèvres, mais le résultat, c'est un minuscule bébé plein de vie, un peu violacé, qui a miaulé tout ce que ses petits poumons pouvaient pour leur signifier que désormais, ils étaient trois.

Édouard a fait comme si rien de tout cela ne l'impressionnait, comme s'il était prêt à les protéger tous les deux contre vents et marées, mais la vérité, c'est qu'il n'en mène pas large ce matin. Il ne peut s'empêcher de se demander s'il est vraiment à la hauteur de tout ce qui vient d'arriver, lui l'éternel adolescent qui passe son temps à faire des blagues potaches à tous ceux qui croisent son chemin. Il a lu dans les yeux de Magda, lorsqu'elle était pliée de douleur à cause d'une vague de contractions, qu'elle avait confiance en lui, qu'elle ne doutait pas, et ça lui a donné le courage de paraître rassurant, tout va bien se passer, tu te débrouilles à la perfection, ma chérie, continue comme ça.

Lorsqu'il arrive à la maternité, il parvient à se perdre dans le dédale des couloirs rose pastel qui se ressemblent tous. Enfin, en cherchant vainement l'aile dans laquelle se trouve Magda, il passe devant le service de néonatologie, et ses jambes ralentissent immédiatement. Sans réfléchir, il dépose la valise et l'aloe vera par terre dans le couloir, et entre dans la pièce où se trouve son fils.

Son fils.

Pendant des mois, il s'est demandé ce qu'il ressentirait quand le bébé serait enfin là, s'il était possible qu'aucune émotion ne vienne étreindre son cœur, qu'il soit, malgré lui, indifférent à ce petit être dont il aurait désormais la responsabilité. Il n'en a jamais parlé à Magda, de peur qu'elle le dévisage avec inquiétude, ou pire, avec horreur, c'est ton fils, comment tu peux ne serait-ce qu'imaginer des choses pareilles, enfin ?

Après la naissance, les sages-femmes et infirmières s'étaient précipitées pour leur enlever Arthur, pour le peser, l'intuber, le masser, le réchauffer, l'étudier sous toutes les coutures, avant de le ranger bien au chaud dans une couveuse. « Il va y rester quelque temps, mais soyez rassurés, il est en bonne santé, c'est un battant, ce petit garçon », avait affirmé la sage-femme occupée à recoudre la jeune maman. Édouard et Magda avaient souri faiblement, se serrant la main pour se donner mutuellement du courage. Puis il était parti rassembler des vêtements pour sa femme et son fils et il n'avait que brièvement aperçu Arthur, presque soulagé de le laisser entre des mains plus expertes que les siennes qui tremblaient encore tellement il avait eu peur que tout se termine mal.

Lorsqu'il s'approche du berceau en plastique, il est impressionné par les moniteurs qui bipent et qui clignotent, par les tuyaux et les électrodes qui recouvrent le bébé. Par les bras et les jambes qui lui semblent aussi maigres qu'un de ses doigts, la petite bouche parfaitement dessinée, les yeux ourlés d'immenses cils, la fragile poitrine qui se soulève et s'abaisse doucement. Un bébé miniature, songe-t-il le cœur serré.

— Vous pouvez le toucher à travers la couveuse, si vous voulez, lance une infirmière qui vient vérifier les écrans de la pièce.

Édouard hoche la tête, et, après s'être lavé consciencieusement les mains et les avant-bras, va s'installer en face du bébé qui agite doucement ses menottes. Il approche sa main et, de l'index, caresse avec délicatesse la joue de son fils. Il effleure son épaule, son bras, joue avec les minuscules doigts qui s'enroulent immédiatement autour de son pouce, mus par une force insoupçonnée. Le bébé s'agrippe férocement à lui, et Édouard reste là, sans bouger, à contempler les cinq ongles plus petits qu'une miette de confetti. C'est à cet instant précis qu'il comprend à quel point ses craintes étaient absurdes ; lorsque les doigts de ce nouveau-né s'accrochent à lui comme à une bouée de sauvetage, il sent en lui un barrage qui s'effondre, laissant un torrent d'amour brut le submerger.

Quand il retrouve Magda, encore chancelant à l'intérieur, Édouard lui tend l'aloe vera sans un mot, et la jeune femme lui sourit avec tendresse, comprenant instantanément ce qui se joue dans le cœur de son mari.

— Alors tu as été le voir, toi aussi ?

Édouard s'assoit au bord du lit, acquiesce doucement en enfouissant son visage dans les cheveux bouclés et humant leur réconfortante odeur de vanille.

— Tu vois, tu n'avais aucune raison d'avoir peur…, ajoute-t-elle en le serrant dans ses bras, et Édouard songe que jamais personne n'a aussi bien compris ce qu'il ressentait sans avoir besoin qu'aucun mot ne franchisse ses lèvres.

Deux jours plus tard, quand il téléphone à Valéry Lestienne, le patron de l'agence immobilière où il travaille depuis déjà cinq ans, Édouard se fait, comme il s'y attendait, incendier.

— Tes trois jours de congé sont passés, je te signale ! Comment tu veux que je m'en sorte, tout seul à l'agence ? Je n'ai pas encore le don d'ubiquité, je ne peux pas tenir la boutique, gérer les signatures des compromis de vente et aller faire visiter des appartements à des clients en même temps !

— Je sais, mais Arthur est arrivé plus tôt que prévu, Magda a besoin de moi à la maternité, je voudrais seulement rester auprès d'elle jusqu'à la fin de la semaine…

— C'est hors de question ! Tant qu'ils sont hospitalisés, il y a un tas de personnes bien plus qualifiées que toi pour s'occuper de ta femme et de ton marmot. Donc tu ramènes ton cul ici, il y a une dizaine de visites qui n'attendent que toi.

Édouard raccroche le téléphone et se retient de jeter le combiné à travers la cuisine. Parfois, il se demande pourquoi il laisse son patron lui parler sur ce ton, puis il se souvient que son salaire ne tombe malheureusement pas du ciel.

Pendant des années, son père avait eu la certitude qu'Édouard viendrait travailler à la raffinerie ; c'était une évidence pour lui. Et quand ce dernier, à dix-sept ans à peine, lui avait affirmé d'un ton péremptoire que jamais il ne mettrait un pied dans cette usine, Lucien Bresson avait failli recracher le beaujolais nouveau qu'il était occupé à déguster goulûment.

— Voilà que mon fils a des rêves de grandeur, non, mais tu t'entends parler ? Être ouvrier, c'est pas assez bien pour toi, peut-être ?

— J'ai envie d'autre chose, c'est tout.

— Ah oui ? Et de quoi, on peut savoir ?

— Je n'ai pas encore décidé.

— Ben voyons… Tu finiras comme ton père, c'est tout vu. Et y a bien pire dans la vie, crois-moi…

Édouard, la mine renfrognée, était allé s'enfermer dans sa chambre, claquant la porte au passage, histoire d'énerver davantage Lucien et ses oreilles si fragiles. Pour le père comme pour le fils, le sujet était clos.

Après le baccalauréat, Édouard avait décidé de faire un BTS en alternance pour devenir agent immobilier, parce qu'il avait hâte de pouvoir s'assumer financièrement et de quitter l'appartement de son enfance où les souvenirs malheureux avaient dévoré depuis bien longtemps les quelques moments de bonheur dont personne n'était plus sûr qu'ils avaient bel et bien existé. Et si l'idée de faire tout autre chose lui avait traversé plusieurs fois l'esprit, surtout lorsqu'il regardait les sketches désopilants de l'émission *La Classe* sur le poste de télévision de l'appartement familial, il n'y avait jamais songé plus sérieusement que cela, ayant la conviction ancrée depuis l'enfance que les rêves finissaient toujours piétinés.

Lucien s'était satisfait de ce choix raisonnable, le principal, Édouard, c'est que tu aies un gagne-pain, un travail digne de ce nom.

Dès qu'il en avait eu la possibilité, c'est-à-dire dès que Valéry Lestienne, après l'avoir gentiment exploité pendant deux années de BTS, lui avait proposé un vrai contrat de travail, Édouard s'était empressé de chercher un appartement à louer au Havre, à proximité de l'agence. Magda finissait ses études en histoire de l'art, caressant l'espoir de travailler comme guide au musée André-Malraux puisqu'elle y était bénévole chaque été depuis le lycée, et Édouard était plus qu'impatient d'emménager avec elle, de commencer enfin une nouvelle vie à ses côtés.

Il avait un peu plus de dix-neuf ans, mais malgré tout, tout le monde était tombé des nues quand il avait annoncé qu'il quittait le cocon familial – qui n'avait jamais rien eu d'un cocon. Monique avait essuyé quelques larmes intempestives avec le torchon à vaisselle, Lucien avait gueulé un « Bon vent ! » empestant l'alcool, et Jonathan avait gardé le silence, se contentant de regarder son frère faire ses cartons.

Lorsque Édouard avait eu fini d'entasser dans un sac de voyage l'ensemble de ses vêtements, son cadet avait murmuré d'une voix presque inaudible : « Alors tu m'abandonnes ? » Édouard, qui savait parfaitement que son départ devait se faire rapidement pour être le plus indolore possible, comme un pansement qu'il fallait avoir le courage d'arracher d'un coup sec, avait hésité une fraction de seconde, avant de décider, le cœur déchiré, de faire comme s'il n'avait pas entendu Jonathan.

La petite phrase suppliante avait pourtant ricoché sur les parois de son crâne, comme un écho lancinant. Alors tu m'abandonnes ? Alors tu m'abandonnes ? Tu m'abandonnes ?

Édouard avait instantanément interprété, transformé la question de son frère. Tu m'as arraché les jambes et maintenant, tu m'abandonnes ? À cause de toi, je n'ai jamais pu tenir debout, et tu m'abandonnes ?

Son frère avait à peine prononcé ces quatre petits mots qu'Édouard avait immédiatement su que ce moment resterait gravé dans sa mémoire à jamais, comme lorsqu'un dimanche d'automne, le sol s'était effondré, et que Jonathan avait disparu dans un nuage de poussière.

Il lui avait fallu toute la force du monde, il lui avait fallu se concentrer sur l'image du visage souriant de Magda comme un phare dans la nuit pour parvenir à se redresser, son sac sur l'épaule, et à regarder Jonathan avec enthousiasme. Il lui avait fallu refouler tout son chagrin, tous ses remords pour lui lancer avec désinvolture :

— Allez, j'y vais ! Dès qu'on sera installés, je t'emmènerai visiter l'appartement ! Tu verras, c'est minuscule, mais je n'ai pas les moyens de louer autre chose, de toute façon.

Jonathan s'était forcé à sourire.

— Et puis, tu sais, je passerai tous les week-ends, je serai à même pas quinze minutes de voiture !

— T'inquiète pas pour moi, va, je suis grand ! Sans compter que je vais avoir un max de place dans la chambre, maintenant que t'as viré toutes tes cochonneries.

Édouard avait tendu la main à son frère, ils étaient bien trop grands désormais pour se serrer dans les bras l'un de l'autre, puis s'était dépêché de quitter l'appartement où il avait passé toute sa vie. Une fois sur le palier, dans l'obscurité, il s'était mordu le poing ; le souvenir de toutes ces fois où lui et son frère s'étaient retrouvés dans le noir, éjectés de chez eux par un père intolérant du moindre rire, du moindre cri, lui semblant soudain insupportable.

Ce mardi où la chaleur semble rendre la ville entière plus molle, plus indolente, Édouard ne rejoint donc pas sa femme et son fils à la maternité, mais enchaîne les visites d'appartements en location toute la journée. Comme à son habitude, il fait le pitre devant les clients, leur vante les mérites incongrus d'endroits qui frôlent l'insalubrité, comment ça, les murs sont moisis, mais pas du tout, vous voyez bien que c'est un papier peint à motifs auréolés, c'est très tendance à Paris, vous savez ? Ses interlocuteurs rient, comme toujours, Édouard transforme chaque visite en numéro de cirque. C'est le seul plaisir qu'il a dans ce métier, faire rire les clients à défaut de parvenir à leur vendre un bien. Et le clou de la visite, mesdames et messieurs, je vous invite à découvrir de magnifiques toilettes, et permettez-moi de vous préciser que les vendeurs sont prêts à vous abandonner cet exceptionnel abattant recouvert de poils de chameau véritable, vos fesses vous diront merci ! Le couple en face de lui se penche et s'esclaffe ; Édouard pourrait claquer des doigts au moment précis où leurs rires vont éclater, tellement les gens lui semblent prévisibles.

— Vous êtes un marrant, vous, vous devriez être humoriste ! lui lance l'homme en sortant de l'appartement qu'il ne louera pas.

— Figurez-vous que vous n'êtes pas le premier à me dire ça, je vais finir par le croire, sourit Édouard en refermant la porte à clé.

Le soir même, lorsqu'il retrouve enfin Magda qui commence à reprendre des couleurs, lorsque, d'un air rêveur, il observe à nouveau les doigts d'Arthur qui agrippent son index et refusent de le lâcher, Édouard repense à ce que lui a dit le dernier client de la journée. C'est vrai qu'il fait rire les autres sans le moindre effort, qu'il n'a cessé de vouloir faire le pitre depuis que le visage de son petit frère s'est éclairé à chacune de ses blagues. C'est vrai que tout le monde lui affirme qu'il est doué pour ça – sauf son père, bien évidemment. Magda a même prononcé le mot « talent », un jour, en parlant de lui à certaines de ses amies. Les autres pourraient-ils avoir raison, pourraient-ils distinguer en lui quelque chose dont il n'a même pas véritablement conscience ?

Pour son premier jour à l'agence, Édouard avait acheté un carnet Moleskine à la librairie-papeterie du centre-ville. Pour prendre des notes lors des visites, inscrire les souhaits des clients, leurs coordonnées. Mais en réalité, il n'avait jamais écrit le moindre mot en rapport avec son activité professionnelle. Les pages du carnet n'étaient pourtant pas restées vierges, bien au contraire. Elles étaient couvertes des pattes de mouche d'Édouard, couvertes d'idées de blagues, d'anecdotes amusantes à raconter à Jonathan, à Magda, à qui voudrait bien les entendre. Il couchait la moindre idée sur le papier, sans même savoir pourquoi il ressentait le besoin de tout consigner, de ne surtout rien *perdre*.

Lorsqu'il regarde attentivement, à la télévision, les visages de ceux qui ont décidé de transformer leur talent en métier, ceux qui ont sans doute, à un moment donné, fait le choix de tenter le tout pour le tout, de risquer leur train-train quotidien et leur salaire assuré pour suivre leur passion, leur vocation, Édouard ressent inévitablement une pointe d'envie. Est-ce que lui aussi pourrait être assis dans cette fausse classe, à présenter ses sketches devant des milliers de téléspectateurs, est-ce qu'il aurait assez de cran pour ça ?

Arthur ouvre les yeux et plonge son regard dans celui d'Édouard, cela semble durer une éternité, comme si ce bébé savait quelque chose que son père ignore. L'image de Lucien Bresson, étrangement, vient s'imposer au jeune homme. Ce père qui représente tout ce qu'il a toujours voulu fuir. La vie de labeur absurde, la vague idée du bonheur se résumant au café du coin et aux camarades du syndicat. Quand Édouard pense à son père, il a envie de supplier le ciel pour que jamais Arthur ne ressente pour lui ce que lui éprouve vis-à-vis de Lucien. Il voudrait inspirer la fierté, à quoi bon avoir des enfants si à aucun moment ils ne vous regardent avec admiration, avec respect. Est-ce qu'il sera digne de son fils en se contentant de vendre des appartements toute sa vie ? Est-ce que ce sera suffisant ?

13

31 mars 2017 – 23 heures

Est-ce que ce sera suffisant ? Est-ce qu'un petit quart d'heure à peine sera suffisant pour ne décevoir personne, pour avoir le temps de signer un autographe à chacun ? Les fans les plus irréductibles l'attendent de pied ferme, ils savent parfaitement de quel côté du Stade de France Édouard va s'éclipser, et l'humoriste a un frisson lorsqu'il aperçoit la petite centaine de personnes qui patientent derrière une ligne de barrières de sécurité.

Hervé le rattrape par l'épaule avant qu'il n'ait pu franchir la lourde porte de métal.

— Pas si vite ! La journaliste de TF1 veut faire une interview rapide, à chaud après le show !

Son manager s'esclaffe de bon cœur à son propre jeu de mots, puis reprend son sérieux parce que comme dirait Jean-Michel, son producteur pour la tournée, « *Business is business* ». Édouard soupire, conscient malgré tout de passer pour un enfant trop gâté.

— Je croyais qu'ils avaient tout ce dont ils avaient besoin…

— Écoute, quand on a TF1 qui vous fait un pont d'or, on arrête de chouiner cinq minutes ! Tu crois que combien de comiques sont passés en direct en prime time un vendredi soir sur cette chaîne ? Tu crois qu'ils ont consacré un reportage de presque deux heures à combien d'autres que toi ? Tu réalises à quel point tu vas crever l'écran là, avec ce docu qui va passer demain soir, un samedi soir, Édouard, encore en première partie de soirée ?

— J'ai rien dit, marmonne l'humoriste en laissant la maquilleuse lui tamponner le front avec une éponge pleine de poudre couleur chair – « Ça atténuera les brillances », précise-t-elle d'un air affairé. Le regard dans le vague, Édouard repense tout à coup à sa mère, il la revoit devant le miroir piqué de la salle de bains, le matin, occupée à se poudrer l'arête du nez et les pommettes avec du talc. Ce n'est que bien plus tard, lors de ses premières séances maquillage avant d'entrer en scène ou de faire un plateau télé, qu'Édouard avait compris qu'à l'époque, sa mère ne pouvait probablement même pas s'offrir du vrai fond de teint.

Hervé poursuit sur sa lancée, imperturbable.

— On a passé la barre des dix millions de téléspectateurs, les chiffres viennent de tomber…

— C'est génial…

— « Génial » ? Non, mais tu plaisantes, là ? Dix millions de personnes sur leur canapé à suivre en direct ton spectacle, c'est du jamais-vu ! Je crois que tu ne te rends pas bien compte de tout ce qui t'arrive, là !

— Heureusement que je te paye pour t'en rendre compte et m'en faire part, alors…

Les yeux fermés, Hervé prend une longue inspiration, et Édouard, qui connaît par cœur son manager, sait que ce n'est plus le moment de l'enquiquiner. Il pose sa main sur l'épaule de celui qui croit en lui depuis ses débuts et lui lance d'un ton plus sérieux :

— Je plaisante, Hervé. C'est juste la pression qui retombe, ça ira mieux demain. Évidemment que je réalise que toute cette soirée, c'est du délire. Merci.

Son manager esquisse un sourire, puis repart en trombe donner ses dernières instructions à la journaliste qui patiente à quelques mètres de là en compagnie d'un cameraman musclé.

Quand il est interviewé, Édouard a souvent la manie de répondre aux questions dans la peau d'un de ses personnages, en particulier quand le journaliste en face de lui ne lui plaît pas. Peu importe que les critiques apprécient ou non ce qu'ils qualifient souvent de défilade. Ce soir, lorsqu'il salue la jeune femme aux cheveux auburn savamment coiffés en un chignon flou qui est prête à lui débiter ses questions toutes faites, Édouard choisit d'être Zita. Après tout, ce sont les spectateurs qui l'ont adoptée, réclamée à cor et à cri tout à l'heure, alors pourquoi ne pas leur faire encore une fois ce plaisir ? D'autant que l'étrange moue de la journaliste lui semble d'une vulgarité sans nom, comme si le dédain était gravé de façon indélébile sur son visage. Il prend donc une pose exagérément féminine, répond aux premières questions en tournant une mèche de cheveux autour de son index, comme Zita adore le faire, entre deux coups de balai. Il voit bien que la journaliste est décontenancée, que derrière la caméra, Hervé articule de grands non silencieux, mais il a l'habitude de ne faire que ce qu'il lui plaît, et surtout pas ce que quiconque pourrait attendre de lui.

— Yé souis très contente que les gens aient été aussi nombreux à me regarder à la télévisionne ce soir, mais yé dois vous avouer que yé souis malgré tout oune poco inquiète de me dire que pendant ces deux heures de spectacle, ils auraient pu faire dou ménage chez eux, astiquer leurs vitres, faire briller leur, comment vous dites déjà, ah oui, faire briller leur argenterie…

Édouard prend un air très sérieux, malgré l'agacement perceptible de la jeune femme au micro.

— Merci, mais j'aimerais vraiment que vous acceptiez de vous dévoiler un peu plus, Édouard. Vous cultivez le mystère depuis des années, mais nos téléspectateurs adoreraient en savoir davantage sur votre vie privée, votre famille, vos amis, votre quotidien… Par exemple, est-ce que votre fils était au Stade de France, ce soir ? Je suppose qu'il est extrêmement fier du tour de force que son père a accompli ?

À cette phrase, Édouard se referme comme une huître, même si son visage reste impassible, même s'il ne se départit pas du sourire étincelant de Zita. En plus de vingt ans de carrière, il n'a presque jamais prononcé le moindre mot concernant son intimité, se protégeant grâce à ses personnages hauts en couleur qui lui permettent d'oser tout et n'importe quoi – surtout n'importe quoi, soupirerait Jean-Michel. Ce n'est certainement pas aujourd'hui que cela va changer. Il n'a jamais parlé de lui, a toujours laissé les médias raconter sa vie, imaginer son histoire, assembler son quotidien avec les indices, les témoignages qu'ils parviennent à grappiller. Édouard sait bien que sa vie privée n'a plus grand-chose de privé, mais il continue de refuser de participer à cet étalage absurde, affligé que les autres soient si friands de connaître des choses qui ne concernent que lui et n'ont rien à voir avec le personnage qu'il est sur scène.

La jeune femme lui tend si avidement son micro qu'on pourrait croire qu'elle attend qu'Édouard le gobe. Arthur est-il fier de lui ? Que pourrait-il répondre à ça, de toute façon ? Au premier rang, la chaise qu'il lui avait réservée était demeurée vide, et Édouard avait obstinément évité de poser son regard sur ce trou béant durant tout le spectacle. Son fils n'avait même pas fait l'effort de donner à un ami la place qu'il lui avait offerte, encore moins de la revendre au marché noir. Il n'avait pas non plus prévenu son père qu'il ne viendrait pas. N'avait jamais pour autant confirmé qu'il serait présent. Il n'y avait eu que le silence. Comme toujours depuis près d'un an.

Le micro s'agite avec impatience sous sa moustache, et Édouard revient à son rôle.

— Oui, mon fils Rodrigo est très fier de moi, même s'il est très ennouyé que sa maman passe plous de temps à la télé qu'à nettoyer la couisine, c'est un vrai fainéant, cet enfant !

La journaliste adresse un sourire crispé à Édouard et leur échange de regard en dit long sur le bras de fer qui les oppose.

— Je pense qu'on peut arrêter là, j'ai tout ce qu'il me faut, je ne vais pas vous embêter plus longtemps, finit par lâcher, à contrecœur, la jeune femme, faisant signe au cameraman que l'interview est terminée.

— Ce fut un plaisir, répond, le cœur léger, Édouard, reprenant brusquement sa vraie voix. Je suis ravi de vous avoir rencontrée.

Elle lui serre la main, vaincue, et l'humoriste se dirige vers la sortie et ses fans qui doivent s'impatienter.

Il signe des autographes à la pelle, sur des posters, des carnets, des t-shirts. On le prend en photo, on le mitraille et il fait tout ce qu'il peut pour proposer son sourire le plus large à chaque fois. Il dit merci, merci, merci, il le répète inlassablement, c'est grâce à vous que j'en suis là aujourd'hui, c'est vous qui avez rendu tout ça possible, vous le savez ?

Puis, au milieu de la foule compacte amassée sur les barrières métalliques qui commencent à pencher dangereusement, il aperçoit Laurence. Discrètement, il lui fait un petit signe de tête, lui indiquant de le rejoindre devant le taxi aux vitres fumées qui l'attend pour l'emmener au restaurant.

Lorsqu'elle arrive à sa hauteur, Édouard indique d'un regard au vigile sur le qui-vive que tout va bien.

— Bonjour Laurence, j'espérais que vous seriez là ce soir…

Il la serre brièvement dans ses bras avant de se reculer pour la dévisager. La dernière fois qu'il l'a vue, c'était il y a un peu moins d'un an, lors de sa précédente tournée des Zénith. Elle était venue à celui de Toulouse, ravie qu'Édouard s'arrête dans la ville où elle avait passé toute sa vie. Ce soir, il se dit comme à chaque fois, malgré lui, qu'elle a un peu vieilli. La ride du lion qui s'est creusée, le teint un peu moins rosé, l'ovale de son visage qui semble légèrement plus flou qu'il y a quelques mois. Édouard et Laurence ont le même âge, et lorsqu'il la retrouve, ça le renvoie systématiquement au passage du temps, à son propre vieillissement, comme un reflet dans un miroir.

Laurence peut se vanter d'être une de ses toutes premières fans ; elle a assisté à ses débuts au Point-Virgule, en 1995, alors qu'elle était en vacances à Paris chez une amie d'enfance. Elle était venue l'aborder à la fin du spectacle, avec un enthousiasme contagieux, j'ai adoré votre humour, je suis certaine que vous irez très loin… Depuis, elle n'a pas manqué de suivre sa carrière, de prendre son billet pour un spectacle de chaque tournée, parfois même deux si son budget le lui permettait. Édouard s'est attaché à elle, lui proposant même, au bout de quelques années, de lui offrir sa place pour qu'elle vienne le voir, gêné qu'elle doive débourser des sommes de plus en plus importantes pour assister à ses shows. Elle a pourtant toujours refusé, allons bon, je ne vois pas pourquoi je ne payerais pas mon billet ! Édouard a toujours été ému que cette femme puisse l'admirer, puisse croire en lui de façon impartiale, sans rien attendre en retour.

— Alors, c'est quoi la prochaine étape ? Un spectacle sur Mars ? demande Laurence avec tendresse.

Au fil des années, au fil des bribes de conversation volées à la sortie des coulisses, Édouard avait appris à la connaître. Elle était venue à l'un de ses spectacles enceinte jusqu'aux yeux, des jumelles, vous imaginez, adieu les nuits de sommeil ! Il avait vu ses petites filles grandir en photo, touché que Laurence puisse si facilement le faire entrer dans sa sphère privée, qu'elle puisse se confier à lui comme si elle le connaissait depuis toujours, comme si c'était normal de lui raconter sa vie à lui qui était si secret. Comme s'il faisait partie de sa *famille*, presque. Très vite, il avait commencé à la chercher dans les rangées de spectateurs, à l'attendre, à l'espérer comme une vieille amie sur qui l'on peut toujours compter. Quand les médias s'étaient fait une joie de parler à tout bout de champ de son divorce, Laurence n'avait rien dit à Édouard, respectant sa réserve naturelle. Elle s'était contentée d'un petit « Courage » accompagné d'un regard un peu plus appuyé que les fois précédentes, et il avait compris à quoi elle faisait allusion, reconnaissant qu'elle ne vienne pas piétiner comme les autres son malheur tout frais. Et pourtant, Laurence lui avait avoué, quelques mois auparavant, que son mari l'avait quittée : « Un soir de printemps, il en a eu sa claque des jumelles et de leurs disputes permanentes, alors il a fait sa valise et il s'est tiré, comme ça, sans crier gare, en me laissant seulement ses chaussettes sales disséminées dans la maison. » Mais lorsque ça avait été le tour d'Édouard, elle lui avait simplement murmuré « Courage », et cela avait suffi.

Ils discutent une dizaine de minutes, Édouard ignorant délibérément son manager qui s'impatiente à l'intérieur du taxi.

Avant de la laisser, il lui glisse quelques mots à l'oreille d'un air complice. Elle hoche la tête, et il sort de la poche intérieure de sa veste en jean noire une enveloppe marron, la lui tend avec délicatesse.

À peine l'a-t-elle saisie qu'Hervé ouvre la vitre arrière du taxi et se penche à l'extérieur, visiblement agacé.

— C'est quand tu veux… Tout le monde est déjà au restau, hein !

L'humoriste serre à nouveau dans ses bras sa plus fervente admiratrice, lui chuchotant un discret « Merci », puis ouvre enfin la portière de la voiture grise, croisant le regard désabusé de son manager, apparemment au bord de l'inanition.

— On est plus qu'en retard, comme d'habitude…

14

Juin 1995

— On est plus qu'en retard, comme d'habitude…

Les doigts impeccablement manucurés de Djamila Meddour pianotent sur l'accoudoir de son fauteuil à l'épais rembourrage. Elle jette un coup d'œil à sa montre, irritée que l'audition de la dizaine de candidats n'ait pas encore commencé.

De l'autre côté du rideau, Édouard se ronge les ongles, terrifié malgré les « ça va aller ! » excités de Magda. Le jeune couple a pour la première fois confié Arthur à la garde de Monique, le temps de faire l'aller-retour à Paris, dans la salle mythique du Point-Virgule où certains des plus grands humoristes ont fait leurs débuts.

Il est le premier à passer, et il se demande si c'est une bonne ou une mauvaise chose, ça aurait sans doute été mieux de passer en dernier, pour qu'on se souvienne de lui… Il a appris son sketch par cœur, a peaufiné chaque mot employé, l'a répété des dizaines de fois devant son miroir, puis devant Jonathan, son premier spectateur, celui qui hurle « On garde ! » ou soupire « C'est nul, on jette ! » avec assurance.

Cela fait plus d'un an maintenant qu'il se produit dans les quelques cafés-théâtres de Haute-Normandie qui acceptent les débutants. Il y teste les sketches validés par Jonathan puis par Magda, le cœur débordant de joie lorsque les spectateurs éclatent de rire et l'applaudissent. Souvent, pourtant, il a envie d'abandonner, le découragement s'abat sur lui, je ne suis pas fait pour ça, ce soir, personne n'a ne serait-ce que souri, tu imagines ? Il y a des jours où il n'a qu'une envie, sortir de scène, sortir du bar, pour aller se cacher dans sa bagnole, oublier ces gens qui le regardent froidement, impassibles, oublier ceux qui sont restés à discuter entre eux pendant que lui essayait désespérément d'attirer leur attention avec ses blagues. Sa courbe de confiance oscille au gré des réactions du public clairsemé, malgré le soutien indéfectible de son frère et de sa femme qui lui répètent tous les deux qu'il a un véritable don pour tout transformer en gag hilarant.

— C'est à vous, lui lance un employé du Point-Virgule, ne la faites pas attendre.

Édouard a moins de dix minutes pour convaincre, pour faire ses preuves. Dix minutes pour jouer toute sa vie, même si Magda lui a affirmé que s'il n'était pas sélectionné, ce ne serait pas la fin du monde, que personne n'avait de toute façon le monopole de l'humour.

Il entre sur la scène, sourit discrètement à son unique spectatrice, assise dans une posture désinvolte au premier rang. Alors c'est elle, la directrice artistique qui a le pouvoir de le lancer, de tout changer pour lui…

Édouard danse d'un pied sur l'autre, se triture les mains, se mord la lèvre inférieure. Djamila Meddour sent la moutarde lui monter au nez, encore un qui ne va pas réussir à sortir un mot, trop impressionné par l'audition. Quelle perte de temps !

Elle hausse les sourcils en croisant le regard apeuré d'Édouard, et ses yeux semblent lui hurler en silence : « Qu'est-ce que tu attends, tu crois qu'il n'y a que toi ? »

Le jeune homme lui adresse une moue désolée, une grimace caricaturale, il n'a toujours pas ouvert la bouche. Il regarde en l'air comme s'il cherchait à se rappeler son texte, soupire laborieusement.

Ce cinéma dure près de cinq minutes, la moitié du temps imparti à Édouard pour être choisi par cette femme exigeante. Djamila ne sait dire à quel moment son agacement se mue en amusement, à quel moment elle comprend que le jeune homme debout en face d'elle n'est absolument pas tétanisé, mais que ça fait partie de son numéro. Quelque chose bascule imperceptiblement, et devant les mimiques faussement terrorisées d'Édouard, elle se surprend à sourire, enfin.

Alors, il commence à parler. Une simple phrase.

— P-P-P-Personne ne m'a jamais trouvé drôle, mais je vais vous prouver le contraire en moins de cinq minutes.

C'est osé, et Djamila se demande ce qui peut permettre à ce gamin de se montrer si présomptueux. Elle remarque à peine le bégaiement volontaire d'Édouard, lui faisant signe de poursuivre.

— Je ne sais pas si vous êtes comme moi, mais, quand je fais mes courses, je suis du genre à systématiquement choisir la queue qui n'avance pas, c'est infaillible. La plupart du temps, je me retourne vers la personne qui vient d'arriver derrière moi et je lui conseille de se tirer vite fait, cassez-vous, vous pouvez être sûr que vous serez encore là dans une demi-heure, fuyez, je vous dis !

Édouard est comme transfiguré, il *vit* son texte, comme enragé. Il joue son propre personnage, lassé d'attendre, il joue la vieille dame qui lui passe effrontément devant, non, mais elle me marche sur les pieds, là, elle me grimpe littéralement dessus en faisant comme si de rien n'était ! Il joue la caissière blasée, à la voix lente et monocorde, désolée, c'est l'heure de ma pause, là, va falloir patienter le temps du changement de caisse, ma collègue arrive dès qu'elle a terminé sa cigarette. En quelques minutes, il propose toute une galerie de personnages plus vrais que nature, et ce qui semble extraordinaire, c'est qu'ils sonnent tous justes, toutes les situations désopilantes semblent tirées d'un quotidien tout ce qu'il y a de plus normal, où chacun peut se reconnaître instantanément.

Le contraste avec le personnage exagérément introverti du début est tellement saisissant que Djamila se demande si ce garçon étrange ne souffrirait pas, peut-être, de schizophrénie pour sc métamorphoser à la vitesse de l'éclair de façon aussi convaincante.

Lorsque Édouard s'arrête de parler, qu'il est à nouveau comme seul sur scène, la redoutable directrice l'observe avec attention. Le jeune homme reprend son souffle, sérieux. Attend le verdict, anxieux.

Le silence s'allonge, s'épaissit autour d'eux.

Enfin, Djamila décroise les jambes et se redresse sur son fauteuil.

— C'est pas mal. Ça te dit de participer à la scène ouverte de dimanche ?

Édouard acquiesce, abasourdi.

— On verra si tu fais rire le public.

— M-Merci. Je ne vous décevrai pas.

Djamila repousse sa frange ébène de ses yeux et étouffe un petit rire narquois.

— Ce n'est pas moi que tu dois éviter de décevoir, à présent.

D'un geste de la main, elle lui signifie qu'il peut disposer, encore neuf à voir défiler aujourd'hui. Édouard retourne en coulisses sans demander son reste, impatient d'aller annoncer la bonne nouvelle à Magda.

Les semaines suivantes sont harassantes. Édouard travaille à l'agence immobilière du mardi au samedi, fait l'aller-retour tous les dimanches à Paris pour participer à la scène ouverte du Trempoint. Magda l'encourage, et, s'il culpabilise d'être moins présent qu'il le voudrait pour sa femme et pour son fils, il se persuade que ce n'est que temporaire, que ce n'est de toute façon pas le moment de lâcher prise.

Le jour où Djamila le convoque dans son bureau après l'une de ses prestations, il se dit que c'est sûrement maintenant que tout s'arrête. *Si sa porte est ouverte quand j'arrive, alors tout ira bien,* pense-t-il pour se rassurer. Mais la porte rouge vif est fermée, et Édouard sent tout espoir l'abandonner lorsque son poing frappe discrètement et qu'il entre sans attendre. Il l'a bien senti, tout à l'heure, le public était plus réservé, plus frileux, peut-être qu'Alphonse, son nouveau personnage d'agent immobilier malhonnête, n'est pas encore au point, ou peut-être qu'il était moins en forme que les week-ends précédents. Ou peut-être que…

— Tu as de quoi tenir une heure ?

— Pardon ?

— Tu as assez de sketches pour tenir une heure ? répète Djamila de son air naturellement exaspéré.

— Oui, je pense, répond Édouard, hésitant.

— Tu penses ou tu es sûr ?

— Je suis sûr, affirme-t-il avec plus de fermeté.

— J'ai un désistement pour le mois de septembre. Trois soirs par semaine, du jeudi au samedi de 19 à 20 heures. Si ça fonctionne, on te programmera pour octobre et novembre à 20 heures.

Elle n'attend pas de réponse, tellement il est évident qu'une proposition pareille ne se refuse pas. Édouard se retient de la remercier, il sait déjà à quel point Djamila déteste tout ce qui s'apparente de près ou de loin à du sentimentalisme larmoyant. Il se contente donc de disposer, le cœur battant la chamade.

Il a deux mois pour avoir de quoi tenir une heure sur scène, lui qui tourne sur quatre ou cinq sketches bien rodés depuis plus d'un an.

Les mois d'été sont donc studieux, Édouard passant ses soirées à écrire dans son carnet en cuir de nouveaux textes, qu'il rature régulièrement avec fureur. Magda marche sur des œufs, ne sait pas comment atténuer son anxiété, sa peur d'échouer qui ne le quitte plus, à présent que quelqu'un du métier lui offre la chance de sa vie. Elle s'est faite à son habitude de sauter sur son carnet en plein milieu d'une conversation, d'un repas en famille, ou d'une promenade sur la digue. Rien ne l'étonne plus, elle ne lui demande même pas quelle idée vient de fuser dans son cerveau, elle sait qu'invariablement il lui répondra qu'elle saura plus tard.

Arthur fête ses deux ans, et lorsqu'il souffle ses bougies en crachant à moitié dessus, lorsqu'il applaudit en babillant à la vue des flammes qui oscillent, Édouard se dit qu'il n'a jamais été si près de faire la fierté de son fils. Si tout se passe bien, dans quelques années, Arthur pourra s'exclamer crânement devant ses camarades d'école que le métier de son père, c'est de faire rire les autres. C'est bien le but de tous ces efforts, après tout… Voir dans les yeux émerveillés de son enfant la preuve qu'il vaut quelque chose.

Le mois de septembre fébrilement attendu arrive enfin, et les premiers one-man-show d'Édouard sont un succès. Soir après soir, semaine après semaine, il se demande pourquoi les spectateurs continuent d'affluer, de venir au Point-Virgule *exprès* pour lui.

Djamila le programme jusqu'à la fin de l'année, et un soir, alors qu'il vient d'éteindre sa lampe de chevet, Magda lui souffle qu'il serait peut-être temps de faire le grand saut, qu'il va finir par s'épuiser en jonglant sans cesse comme il le fait depuis plusieurs mois. « Au pire, on se serrera un peu la ceinture en comptant surtout sur mon salaire… » Dans l'obscurité de la chambre, Édouard sourit. « D'autant plus qu'Arthur refuse de manger autre chose que des pommes de terre.

L'effort ne serait pas si surhumain pour lui… » Magda pouffe, tu ne la notes pas dans ton carnet, celle-là ?

Cette nuit-là, cependant, il peine à trouver le sommeil. La méfiance reprend le dessus, s'infiltre comme une ombre menaçante. Et si tout ça n'était qu'une chimère, un caprice ? Et si là-haut, quelqu'un s'amusait à lui faire croire qu'il était sur la bonne voie pour que la dégringolade n'en soit que plus douloureuse ? Il faut bien se hisser en l'air pour tomber, être aspiré dans un trou béant. Pourquoi aurait-il le droit de désirer, la chance de s'envoler, alors que son frère, à vingt ans, s'endort encore, soir après soir, dans le même lit superposé à moitié vide, n'ayant jamais pu s'offrir le luxe de rêver à quoi que ce soit ?

Oui, cette nuit-là, Édouard tourne encore et encore dans son lit, rejetant les draps qui s'emmêlent entre ses jambes, incapable de trouver le sommeil dont il aurait pourtant bien besoin. Une question, lancinante, pernicieuse, se faufile au creux de son oreille.

En quoi mérite-t-il tout ce qui lui arrive ?

15

31 mars 2017 – 23 h 30

En quoi mérite-t-il tout ce qui lui arrive ? Jean-Michel balaye l'interrogation de son poulain d'un revers de la main, d'un éclat de rire un peu trop bruyant.

— Voyons, Édouard, tu ne vas pas me dire que tu en es encore là aujourd'hui ? Franchement, pourquoi tu te poses toujours des questions tordues ? Tu ne peux pas te contenter de savourer, de profiter ? En plus, je vais te dire : quand bien même, pour une obscure raison, tu ne mériterais pas ce qui t'arrive, qu'est-ce que ça peut faire ? Tu crois que le pauvre gars qui se retrouve SDF du jour au lendemain après quarante ans à trimer comme un chien, il mérite ce qui lui arrive ? Non ! La vie, ce n'est pas une question de mérite, va. Prends donc une coupe de champagne, tiens, je crois que tu en as bien besoin !

Son producteur lui glisse dans la main une flûte remplie à ras bord, toute son équipe n'attend plus que lui pour trinquer. Dans trente minutes à peine, le calendrier passera au premier avril, et peut-être qu'il réalisera que toute cette soirée n'aura été qu'une immense blague, finalement.

La trentaine de personnes attablées dans le restaurant privatisé spécialement pour cet « after » lèvent leur verre dans un brouhaha joyeux, et Francis, l'ingénieur son de la tournée, beugle avec enthousiasme : « Un discours, un discours ! » Les autres s'empressent se reposer leur coupe pour frapper en rythme dans leurs mains, impatients d'entendre le mot final de celui qu'ils accompagnent depuis septembre dernier, celui qu'ils ont suivi sur près de deux cents dates, soit presque chaque soir depuis sept mois. Un record d'épuisement pour Édouard et pour eux.

L'humoriste n'a rien préparé, toute sa concentration et son énergie ayant été absorbées par l'ultime soirée au Stade de France, l'ultime défi à relever avant de tirer sa révérence et de se reposer un peu.

— B-b-b-b-bonsoir les amis, commence-t-il d'un air malicieux, et le silence se fait dans la petite salle voûtée à la décoration à la fois sobre et chic.

Installé par les autres en bout de table, il pose sa flûte à côté de son assiette avant de poursuivre.

— Je vais faire court, parce que je pense que vous m'avez assez entendu parler et sortir les mêmes plaisanteries soir après soir depuis des mois. En fait, vous le savez aussi bien que moi, je n'ai qu'une chose à vous dire aujourd'hui : merci. Merci d'avoir accepté de me suivre dans ce projet un peu fou et complètement éreintant d'une tournée aussi importante, avec l'apothéose de ce soir. Merci d'avoir travaillé d'arrache-pied, passionnément, furieusement, pour que ces spectacles soient à chaque fois à la hauteur de ce que le public attendait. Merci d'avoir subi sans broncher mes lubies, mes moments de doute et de découragement, mes crises d'angoisse, mes accès de colère parfois. Sans vous tous, je n'aurais jamais pu accomplir tout ça. Alors du fond du cœur, merci.

Autour de lui, les membres de son équipe sourient chaleureusement et les paroles bienveillantes d'Édouard évoquent à chacun une anecdote différente. Pour Mickaël, le régisseur lumières, c'est le mot « lubie » qui résonne ; il se souvient encore à quel point l'humoriste s'est montré exigeant sur cette tournée, allant jusqu'à lui indiquer les références Pantone des couleurs des spots qu'il voulait à tout prix, comme si sa vie en dépendait. Pour Cynthia, qui a créé toute la mise en scène du spectacle, c'est l'expression « accès de colère » qui met en branle sa mémoire : elle entend encore Édouard vociférer à chaque fois qu'elle ne comprenait pas dans la seconde ce qu'il avait précisément en tête. Hervé, lui, n'est pas près d'oublier les moments de doute de l'artiste ; il a parfois eu le sentiment d'être davantage un psychologue qu'un manager pour Édouard, à toujours le rassurer et le convaincre que cette nouvelle tournée serait un succès et qu'il serait, comme toujours, à la hauteur. Tous savent à quel point Édouard est perfectionniste, à quel point pour lui chaque détail compte. Et tous apprécient d'être remerciés, reconnus, ce soir.

Édouard reprend sa coupe trop remplie, renversant au passage quelques gouttes de champagne sur la nappe blanche impeccablement repassée.

— Fais gaffe, c'est du Ruinart, mec, l'apostrophe Francis d'un ton enjoué.

L'ensemble de l'équipe applaudit, puis tous se lèvent pour trinquer les uns avec les autres. Le brouhaha des conversations et des rires reprennent, et Édouard en profite pour s'éloigner de la tablée, s'isolant dans les immenses toilettes à la lumière tamisée où un air de musique classique vient parfaire l'ambiance feutrée.

Il sort son téléphone portable, ouvre la liste de ses contacts, Arthur étant évidemment en première place de l'ordre alphabétique. Après quelques secondes d'hésitation, il appuie sur le prénom de son fils. Porte l'appareil à son oreille, compte les sonneries en retenant machinalement son souffle.

Au bout de sept bips insupportables jamais interrompus, le répondeur se déclenche. Son fils prononce un seul et unique mot, son prénom, suivi par la désagréable voix métallique universelle qui enchaîne : « … n'est pas disponible pour le moment. Merci de bien vouloir laisser un message après le bip sonore. Après avoir enregistré votre message, vous pourrez le… »

Édouard raccroche avant que le robot ait terminé son annonce. Avisant l'urinoir, il en profite pour se soulager la vessie, regardant sans le voir son visage dans le grand miroir étincelant qui occupe tout un pan de mur de la pièce. D'un air morne, comme si la fatigue cinglante retombait brutalement sur ses épaules, il se sèche les mains dans le vacarme assourdissant du séchoir.

Puis il retente sa chance, parce qu'on ne sait jamais. Rappelle le même numéro, espérant de toutes ses forces entendre la voix d'Arthur à l'autre bout de la ligne. En vain. Remarque sur l'écran la petite enveloppe qui lui indique qu'il a reçu un SMS, s'empresse de l'ouvrir, il s'agit peut-être d'un message de son fils, même quelques mots abrégés, Édouard serait prêt à s'en satisfaire. *Félicitations pour ce soir, tu étais époustouflant ! J'espère que tu es en bonne compagnie pour fêter ça !* Le texto vient de Yoann, et l'humoriste sourit tristement en pensant à son ancien partenaire clown de l'association Clown' Hôpital, le seul avec qui il ait gardé contact au fil des années. Yoann est indissociable d'un sentiment de nostalgie et de mélancolie, du souvenir d'un temps révolu où Édouard bondissait dans les couloirs de l'hôpital Gustave-Roussy déguisé en clown, affublé d'un immense bonnet de nuit rapiécé qui traînait jusqu'au sol et dans lequel, invariablement, il se prenait les pieds pour le plus grand bonheur des enfants qui assistaient à ses cascades. Un pincement au cœur, Édouard hésite à répondre à Yoann quelques mots choisis au hasard pour signifier merci, puis il remet ça à plus tard, ne parvenant pas à trouver une formule qui ne paraisse pas impersonnelle. *J'espère que tu es en bonne compagnie pour fêter ça.* Toute son équipe est avec lui, à quelques mètres de là. Pas sa famille, et surtout, pas Arthur.

Impossible pour Édouard de ne pas se demander si son fils ignore délibérément ses appels ou s'il est juste occupé à autre chose. Y a-t-il la moindre chance qu'il l'ait regardé sur TF1, est-il fou de l'espérer ? Arthur pourrait être avec sa copine, au cinéma, en train de réviser pour ses examens, ou même simplement couché. Il pourrait ne pas entendre son téléphone, l'avoir oublié chez lui et être sorti pour la soirée… Il n'en reste pas moins que, de lui-même, il n'a pas fait l'effort d'appeler son père, alors que c'est sans doute la soirée la plus extraordinaire de toute sa vie. Aux yeux des autres, du moins.

Parce que si quelqu'un posait la question à Édouard, et en admettant qu'il accepte de répondre et de se dévoiler un peu, il n'aurait aucune hésitation. La soirée la plus extraordinaire de toute sa vie, il ne l'a pas passée au Stade de France mais à l'hôpital du Havre, la nuit où son fils est venu au monde, il y a près de vingt-quatre ans. Ce vertige de l'inconnu, cette excitation à l'approche d'un bonheur qu'on ne pouvait que deviner, imaginer, cette sensation enveloppante d'être infiniment petit par rapport à la vie qui s'annonçait sous le ventre tendu de Magda. Il n'a rien oublié de tout ce qu'il a confusément ressenti ce soir-là.

Ça ferait bien rire Arthur d'entendre cette confession, il n'y croirait probablement pas une minute. Bien sûr, Édouard a éprouvé sur scène des émotions s'approchant de ce vertige primitif, mais jamais rien de comparable à la naissance de son fils. Bien sûr, il s'est égaré, il s'est perdu en chemin puisqu'on ne prend conscience de son bonheur qu'après l'avoir méprisé, qu'après l'avoir piétiné pour chercher quelque chose d'autre, plus haut, plus loin, toujours un peu plus loin, parce que rien ne semble jamais suffisant. Bien sûr, il a eu le sentiment euphorisant de s'être trouvé lorsqu'il est grimpé sur scène pour la première fois, bien sûr, à ce moment-là, il a oublié l'impression de complétude qui l'avait submergé lors de sa première rencontre avec Arthur.

Mais s'il devait faire le bilan aujourd'hui, après cette soirée grandiose, il saurait dire ce qui a compté le plus pour lui, même s'il a été incapable d'en prendre conscience quand il aurait fallu le faire, même s'il ne l'a jamais avoué à Magda et à Arthur, même s'il n'a jamais trouvé les bons mots, lui le dompteur de syllabes, le chef d'orchestre de phrases.

D'ailleurs, si son fils avait décroché ce soir, que lui aurait dit Édouard ? Des banalités intolérables, il y avait plein de monde, oui, ça s'est très bien passé, est-ce que tu m'as regardé à la télé ? Serait-il parvenu à lui glisser, au détour d'une platitude de plus, qu'il ne voulait que bien faire, qu'il regrette que le conflit ait pris de telles proportions, que la dernière chose qu'il cherchait, au fond, c'était à se brouiller avec lui ?

Parce que Édouard a voulu « pousser » Arthur, trop fort sans doute. À avoir souffert d'un père qui ne croyait pas en lui, il s'est persuadé que c'était tout l'inverse qu'il fallait à son enfant. Il se devait de l'encourager, le forcer à se dépasser. Alors quand son gamin a eu l'idée, à cinq ans à peine, de s'amuser à faire parler ses marionnettes en peluche, Édouard n'a eu de cesse de l'encourager dans cette voie, tu as un don, il ne faut pas le gâcher, entraîne-toi ! Pendant toute l'enfance d'Arthur, il a insisté, s'extasiant sur son ventriloque de fils à la moindre occasion, certain qu'il lui donnerait des ailes à force de le porter aux nues. « Il ne fait ça que pour s'amuser, c'est un enfant, laisse-le un peu tranquille », soupirait Magda. Arthur avait fait du théâtre, deux fois par semaine, pendant des années. Il était brillant à l'école, mais Édouard, en signant son bulletin scolaire, lui affirmait : « C'est bien, mais on s'en fiche des bonnes notes, tu es tellement au-dessus de tout ça, Arthur ! »

L'enfant suivait sans rechigner, heureux que son père s'intéresse à lui lorsqu'il était présent, prêt à tout pour attirer l'attention d'un parent un peu trop souvent absent, un peu trop souvent en tournée.

Alors Édouard avait failli tomber de sa chaise quand son fils, à dix-huit ans, lui avait annoncé qu'il laissait tomber le théâtre, que la scène ne l'attirait pas plus que ça, qu'il ne voulait pas de cette vie-là.

— Mais qu'est-ce que tu comptes faire, après le bac ?

— Des études, papa.

— Des études ? Mais pour quoi faire ? Des études de quoi ?

— Je n'ai pas encore décidé. Peut-être médecine.

— Tu plaisantes ? Mon fils ne va pas devenir médecin, quand même ! Médecin, c'est déprimant, comme métier, Arthur ! Tu ne vois que des malades à longueur de journée ! Ou pire, des gens qui ont *peur* d'être malades !

— Arrête, papa, avait soupiré le fils, lassé de ne jamais pouvoir avoir une conversation sérieuse avec son père, perpétuellement en train de tout tourner en dérision. La fac de droit, aussi, ça me tenterait bien…

— Oh Arthur, je t'en prie, dis-moi que c'est une blague ! Tout le monde peut être médecin ou avocat, tout le monde… Mais faire rire les gens, ça n'a pas de prix ; ça n'est pas donné à tout le monde. Tu as du talent, ne le gâche pas, s'il te plaît !

Si Édouard avait parfaitement fait le parallèle entre cette scène et celle qui l'avait opposé à son père presque au même âge, il n'avait pourtant pas compris que son attitude vis-à-vis de son fils aboutissait au même résultat que les années de dénigrement de Lucien Bresson. Il croyait sincèrement bien faire et si la discussion ne s'était pas transformée en dispute franche, il n'en restait pas moins qu'après cela, Arthur s'était encore plus éloigné de son père, ce dernier ne faisant aucun effort pour le rattraper, certain que le jeune homme se rendrait compte de son erreur rapidement. Édouard était tellement convaincu qu'Arthur était fait pour être lui aussi sur scène qu'il ne pouvait comprendre la réaction de son fils. Quand on avait un tel don, il était inenvisageable de ne pas l'offrir au monde, c'était un véritable crime de le renier avec autant de désinvolture, de se contenter de choisir un métier que n'importe qui d'autre pouvait faire. Pour Édouard, le talent était bien au-delà de l'envie, c'était quelque chose qu'on recevait, qui nous *transcendait*, pas quelque chose qu'on choisissait, et encore moins quelque chose qu'on avait le droit de balayer d'un revers de la main. Son fils ne pouvait que s'en rendre compte, c'était impossible autrement !

Mais Arthur avait commencé des études pour devenir avocat, un caprice passager d'après Édouard. Et cette année, il s'apprêtait à obtenir un obscur master de droit et à passer l'examen d'entrée dans une école d'avocats. Au fil du temps, la distance avec son fils s'était creusée, de déceptions en incompréhensions, de ressentiment en abdication.

Cela faisait bien longtemps qu'il n'avait plus fait parler la moindre marionnette.

Avant de ranger son portable dans sa poche et d'aller rejoindre son équipe, Édouard vérifie une dernière fois qu'il n'est pas en silencieux. Il s'en voudrait de manquer le moindre appel, même s'il doute d'entendre la voix tant espérée ce soir.

16

Décembre 1998

Il s'en voudrait de manquer le moindre appel, même s'il doute d'entendre la voix tant espérée ce soir. Alors après son spectacle, Édouard refuse d'accompagner les autres, bien décidés à poursuivre les festivités dans un bar branché d'une rue adjacente. Il préfère regagner le calme de sa chambre située à deux pas de la gare Saint-Lazare. Est-ce qu'à 23 heures, Magda sera déjà couchée, ou est-ce qu'elle tentera de lui téléphoner à l'hôtel ? Lui ne veut pas risquer de réveiller Arthur par des sonneries stridentes, il est donc obligé d'attendre en croisant les doigts pour que sa femme l'appelle. Cela fait bientôt quatre mois qu'il joue du jeudi au dimanche soir à l'Olympia, presque à guichets fermés. Chaque semaine, près de huit mille spectateurs viennent voir son dernier spectacle, *Moi j'vends du rêve*.

Il rentre au Havre tous les lundis en fin de matinée, éreinté, avant de repartir le jeudi matin. Il passe le début de la semaine à écrire, des boules Quiès enfoncées dans les oreilles pour ne pas être dérangé par les bruits environnants, à répéter ses sketches en prévision des trois soirs de spectacle qui l'attendent. Arthur et Magda restent à deux le week-end, et le petit garçon de cinq ans refuse de croire ses camarades de classe qui lui affirment que leurs papas à eux vivent sept jours sur sept à la maison. « Même pas vrai », s'exclame-t-il, scandalisé par de telles inepties.

Tout s'est enchaîné très vite pour Édouard. L'an dernier, il était à La Cigale, avec mille spectateurs chaque soir, après avoir triomphé pendant dix-huit mois au Point-Virgule. Les salles sont de plus en plus grandes, Édouard est devenu « bankable », comme on dit dans le métier. Il passe dans des émissions de télévision et à la radio, où les personnages de Zita la concierge maniaque et d'Alphonse l'agent immobilier véreux font un tabac. Tous les plus grands festivals d'humour le courtisent, l'invitent, son nom est systématiquement en tête d'affiche lorsqu'il accepte. L'audimat grimpe en flèche et la cote de l'humoriste aussi.

En février, il doit se lancer dans une nouvelle tournée en province pendant quatre mois, il est prêt à enchaîner une centaine de dates, prêt à mettre sa vie de famille entre parenthèses même si ça lui déchire le cœur de se dire qu'il ne verra ni Magda ni son fils durant tout ce temps. Mais il ne peut pas ralentir, pas maintenant. « Quand alors ? » s'enquiert souvent sa femme, attristée qu'Arthur demande quotidiennement si son père va bientôt rentrer. Elle voudrait dire à Édouard que ça commence à dérailler, que ce n'était pas comme ça qu'elle imaginait leur vie, même si elle a toujours encouragé et soutenu son mari. Elle a le cœur serré lorsque son fils s'écrie : « Ce soir, on dîne avec papa » en s'empressant d'allumer la télévision pour trouver la chaîne qui diffuse l'émission où Édouard fait quotidiennement le pitre. Elle a envie de pleurer lorsque, soir après soir, il embrasse le gigantesque poster à l'effigie d'Édouard au-dessus de son lit en chuchotant un « Bonne nuit » d'un ton de connivence. Et pourtant, elle ne sait pas quoi faire, elle ne veut pas stopper l'ascension de son époux, après tout, ç'a toujours été son rêve, sa passion, bon sang, c'est même elle qui l'a poussé à tenter sa chance peu après la naissance d'Arthur, quand elle a compris que végéter à l'agence immobilière ne lui suffirait pas, qu'il aspirait à tout autre chose.

Édouard lui a proposé d'emménager à Paris, mais elle sait que ça ne résoudra en rien le problème des mois de tournée en province. Et il lui faudrait tout reconstruire, dans cette capitale froide dont elle ignore tout. Les musées ne manquent pas, elle pourrait certainement retrouver un poste de guide, mais a-t-elle le courage – l'envie – de s'installer, comme une étrangère, dans une ville démesurée ? Et serait-elle vraiment moins seule, loin de sa famille, en ne pouvant plus compter que sur Édouard ?

« Le succès lui monte à la tête », c'est ce qui se murmure parfois en coulisses, quand l'humoriste houspille un membre de l'équipe pas assez efficace, pas assez attentif. Certes, il a toujours été perfectionniste, et la même angoisse l'étreint avant chaque spectacle, ce qui peut expliquer ses humeurs, mais quelque chose a *changé*. Les médias l'encensent, les critiques sont quasi unanimes, et s'il lutte pour ne pas se faire aspirer dans un gouffre de superficialité et de fines bulles, il sent que peu à peu il se laisse porter, griser par ses triomphes successifs. Rien ne semble pouvoir l'arrêter, il gravit les marches une à une, il n'est même plus surpris du nombre d'affiches faisant la promotion de son spectacle lorsqu'il marche dans les rues de Paris. On s'habitue vite aux choses, même les plus incroyables, et peu à peu, elles deviennent simplement normales. Il a sa tête dans le métro, sur les bus, les kiosques à journaux, les panneaux publicitaires, dans les magazines, à la télévision, partout, et ça en devient banal, à force.

Ce jour-là, quand Édouard rentre au Havre à l'heure du déjeuner et que Magda le rejoint à la maison pendant sa pause du midi, les retrouvailles sont timides, presque maladroites. Il embrasse rapidement la jeune femme avant de s'affaler dans le canapé, épuisé, comme d'habitude.

— Je vais faire des spaghettis, ça te va ? demande Magda.

— Ce sera parfait. Le week-end s'est bien passé ?

— Très bien. Et toi ?

— Super. Hier soir, je crois que je me suis surpassé. À la fin, le public s'est levé pour m'applaudir ! Tu imagines : des Parisiens debout pour m'acclamer !

Magda met l'eau à bouillir, puis se retourne pour sourire à Édouard.

— Tu le mérites, tu le sais bien.

Il ne répond pas.

La conversation faite de miettes de mots qui ne parviennent pas à s'assembler pour former quelque chose de mémorable se poursuit bon gré mal gré. Chacun voudrait trouver la phrase juste, mais ils sont comme deux musiciens qui joueraient chacun dans une clé différente sans jamais pouvoir se rencontrer.

— Qu'est-ce que tu as fait, avec Arthur ?

— Rien de spécial. Les courses, l'atelier d'éveil musical samedi après-midi, il adore le tambourin d'ailleurs, on pourrait lui en acheter un, à l'occasion. Dimanche, je l'ai emmené au parc, comme il faisait beau.

— C'est bien, répond Édouard à défaut d'autre chose.

Il note dans un coin de sa tête de trouver un magasin de musique à Paris, pour rapporter l'instrument à son fils la semaine prochaine, voilà qui lui fera plaisir. Malgré lui, il est partagé entre la tristesse de ne pas être présent pour ces petits moments de joie en famille et l'impression que sa femme et son fils sont englués dans un quotidien qui n'a rien d'extraordinaire ou même d'enviable. Qui, dans un sens, le ramène insidieusement à son enfance et à ce père duquel il voulait à tout prix se démarquer.

À la fin du repas, avant de repartir travailler, Magda vient s'asseoir sur les genoux de son mari, elle appuie la tête d'Édouard contre sa poitrine pour lui caresser les cheveux. Celui-ci passe ses bras autour de sa taille, tendrement. On n'entend plus que les rares gazouillis des moineaux, de l'autre côté des fenêtres.

— Tu feras l'aller-retour, pour Noël ?

Édouard joue le 24 et le 25 au soir, il n'a pas eu le choix au moment de la programmation, n'a pas osé demander une pause pour passer les fêtes de fin d'année en famille, même si Magda ne comprend pas pourquoi il s'impose tout ça, ce n'est pas comme s'il avait un patron auquel il devait obéir coûte que coûte sans jamais rechigner. « Plus tard, je ferai ce que je veux, mais pour le moment, je ne peux pas me permettre de caprices… », avait-il soupiré, et elle avait haussé les épaules, résignée, se retenant de répondre que s'il voulait vraiment être avec eux pour Noël, personne ne pourrait l'en empêcher, et que sa carrière ne s'arrêterait pas juste à cause de deux soirs d'absence.

— Oui. Je partirai juste après le spectacle du jeudi soir, j'arriverai dans la nuit. Comme ça, je serai là quand Arthur se réveillera pour ouvrir ses paquets le 25 ! Et je repartirai en début d'après-midi.

Magda hoche la tête doucement, les lèvres serrées. Édouard poursuit.

— Ce n'est plus qu'une question de temps, chérie. Bientôt, on sera les maîtres du monde, on fera ce qu'on voudra !

La semaine suivante, lorsque Édouard rentre chez lui et qu'il va chercher, en fin d'après-midi, son fils à l'école, il n'a qu'une hâte, qu'Arthur découvre le cadeau qu'il lui a rapporté, après avoir longuement arpenté les rues du IXe arrondissement dans le froid glacial de décembre.

Une fois à la maison, le petit garçon s'empresse de déchirer le papier cadeau bleu roi et hurle de joie en découvrant un tambourin plus gros que sa tête.

— Regarde, maman, c'est le même qu'à l'atelier de musique !

Arthur sautille dans tout l'appartement au rythme de son nouveau jouet, tapant allègrement sur la peau de tambour. Une heure après, il ne s'est toujours pas lassé de l'instrument, chantonnant à tue-tête pour accompagner les percussions.

Édouard s'est installé à son bureau. Depuis plusieurs jours, il peine à trouver le fil d'un nouveau sketch, pourtant il a l'impression de l'avoir au bout des doigts, si près que ça en devient agaçant. Si seulement il arrivait à faire le vide, à se concentrer sans le moindre bruit, alors il trouverait comment assembler les bribes d'idées qu'il a collectées, tout ferait sens, il en est certain.

— Tu peux faire moins de bruit, Arthur ? Je crois qu'on a eu notre dose de tambourin pour la soirée…

L'enfant est bien trop occupé pour entendre son père, et il continue à bondir en secouant avec enthousiasme son jouet.

Soudain, Édouard n'est plus capable de penser à autre chose qu'à ce vacarme insupportable qui lui vrille les oreilles et l'empêche de travailler, de penser. Alors, quand Arthur passe une nouvelle fois à sa hauteur, il se retourne vers lui, furieux, et l'attrape fermement par le bras. L'enfant le regarde d'un air perplexe, avant de gémir de douleur. Édouard explose :

— Silence !

17

31 mars 2017 – 23 h 50

— Silence !

Les conversations animées s'éteignent aussi sec, comme la flamme d'une bougie brutalement privée d'oxygène, et lorsque les regards interloqués se tournent dans sa direction, Édouard comprend que c'est lui qui vient de s'exclamer. Il rit nerveusement, boit une gorgée de saint-émilion pour se donner une contenance.

— Ne faites pas attention à ce que j'ai dit, c'est la fatigue qui parle ! se justifie-t-il d'un air dégagé.

Jean-Michel et Hervé échangent un regard inquiet, mais les discussions reprennent aussitôt, et le brouhaha emplit à nouveau la salle du restaurant.

Édouard baisse les yeux, et fait mine de se concentrer sur la dorade grillée au ventre rempli de petits légumes colorés allongée en travers de son assiette. L'œil visqueux lui donne soudain la nausée, il n'a jamais compris pourquoi plus les restaurants étaient raffinés, plus ils servaient des mets écœurants à regarder. Il fouille à l'intérieur des entrailles vidées du poisson, en ressort une fourchetée de julienne de carottes et de courgettes, qu'il porte à sa bouche sans entrain.

— Si tout se passe comme sur des roulettes, le DVD du spectacle enregistré ce soir devrait sortir fin juin. On prévoit d'en vendre deux millions d'exemplaires pour combler le déficit du Stade de France.

Édouard mâchonne en hochant la tête, écoutant à peine les paroles trop sérieuses de Jean-Michel, qui ne pense constamment qu'à une chose, l'argent. Les bénéfices, le manque à gagner, il n'a que ça à la bouche en permanence, forcément puisque c'est lui qui aligne les paquets de billets au départ, qui choisit de miser sur le succès encore jamais démenti d'Édouard. Ça fait sept mois qu'il répète la même rengaine, tu sais ce que ça nous coûte, le Stade de France, tu sais comment il va falloir ramer pour ne pas être dans le rouge après cette folie ? Pourtant, ça lui est bien égal à Édouard, toutes ces questions de fric, le principal, c'est que tous ceux qui bossent soient payés, que les spectateurs soient satisfaits, pour le reste, il y aura toujours moyen de se refaire. Jean-Michel, son rôle, c'est de tenir les cordons de la bourse, c'est normal qu'il flippe à longueur de journée. Mais celui d'Édouard, c'est de faire rêver les milliers de personnes assises en face de lui, rien d'autre.

La voix traînante de son producteur continue d'emplir son oreille gauche, sans que l'humoriste ne parvienne plus à se concentrer sur le sens des phrases qui tourbillonnent. À sa droite, Hervé est en pleine discussion avec la metteuse en scène du spectacle, Cynthia, qui ponctue chacune des répliques de son manager par des « mm mm » attentifs. Une fois qu'Édouard, quelque part dans son cerveau, a remarqué ses « mm mm », ils deviennent subitement omniprésents, irritants, comme un tempo de batterie sur lequel tout le monde se calerait inconsciemment. À l'autre bout de la table, Francis raconte quelque chose d'apparemment hilarant aux deux assistantes lumières qui s'esclaffent toutes les deux d'un rire aigu, presque agressif. Les gloussements staccato persistants viennent se combiner aux désagréables « mm mm », et Édouard sent que la boule d'anxiété au creux de son estomac, oubliée depuis quelques heures, se réveille doucement, mais sûrement. La dorade inerte le regarde d'un air narquois, les boyaux de légumes chatoyants dégueulent de son ventre béant. Les fourchettes et les couteaux à poisson argentés claquent contre la céramique des assiettes, crissent comme une craie sur un tableau contre les porte-couteaux en ardoise grise, cognent contre les dents des convives, les trop nombreux verres à pied s'entrechoquent à chaque gorgée que quelqu'un prend, les bouteilles de vin sont reposées pesamment, Édouard sent presque vibrer la table à chaque fois. Tout ce vacarme s'infiltre dans ses oreilles, submerge son cerveau, son cœur s'accélère au rythme crescendo des cris et des rires qui l'attaquent de toutes parts, son ventre se remplit de ces sons explosifs qui rejoignent les quelques vermicelles de légumes qu'il a réussi à avaler depuis le début du repas. La boule d'angoisse grossit, se presse contre son diaphragme jusqu'à lui filer la gerbe, encore et toujours, même s'il sait que vomir n'apaise jamais bien longtemps le démon vorace, toujours prompt à reprendre des forces à la moindre occasion. L'angoisse n'est jamais domptée ; comme la marée, elle ne fait que se retirer provisoirement, laissant un peu d'écume de honte et de désespoir sur son passage. Tout n'est que répit passager entre deux crises, Édouard le sait depuis le temps que cette compagne s'est invitée à son réveil, dans ses draps, la nuit, le jour, au supermarché, au cinéma, lorsqu'il marche dans la rue, qu'il relève son courrier, n'importe où, n'importe quand, elle ne fait qu'attendre, tapie à l'intérieur de lui, enfouie au plus profond de son âme jusqu'à parfois se faire oublier. Pour n'en revenir que plus victorieuse quelques heures, quelques jours après.

Le bruit est insupportable, omniprésent, suffocant. Il entend les bouches qui mâchonnent, les déglutitions mouillées, les exclamations, les toux discrètes, les reniflements des enrhumés, même le frottement des mains qui recoiffent une mèche de cheveux rebelle lui semble insupportablement perceptible, intolérablement envahissant. La sueur commence à perler à ses tempes, l'oxygène se fait rare, il se sent oppressé, opprimé, harcelé par le vacarme de la trentaine de joyeux convives. Sous ses yeux, la dorade elle aussi semble se foutre de sa gueule, comme si elle souriait de son ouïe grande ouverte.

Se lever. S'excuser, n'importe quel prétexte fera l'affaire. Prendre le temps de remettre en place sa chaise pour ne pas éveiller l'attention des autres. Partir, sortir de cette pièce où il étouffe aussi sûrement que si quelqu'un s'amusait à l'étrangler d'une poigne de fer. Rentrer chez lui, vite. Fuir. Encore, fuir.

— Ça ne va pas, Édouard ? Tu tires une drôle de tronche…

Hervé le scrute d'un air inquiet.

— Non, ce n'est rien. Le soufflé qui retombe, c'est tout. Je vais rentrer chez moi, je suis harassé.

Son manager hoche la tête.

— Tu veux que je te ramène ?

— Non, profite du dîner, vous l'avez tous bien mérité. Je vais prendre un taxi.

— Tu es sûr ?

Édouard rassemble tout ce qui lui reste d'énergie pour adresser un sourire convaincant à Hervé.

— Mais oui, je te dis que ça va aller ! Il faut toujours que tu te fasses du mouron pour moi !

L'humoriste fait « au revoir » de la main à la tablée, pressé de se retrouver dehors, dans l'air frais, dans le silence de la nuit. Il essaye de ne pas grimacer quand toute son équipe invente de l'applaudir, de l'acclamer une dernière fois, et pourtant il jurerait que ses tympans ne sont pas loin d'être violemment transpercés.

Une fois à l'extérieur, il sort son téléphone pour commander un taxi. Dix minutes à attendre, seul, à reprendre ses esprits, dans l'espoir que cette satanée angoisse accepte de desserrer son emprise. Édouard retire son pull marin, se retrouve en t-shirt, soulagé de sentir le froid s'immiscer sous le tissu de coton.

Des talons claquent sur le pavé et lorsqu'il regarde à sa droite, il aperçoit Tiphaine, son attachée de presse, qui approche à grands pas, son sac à main serré sous son aisselle.

— J'ai eu peur que tu sois déjà parti…, minaude-t-elle une fois parvenue à sa hauteur.

— Qu'est-ce que tu fais là ?

— Je me disais que ce serait dommage que tu termines cette soirée tout seul chez toi…

— Ce n'est pas le moment, là, je suis désolé. Retourne t'amuser avec les autres, d'accord ?

— Mais on pourrait s'amuser tous les deux, non ?

La jeune femme se rapproche de lui, il peut presque sentir son souffle chaud dans son cou. Des sueurs froides suintent le long de sa colonne vertébrale, l'angoisse ouvre à nouveau ses crocs, prête à le dévorer, à le faire disparaître. Édouard déglutit avec difficulté, et Tiphaine s'imagine que c'est elle, ses longues jambes et ses lèvres charnues, qui lui font cet effet-là. Sa main gauche se glisse sous son t-shirt, grimpe jusqu'à son torse jusqu'à ce qu'Édouard vienne l'interrompre, retirant les doigts entreprenants avec fermeté.

— Pas ce soir. Je suis désolé, marmonne-t-il sans l'être le moins du monde.

— Mais je croyais que toi et moi, on…

— Je suis lessivé, tu peux comprendre ça, j'ai besoin de me reposer. Seul, précise Édouard.

Cela fait plus de deux ans qu'il couche à l'occasion avec Tiphaine, les soirs où la solitude est trop écrasante, ou bien les soirs où il se sent inexplicablement plus léger. La jeune femme aux cheveux châtain clair est indéniablement attachante, même si Édouard se doute que de son côté à elle, leur « relation » n'est pas plus exclusive que du sien. Tiphaine a un bon fond, comme aurait dit Monique Bresson si elle l'avait un jour rencontrée, mais il n'a jamais cherché une compagne, juste quelqu'un qui puisse combler de façon éphémère le vide lorsqu'il devient trop grand.

— Je te laisse, alors.

La jeune femme s'avoue vaincue, se contente d'embrasser Édouard sur la joue avant de s'éloigner en direction du restaurant. Il serait prêt à mettre sa main au feu qu'elle réfléchit déjà à la proie sur laquelle elle pourrait se rabattre pour ne pas devoir finir la nuit avec son appétit inassouvi au creux des reins.

En attendant le taxi qu'il a commandé, Édouard ne peut s'empêcher de laisser ses pensées divaguer jusqu'au visage de Magda. Avec des si, tout aurait sans doute pu être radicalement différent. Il aurait pu, il aurait dû agir autrement. Il lui aura fallu plus de quinze ans pour le réaliser, et il n'est pas certain qu'il vaille vraiment mieux tard que jamais, car la douleur de la prise de conscience est en décalage complet avec ce qu'il est censé ressentir des années après.

Du fin fond de sa mémoire, une petite phrase assassine se fraye un chemin jusqu'à la surface. Cette petite phrase qui a scellé leur destin à tous les deux, à tous les trois, même.

« À force de ne jamais être là, tu ne me manques plus. »

18

Octobre 1999

— À force de ne jamais être là, tu ne me manques plus.

Les mots, même s'ils sont prononcés doucement, avec tristesse, font l'effet d'une gifle magistrale à Édouard. Assis à la table de la cuisine, la tête entre les mains, il accuse le choc, les dents serrées. Magda fume une cigarette devant la fenêtre entrouverte, recrache les bouffées en se penchant légèrement au dehors.

— Qu'est-ce que tu veux que je te dise, Édouard ? Tu préférerais que je te mente, que je continue à faire semblant pendant encore des années jusqu'à ce que la rancœur me ronge tout entière ? Jusqu'à ce que j'en vienne à te détester ?

Édouard se frotte les tempes, incapable de regarder sa femme. Il ne saurait dire ce qu'il ressent à cet instant présent, tout est encore trop confus, il a l'impression qu'on vient de lui balancer un piano à queue en travers de la figure, du dixième étage. Il vient de s'enfoncer violemment dans le bitume. N'est pas sûr de pouvoir s'en relever. N'est pas sûr de *vouloir* s'en relever.

— Est-ce que tu pourrais répondre quelque chose, s'il te plaît ? Je n'envisageais pas cette conversation comme un monologue…

La Royale à la menthe arrive à sa fin, et Magda l'envoie d'une pichenette dehors, après avoir passé le mégot sous un mince filet d'eau du robinet. Elle a toujours détesté l'odeur du tabac froid.

Édouard lève enfin la tête, encore sonné.

— Je ne sais pas ce que je pourrais ajouter, tu as tout dit, non ? Tu t'es fait ta petite tragédie et je n'ai plus qu'à tirer ma révérence, si j'ai bien compris… Qu'est-ce que tu attends de moi ? Que je te supplie, que je te dise que tout va changer ?

— Non, ça, tu l'as déjà affirmé trop de fois pour que je te croie encore… Rien ne changera jamais en bien, Édouard. Pas pour moi, pas pour Arthur, en tout cas. Ça fait trois mois que tu n'as pas vu ton fils, tu imagines ce que c'est pour lui, de grandir, de se construire avec une moitié, que dis-je, un quart de père ? Tu comprends que pour lui, tu n'es plus qu'une image à la télé, une voix à la radio ou, au mieux, au téléphone quand tu daignes trouver cinq minutes pour l'appeler ?

— Je fais ce que je peux, putain ! Tu veux quoi, que j'arrête tout, que je raccroche, que je reprenne un boulot à la con, n'importe où, pour être là pour pousser le chariot à Auchan et astiquer les vitres avec toi ?

Magda émet un petit rire triste, va tirer la porte de la cuisine pour ne pas que le ton qui monte réveille son petit bonhomme de six ans qui a école demain.

— Je ne t'ai jamais demandé ça, Édouard, et tu le sais très bien. J'ai été la première à te soutenir, à te pousser, à te rassurer quand tu doutais de toi. Ose affirmer le contraire ! Mais là, ce n'est plus vivable, ce n'est plus supportable. Tu es absent, tout le temps, tu es à Paris, tu es en tournée, tu ne t'arrêtes jamais. Tu répètes que tu vas ralentir, tu ne fais qu'en programmer encore plus, des spectacles, des interviews, des émissions de télé. Tu affirmes que des occasions comme ça, il faudrait être fou pour les refuser, mais pendant ce temps, ton fils grandit et tu n'es pas à ses côtés. Je dépéris, je crève à petit feu de cette vie de mère célibataire, parce que c'est ce que je suis, Édouard, je suis une mère célibataire !

Les mains tremblantes, elle allume une deuxième cigarette, inspire une profonde bouffée pour reprendre son calme. Son mari reste silencieux face à la tempête qui se prépare.

— Il n'y a pas d'autre solution, tu comprends ça ? Je ne me suis pas mariée à l'homme invisible, et à trente ans à peine, j'ai droit à autre chose, je *mérite* autre chose ! C'est pareil pour Arthur. Il a besoin que les choses soient claires, je n'en peux plus de le voir t'attendre, t'espérer à longueur de temps, tout ça pour être systématiquement déçu ! Tu n'étais pas là pour son anniversaire, cet été, à cause de je ne sais plus quel festival à la con qui était plus important. Tu n'étais pas là pour son premier jour au CP, pas là quand il s'est cassé le bras en faisant le singe dans un arbre, pas là quand il a mis sa première dent de lait sous l'oreiller en me chuchotant qu'il allait demander à la petite souris de lui apporter son père plutôt qu'une pièce ! Merde, Édouard, je m'arrête là, mais la liste est sans fin, et le pire, c'est qu'on a déjà eu la même conversation au printemps dernier. Rien n'a évolué, rien ! Parce que ton métier, c'est ta vie. Parce que quoi que tu en dises, il n'y a que ça qui compte.

Édouard serre les poings, la gorge nouée. Il voudrait répondre quelque chose, mais ne trouve rien qui pourrait trouver grâce aux yeux de Magda. Rien.

— Je pensais qu'on serait différents des autres, mais personne n'est jamais différent des autres, finalement. Crois-moi, ce sera mieux pour tout le monde. Tu n'auras plus à faire l'aller-retour jusqu'ici si tu n'en as pas le temps ou pas l'envie. De toute façon, dès que tu reviens, c'est pour t'enfermer dans ton bureau à écrire des sketches. Même quand tu es là, tu es absent, tu le sais, ça ? Finalement, ça ne changera pas grand-chose. Ça évitera juste les fausses joies et les déceptions, tu vois.

Deux sillons de larmes dévalent les joues de Magda, qui les essuie férocement. Édouard voudrait se lever, la prendre dans ses bras, lui remémorer tous les bons moments, toutes les petites choses qui font qu'elle et lui, c'était censé être pour toujours. Lui rappeler les fois où ils jouaient à cache-cache avec Arthur, faisant tous les deux semblant de ne pas parvenir à le trouver alors que ses petits pieds dépassaient systématiquement de la cachette qu'il avait choisie. Les fois où il les emmenait en virée surprise, où il mettait un bandeau sur les yeux de Magda puis sur ceux d'Arthur, qui criait de ravissement, on va où, papa ? Les matins où il se levait en premier, où il allait mettre un vieux Vinyle de son père dans le salon, et où il venait réveiller Magda en lui chuchotant à l'oreille, viens, viens danser avec moi. Elle se levait dans un sourire encore ensommeillé, elle se serrait tout contre lui, et ils oscillaient lentement, doucement, au rythme de Jacques Brel. Magda posait sa tête au creux de son cou, se laissait guider, se laissait bercer par Édouard qui lui fredonnait à l'oreille « Quand on n'a que l'amour… » Et puis, invariablement, Arthur finissait par les rejoindre, il montait sur les pieds de son père, s'agrippait ferment à ses genoux, danse, papa, danse encore ! Tous les trois, ils virevoltaient maladroitement au milieu de la chambre, jusqu'à ce que la chanson s'achève, jusqu'à ce que Magda se détache en douceur, qu'elle les regarde tous les deux en souriant, et si on allait prendre le petit déjeuner ?

Édouard voudrait qu'elle se souvienne de tout ça, que ces moments-là l'emportent sur tout le reste, il voudrait lui faire toutes sortes de promesses jusqu'à ce qu'elle cède, jusqu'à ce qu'elle accepte de repartir pour un tour de piste plus ou moins long. Mais lui-même est fatigué des serments qu'il ne saura, ne pourra respecter.

— Je croyais que tu serais mon ancre, envers et contre tout, murmure-t-il d'un ton abattu.

Magda se radoucit, observe son premier amour auquel elle tient encore tellement, malgré tout ce qui les sépare désormais.

— Je sais. Mais je ne suis pas sûre que ce soit à moi de t'empêcher à tout prix de dériver. Je n'y suis pas parvenue, de toute façon. Et je n'ai plus envie d'être « la femme de », j'ai envie d'être moi, de ne plus être dans ton ombre.

Tout au fond de son cœur, Édouard sait que cette fois, c'est la fin, la vraie. Celle contre laquelle on ne peut plus lutter, celle qui est déjà arrivée à pas de loup même si on ne s'en était pas aperçu jusqu'à présent, celle qu'il faut seulement accepter, le plus dignement possible, même si on sait qu'après coup, la douleur semblera insurmontable, qu'il faudra la noyer, l'assommer, la museler à tout prix pour qu'elle reste silencieuse.

— Je partirai demain matin, sauf si tu préfères que j'aille à l'hôtel ce soir.

— Ne raconte pas n'importe quoi, on ne va pas devenir des étrangers l'un pour l'autre… Tu peux rester, profiter d'Arthur quelques jours…

— Non, j'ai du boulot de toute façon, tout un tas de trucs à gérer à Paris.

Magda referme la fenêtre de la cuisine en se mordant les lèvres. Édouard préfère la laisser croire qu'il est, comme toujours, atrocement prévisible, atrocement décevant. Il n'a rien d'urgent qui l'attende à la capitale, il a juste envie de s'en aller le plus vite possible de ce foyer qui n'est plus le sien, qui ne l'est sans doute plus depuis bien longtemps, même si ce n'est que ce soir qu'il prend conscience de la froideur, de l'inhospitalité du lieu. Malgré ses absences, il a l'impression que sans sa femme dans sa vie, il est condamné à couler, puisqu'elle a été une des seules à l'aimer pour lui et non pas pour ce qu'il était devenu. Puisque avec elle, il pouvait tenter d'être lui-même, il pouvait se décourager, broyer du noir, s'effondrer. Il pouvait montrer ses faiblesses sans craindre qu'on le piétine, au contraire. La seule et unique chose dont il ne lui aura jamais parlé, parce que les mots ne sont jamais sortis, c'est de l'accident de Jonathan, de sa responsabilité, de la culpabilité. C'est la seule chose qu'il a gardée enfouie en lui, derrière des couches de blagues et de jeux de mots protecteurs. S'il a parfois été tenté de lui confier ce poids, il n'en a jamais eu le courage, trop convaincu qu'après avoir entendu ce secret, Magda ne le regarderait plus jamais de la même façon, qu'il deviendrait, dans ses yeux à elle aussi, celui-qui-a-presque-tué-son-frère. Est-ce que cela aurait changé quelque chose à leur histoire si elle avait été consciente de sa faille abyssale, celle qui guidait le moindre de ses pas depuis son enfance ?

— On aura fait ce qu'on a pu, souffle Magda avant d'éteindre le néon au-dessus de l'évier, qui à lui seul éclaire toute la pièce. Elle rouvre la porte et se dirige vers leur chambre. Ses pieds nus ne font aucun bruit sur le carrelage.

Édouard reste assis dans la cuisine, seul dans le noir et le silence. Il est comme pétrifié.

Le 31 décembre 1999, il passe le réveillon du Nouvel An dans une soirée où tout est démesuré. Les invités sont tous des célébrités, ou des conjoints de célébrités, ou des maîtresses de célébrités. Le Veuve Clicquot coule à flots ; au buffet, on trouve des rails de coke en entrée, en plat, et en dessert. La piscine chauffée à 25 °C regorge de filles en bikini qui sirotent des cocktails fluorescents. Le monde surexcité de la jet-set lui ouvre ses portes, à présent qu'il est libre comme l'air pour profiter de toutes les soirées parisiennes qui s'offrent à lui. Ce sera peut-être la fin du monde ce soir, mais au moins, il ne crèvera pas tout seul. Après les mois difficiles qu'il vient de passer, après une séparation qui lui laisse une plaie béante au cœur, Édouard se laisse griser, parce qu'il est agréable de n'entendre que des louanges, parce qu'il est réconfortant d'avoir à ses pieds des inconnues à la plastique parfaite, parce qu'il est rassurant de savoir que tant d'étrangers le portent aux nues de façon apparemment inconditionnelle. L'argent et la célébrité font que rien n'est impossible, l'ivresse permet d'oublier, et le tout, c'est de se laisser porter. D'en *profiter*.

Au même moment, au Havre, Magda et Arthur sont confortablement installés sur le canapé du salon, emmitouflés sous un gigantesque plaid polaire, un seau de pop-corn maison sur les genoux. L'enfant est hypnotisé par *Toy Story*, son dessin animé préféré depuis toujours, le seul qu'il regarde en boucle sans jamais se lasser.

Lorsque Buzz l'Éclair s'écrie une énième fois : « Vers l'infini et au-delà ! », Édouard, éméché, s'évanouit dans les toilettes de l'hôtel parisien cinq étoiles qui accueille la soirée fin de siècle. Dans le grand hall, le compte à rebours commence sans lui, et quelques instants après, c'est endormi dans son vomi qu'il débute l'année 2000.

Magda embrasse son fils tendrement, lui chuchote « Bonne année » à l'oreille, quand bien même Arthur s'est endormi depuis un petit moment déjà.

Après le divorce, Édouard augmente encore son rythme de travail, jouant presque tous les soirs, multipliant les plateaux de télé qui se disputent sa présence. Il ne retourne plus au Havre, refuse de laisser la nostalgie ou la mélancolie l'envahir ne serait-ce qu'une minute. Hors de question de sombrer alors que les spectateurs, les médias l'adulent, alors que des producteurs de plus en plus importants lui font de l'œil et sont prêts à lui dérouler le tapis rouge.

C'est Arthur qui vient en train jusqu'à Paris, selon la traditionnelle formule choisie par tant d'autres ex-couples. La moitié des vacances scolaires. Pas de semaine sur deux ou de week-end sur deux, évidemment, ce serait bien trop compliqué pour Édouard.

L'humoriste achète sur un coup de tête – vu ce qu'il empoche chaque soir, il peut se le permettre – un immense loft à deux pas de la gare de Lyon, choisi sur le seul critère de la proximité de la ligne du RER A, pour pouvoir emmener son fils à Eurodisney aussi souvent que ce dernier le souhaitera. Il a d'ailleurs pris deux Pass annuels, parce qu'il faut bien compenser la séparation. A installé un immense poster de Woody, le cow-boy de Disney, dans la nouvelle chambre d'Arthur, même s'il lui en a coûté de planter des punaises dans un mur fraîchement peint. A acheté tous les jouets de *Toy Story* – du monsieur Patate à la bergère rose en passant par les petits soldats vert thuya – pour les aligner sur la commode crème qu'il a mis trois laborieuses heures à monter.

La première fois qu'il met les pieds dans l'appartement de son père, Arthur crie de joie, j'aimerais rester ici tout le temps, papa, c'est trop génial ! Édouard sourit tout en songeant que les enfants sont drôlement ingrats, heureusement que Magda n'est pas là pour entendre cette exclamation.

La frénésie s'empare encore plus de la vie de l'humoriste, qui ne se repose jamais, tellement il a la peur viscérale que tout s'arrête, la crainte gravée en lui de décevoir irréversiblement les autres. Plus on l'admire, plus on le complimente, plus il s'acharne à en vouloir encore davantage. Ça ne lui suffit plus d'être parmi les meilleurs, il veut être le premier. Parce que, être le premier, cela signifie valoir quelque chose, et peut-être un jour ne plus se déchirer d'angoisse avant chaque représentation ou à n'importe quelle heure du jour ou de la nuit, en se disant que tout ça n'est qu'un leurre, un feu de paille qui s'éteindra bientôt, demain, qui sait, et qu'alors il ne lui restera plus rien. Rien, sauf peut-être ce fils, qui s'émerveille devant ses cadeaux, qui ne lui fait jamais le moindre reproche, qui se contente de ce que son père est capable de lui donner. Alors peu importe que dans le petit milieu du showbiz, on commence à murmurer qu'il devient mégalo ou qu'il prend la grosse tête : être le premier sera sa revanche sur tout le reste, mais surtout, ce sera la preuve irréfutable que son existence a un *sens*.

Il n'y a qu'au mois d'août qu'Édouard parvient à prendre une véritable pause, à refuser tout contrat, toute soirée, toute interview. Parce que Arthur vient passer tout le mois à Paris et qu'il s'est promis de se consacrer entièrement à lui durant ces quatre semaines estivales. Tout ce qu'il ne donne pas pendant onze mois de l'année, il le sert en concentré à son fils en août.

À l'occasion de son anniversaire, il lui organise systématiquement une chasse au trésor, de plus en plus ardue au fil des années, puisque l'enfant grandit et devient très perspicace. Au début, le jeu de piste se déroule dans l'appartement, Arthur devant chercher des indices qui le mèneront à son cadeau. L'année d'après, la chasse se déroule dans tout l'immeuble, avec la complicité bienveillante et amusée des voisins d'Édouard, au passage ravis qu'une star aussi célèbre s'abaisse à nouer le contact avec eux. Quelques années plus tard, c'est à l'échelle du quartier que le jeu est organisé méticuleusement par le père, pour le plus grand plaisir d'Arthur qui ne manque pas de se vanter auprès de ses camarades des extraordinaires énigmes d'Édouard à la rentrée de septembre.

Pendant ces quatre semaines, l'humoriste ne regarde pas à la dépense, accepte le moindre début de caprice de son fils, multiplie les activités incroyables comme le saut à l'élastique, le survol de la capitale en hélicoptère, ou les après-midi entiers à enchaîner les manèges de la fête des Loges à Saint-Germain-en-Laye. Sans compter les journées à arpenter les allées d'Eurodisney à la recherche de Buzz l'Éclair, Arthur hurlant de bonheur à l'idée que le célèbre astronaute le soulève de terre pour le serrer dans ses bras.

Parce que s'il y a encore une chose qui importe plus que tout à Édouard, c'est de ne pas décevoir son fils. S'il y a une personne envers qui il voudrait se rattraper pour ses années d'absence, c'est Arthur.

19

1er avril 2017 – 0 h 30

S'il y a une personne envers qui il voudrait se rattraper pour ses années d'absence, c'est Arthur. Du moins, il l'espère. Mais peut-être qu'avec lui aussi, il est désormais trop tard. Peut-être qu'Édouard est condamné à se retourner vers ceux qu'il aime uniquement lorsqu'il est trop tard. Jonathan et son nuage de poussière, Magda et ses cigarettes mentholées, Arthur et son éternel répondeur auquel il se heurte au milieu de la nuit.

Il ne décrochera plus, à présent. À quoi bon le harceler ? Édouard n'a de toute façon pas envie que son fils constate qu'il a tenté de l'appeler à plusieurs reprises.

L'humoriste enfonce un bonnet de laine grise sur sa tête, remet son pull marin qui lui encombre les mains.

Le taxi qu'il a commandé arrive enfin dans la petite rue, s'arrête à sa hauteur, et il s'engouffre à l'arrière rapidement. Sans regarder le chauffeur, il lance son adresse d'une voix monocorde, impatient d'être enfin chez lui.

L'homme d'une trentaine d'années, vêtu d'une veste de survêtement sombre, entre la rue dans son GPS en pianotant à la vitesse de l'éclair. Puis il se tourne vers Édouard, lui déclare : « il y en aura pour une bonne demi-heure… »

L'humoriste émet un vague « mm mm » tout en attachant sa ceinture de sécurité. Le véhicule se met en route et il se laisse bercer par le mouvement tout en douceur.

Dans le rétroviseur, le chauffeur aux joues mal rasées ne peut s'empêcher d'observer son client, les sourcils froncés comme s'il cherchait à se souvenir de quelque chose qui lui échappe.

— Dites…

Édouard tourne la tête, attend la suite placidement.

— Je délire peut-être, mais vous ne seriez pas Édouard Bresson ?

L'humoriste secoue la tête en signe de dénégation.

— Non, désolé.

— C'est bizarre, ça, parce que vous lui ressemblez drôlement…

— Je sais, on me le dit souvent. Parfois même, des gens m'arrêtent dans la rue pour me demander de faire une photo avec eux !

— Franchement, ça ne m'étonne pas. Vous êtes sûr que vous ne vous fichez pas de moi, là, parce que même votre voix, on dirait la sienne…

— Sûr et certain ! Mais je vais finir par me dire que je pourrais faire carrière en tant que sosie… Je ne sais pas si ça pourrait me rapporter, tiens.

Le chauffeur ne le quitte pas des yeux, et Édouard se retient de lui suggérer de se concentrer davantage sur la route que sur son visage.

— Je suis désolé de vous observer comme ça, c'est juste que j'ai du mal à croire que vous ne soyez pas Édouard Bresson. Enfin, je ne mets pas votre parole en doute, hein, je ne vois pas pourquoi vous mentiriez, de toute façon.

L'humoriste sourit faiblement, espérant que son interlocuteur lâche prise et passe à autre chose. *S'il arrête d'insister maintenant, alors tout ira bien.* Qu'il lui parle de la météo, qu'il allume l'autoradio, peu importe. Mais qu'il arrête de lui parler d'Édouard Bresson. Après tout, est-ce qu'il a vraiment été malhonnête avec lui en lui affirmant qu'il se trompait ? L'homme harassé, au bord de la crise de panique, assis sur la banquette arrière de ce taxi a-t-il quoi que ce soit à voir avec le célèbre humoriste que tout le monde adore et envie ? Le visage hilare sur les affiches de son spectacle a-t-il quoi que ce soit à voir avec son air morne, son teint brouillé et cireux ? Qui est vraiment Édouard Bresson, qui peut prétendre répondre à cette question ? Est-ce qu'il a encore une identité, au fond ? À quel moment l'admiration, l'émerveillement des autres ont-ils cessé de le porter pour au contraire devenir écrasants, écrasants de responsabilités et de devoirs ? À quel moment cette célébrité qu'il recherchait tellement s'est-elle transformée en une seconde peau poisseuse dont il rêverait de se débarrasser, comme un serpent qui mue ? À quel moment tout a-t-il a basculé ? Tout s'est fait si progressivement, si imperceptiblement, au fil des douleurs de la vie, des remords, des regrets, qu'Édouard n'a rien vu venir. Et aujourd'hui, dans ce taxi, il voudrait être n'importe qui, n'importe qui plutôt que ce putain de vainqueur d'Édouard Bresson, ce salopard au sourire Ultra bright, ce double valeureux dont la vie est une explosion permanente de bonheur dans l'imaginaire de tous.

Il enfonce un peu plus son bonnet sur sa tête, ignore la laine qui lui gratte la nuque, les tempes, le front, il voudrait disparaître tout entier dans ce bonnet, comme un lapin dans un haut-de-forme. Il voudrait disparaître et qu'on lui foute la paix avec cet enfoiré d'Édouard Bresson qui n'existe nulle part ailleurs que dans la tête des gens, qui n'a pas plus de consistance que ses affiches délavées par la pluie, arrachées par le temps, recouvertes par d'autres plus importantes, plus vendeuses, ou tout simplement plus récentes.

Le chauffeur abandonne, reporte son regard dubitatif sur le périphérique qui défile dans des lueurs orangées, et Édouard laisse ses pensées divaguer sans plus lutter contre l'amertume qui vient lui assécher la gorge et le cœur.

Lorsque le taxi se gare en bas de chez lui, l'humoriste règle la course sans un mot, pressé d'en finir. Il sort du véhicule et se dirige d'un pas pressé vers son immeuble quand il entend la vitre du chauffeur s'abaisser dans un grincement électrique.

— S'il vous plaît ?

Lassé, Édouard se retourne vers le jeune homme obstiné.

— J'ai bien compris que vous n'étiez pas lui, mais… Vous accepteriez de me faire un autographe, quand même ? Juste au cas où… Ma mère vous adore, enfin, elle adore Bresson, et je me disais que même si vous n'êtes qu'un sosie, elle serait contente que je lui rapporte une dédicace… Je ne veux surtout pas vous déranger, mais une petite signature, ça ne vous coûte pas grand-chose, si ?

Les deux hommes se jaugent du regard, chacun étant parfaitement conscient de ce que l'autre sait, aucun n'étant dupe. Édouard finit par céder, et s'approche de la voiture pour apposer sa signature sur un bloc-notes à petits carreaux.

— Ça n'aura aucune valeur, vous le savez ?

Le chauffeur hoche la tête sans trop savoir quoi répondre. Il contemple le gribouillage sur son carnet – une signature illisible accompagnée de la date du jour – tandis qu'Édouard se redresse. Avant de tourner les talons, l'humoriste semble réfléchir un instant, se penche à nouveau vers le jeune homme si insistant.

— À votre place, je conserverais quand même ce bout de papier bien soigneusement. On ne sait jamais, ça pourrait vous rapporter un peu d'argent, un jour. La vie réserve des surprises, parfois !

Le chauffeur fronce les sourcils, perplexe, se demandant si ce type qui s'éloigne à grands pas se fiche de lui. Un autographe d'Édouard Bresson, ce n'est pas non plus un ticket de Loto gagnant, songe-t-il en redémarrant son taxi.

Une fois devant la porte de son loft, Édouard fouille dans sa sacoche, à la recherche de son trousseau de clés, celui-là même qui lui a inspiré, il y a quelques années, un numéro désopilant sur tous ces objets qu'on passe son temps à perdre et à retrouver. Il avait proposé comme solution infaillible pour remettre la main sur un objet disparu d'accuser avec hargne la première personne sur laquelle on tombait. « Mais si, c'est toi qui a pris mes clés, souviens-toi, je te les ai confiées pour que tu ailles chercher le courrier, alors, fais un effort, rappelle-toi où tu les as mises ! » Le fautif ainsi désigné se sentait alors contraint de chercher l'objet manquant, et pendant ce temps, on pouvait tranquillement aller vaquer à d'autres occupations bien plus essentielles. Il est arrivé à Édouard, encore récemment, qu'une inconnue le croise en bas de l'immeuble et s'exclame, le sourire aux lèvres : « Grâce à vous, quand je ne sais plus où j'ai mis mon porte-monnaie, j'accuse toujours mon mari pour qu'il le cherche à ma place ! »

Ce n'est pas un des meilleurs sketches d'Édouard, loin de là, et pourtant, il fait désormais partie de la légende, de la mémoire collective, un peu comme le Schmilblick de Coluche. Sans doute parce que ce sont toujours les spectateurs qui choisissent, quoi qu'on en pense.

Au bout de quelques minutes, ses doigts tombent sur le trousseau de clés et Édouard bataille quelques instants avec la serrure de la porte d'entrée, à l'aveugle, la lumière du palier s'étant éteinte.

Lorsqu'il entre enfin, il a toujours cette enclume qui pèse sur sa cage thoracique, au point qu'il se force à inspirer par la bouche une grande goulée d'air, dans l'espoir de se sentir un instant, un instant seulement, plus léger.

20

Juin 2010

Lorsqu'il entre enfin, il a toujours cette enclume qui pèse sur sa cage thoracique, au point qu'il se force à inspirer par la bouche une grande goulée d'air, dans l'espoir de se sentir un instant, un instant seulement, plus léger.

Dans vingt minutes à peine, il sera debout sur cette scène, à quelques mètres de là. Il balaye du regard la salle qui se remplit dans un brouhaha joyeux, avise une rangée encore à moitié vide, et va s'installer à côté d'un couple d'environ vingt-cinq trente ans. Tout en s'assurant que sa perruque brune est bien en place, il réajuste ses lunettes de soleil puis prend place dans le fauteuil libre, juste à côté de la jeune femme occupée à pianoter sur son téléphone.

Ce soir encore, alors qu'il joue à guichet fermé à Bercy son dernier spectacle, *39 ans + 2*, devant environ treize mille personnes, il n'a toujours pas perdu cette manie de rester un moment incognito dans le public, comme le spectateur anonyme qu'il rêverait parfois d'être. Observer discrètement toutes ces personnes qui cherchent leur place, qui discutent entre elles en attendant le one-man-show qu'elles sont venues voir, c'est quelque chose qui l'apaise, qui atténue légèrement son trac avant son apparition sous les projecteurs et les applaudissements. Il y a un côté tellement touchant à côtoyer ces spectateurs inconscients de sa véritable identité. Sans compter qu'Édouard adore jouer avec le feu, risquer d'être reconnu.

À sa droite, la jeune femme blonde aux cheveux coiffés en queue-de-cheval demande à son compagnon à quelle heure « ça » doit commencer, et Édouard ne peut s'empêcher de prendre immédiatement part à leur conversation.

— Il est 21 heures passées, normalement il devrait déjà être en scène, il y a marqué 21 heures sur le billet ! s'exclame-t-il d'un air irrité, les lèvres pincées.

La blonde se tourne vers lui, surprise qu'un inconnu s'adresse à elle.

— Merci… Ça va certainement bientôt commencer, alors…, répond-elle d'une voix hésitante.

— Oui, enfin, j'espère, parce qu'au prix où sont vendus les billets, faut quand même pas se moquer du monde ! Vous n'êtes pas d'accord ? lance Édouard d'un ton qui se veut véhément, toujours enclin à s'amuser un peu avec ses interlocuteurs.

— Si, si… Mais c'est normal, pour une star, de se faire attendre un peu, de se faire désirer ! Ça fait partie du show, réplique sa voisine d'un ton enjoué.

— Pff, le show, le show, vous en avez de bonnes, vous. À mon avis, il est tout simplement dans sa loge en train de s'enquiller des coupes de champagne hors de prix, oui !

— Vous ne parviendrez pas à me donner envie de râler, j'adore tellement Édouard Bresson que je serais bien incapable de dire le moindre mal de lui ! Mon mari et moi, on a vu tous ses spectacles, n'est-ce pas, Gabriel ?

L'homme au visage juvénile et aux cheveux sombres qui l'accompagne lève la tête du programme de Bercy qu'on a dû lui distribuer à l'entrée et acquiesce en souriant.

— Chloé a raison, d'ailleurs on a tous ses DVD à la maison, et avant son nouveau spectacle, on se repasse les anciens pour se mettre en condition !

Édouard lève les paumes devant lui, comme s'il s'avouait vaincu.

— Ouh là, je vois que j'ai affaire à de vrais fans, il ne me reste plus qu'à me taire, alors ! Qu'est-ce qui vous plaît tant chez lui, au juste ? ne peut-il se retenir de demander, curieux, au jeune couple.

La jeune femme au maquillage impeccable fait mine de réfléchir.

— Mm… D'abord j'adore son côté pince-sans-rire, vous savez, il ne sourit jamais, reste flegmatique et impassible, un peu comme Droopy, j'ai toujours trouvé ça culotté et hilarant. Oh et puis, ses personnages sont excellents, franchement !

Son mari se penche vers Édouard.

— Oui, Zita est extraordinaire, vous ne trouvez pas ? C'est complètement délirant d'avoir imaginé cette foldingue ! Parfois, je me demande si ce type n'est pas un peu siphonné lui-même pour inventer des choses aussi déjantées.

Chloé approuve vivement.

— C'est clair que j'aimerais bien savoir comment il est dans la vraie vie, j'ai du mal à croire qu'il puisse être aussi normal que vous et moi !

— Oh, je suis à peu près certain que tous ces artistes sont juste bons pour l'asile, réplique Édouard d'un ton de connivence.

Derrière lui, une voix agacée se fait entendre et quelqu'un lui tape sur l'épaule.

— Excusez-moi, mais je crois que vous êtes assis à ma place. J'ai vérifié sur mon billet, et je suis dans la bonne allée, vous avez quoi comme numéro ?

Édouard se lève d'un bond.

— Je suis désolé, j'ai dû me tromper, effectivement. Allez-y, installez-vous. De toute façon Bresson est en retard, comme d'habitude, j'ai tout le temps de rejoindre ma place. On paye pourtant nos billets suffisamment cher pour que ce type daigne être à l'heure, mais que voulez-vous, tout fout le camp !

Après avoir salué le couple d'un air attendri, Édouard se faufile à l'extrémité de la rangée et disparaît. Il est plus que temps pour lui de rejoindre les coulisses.

— Ce soir, ce soir mes amis, j'ai prévu de vous parler d'un sujet qui fait mal, un sujet tabou, un sujet qui fâchera certains d'entre vous ici concernés : la quarantaine. Je sais, vous allez me dire, comment puis-je vous proposer un spectacle sur la quarantaine, alors que moi, je suis encore dans la fleur de l'âge, avec mes trente-neuf plus deux ans ? L'i-ma-gi-nation, tout simplement. Je vous vois, assis en face de moi, vous commencez à vous flétrir, à vous rabougrir, à vous racornir, et je n'imagine que trop bien ce que c'est d'avoir la quarantaine bien tassée, comme vous, monsieur, là-bas, oui, vous, qui n'avez plus beaucoup de cheveux sur le caillou et qui avez préféré tout raser pour couper court aux commentaires !

Assis au quatrième rang, l'homme chauve éclate de rire en secouant la tête.

Édouard est entré en scène et l'enclume s'est miraculeusement envolée, comme chaque fois. Enfin, il respire librement. Les mots bien rodés coulent avec fluidité, le public est déjà conquis, il le sent au creux de ses paumes, c'est une sensation inexplicable, indicible de savoir qu'ils sont tous là, avec lui, comme en symbiose.

— La quarantaine, ça vous tombe dessus n'importe quand. Si, si je vous assure. Parfois, ça vous tombe même sur le coin de la gueule quand vous avez trente ans, c'est dire l'injustice.

Les spectateurs s'esclaffent bruyamment, comme s'ils n'attendaient que ça. Édouard arrête d'arpenter la scène, se place face à eux, arborant un air scandalisé.

— Pourquoi vous riez, là ? Y a rien de drôle, à ce que je sache. C'est le moment tragique du spectacle, je vous signale. Me dites pas que j'aurais dû prévoir des assistants qui vous indiquent sur un panneau à quel instant précis il faut rire, quand même ?

Les gloussements continuent, inébranlables.

— Je reprends, si vous permettez. La quarantaine, comme je vous l'expliquais, peut arriver n'importe quand, comme un cheveu sur la soupe. Enfin, pour ceux qui ont encore des cheveux, n'est-ce pas, monsieur ?

Il a choisi sa cible pour la soirée, ce sera cet homme au crâne lisse au quatrième rang, pas d'erreur. Il lit dans ses yeux que celui-ci accepte d'endosser le rôle du bouc émissaire, qu'il est volontaire. Les gens adorent quand, d'un bout à l'autre du spectacle, Édouard s'en prend, malicieusement, pas toujours avec beaucoup de tact d'ailleurs, à une personne en particulier.

— Je vais vous donner un exemple pour que vous puissiez vous situer immédiatement. Imaginez qu'un de vos amis aille à un concert de rock, qu'il vous téléphone en plein milieu pour vous faire écouter une de vos chansons préférées. On a tous vécu ça, non ? Être tout seul comme un con dans son salon à entendre un chanteur crachoter quelque chose qui ressemble, de très loin, à une mélodie qu'on adore. Eh bien, quand vous êtes du bon côté de la barrière, votre ami vous appelle vers 23 heures, minuit, et vous décrochez. Mais quand vous êtes passé du côté obscur de la force, qu'est-ce qui se passe ?

Édouard laisse planer quelques instants de silence, les sourcils levés comme s'il attendait une réponse du public.

— Voilà, c'est exactement ça. Rien. Il ne se passe rien. Il ne se passe rien parce que vous êtes profondément endormi dans votre pieu, demain y a école, eh ouais, on déconne plus, là ! On n'a plus l'âge pour toutes ces conneries, et d'ailleurs votre pote qui est à un concert un soir de semaine, non, mais franchement, au fond de vous, qu'est-ce que vous vous dites ? Qu'il est ir-res-pon-sable, im-ma-ture !

Les applaudissements s'élèvent dans la salle.

— Vous voulez d'autres exemples, pour savoir où vous vous situez ? Un signe qui ne trompe pas, tiens : c'est quand on commence à aimer les tisanes, ouais, ouais… Levez la main ceux qui adorent « se faire une bonne petite infusion » ? Allez, ne soyez pas timides, je sais que vous êtes parmi nous. Monsieur, peut-être ? Je suis sûr que dans cette salle, il y en a même qui espèrent que je ne vais pas finir trop tard, parce que demain, ils se lèvent tôt !

Édouard sent qu'il se réchauffe au fur et à mesure, il est comme chez lui.

— Il y a aussi ceux qui emportent leur oreiller quand ils vont dormir ailleurs, ou pire, leurs chaussons ! Monsieur, vous rigolez, ne niez pas, je vous ai vu. J'en déduis que vous emportez vos pantoufles où que vous alliez, n'est-ce pas ? Faites voir vos pieds vite fait ? Ah, ça va, y a encore un peu d'espoir, vous avez mis des sandalettes ce soir. Enfin, bon, les sandalettes, on pourrait également disserter là-dessus pendant des heures, hein. Mais je ne voudrais pas que vous ayez l'impression que j'ai quelque chose de personnel contre vous, parce que ce n'est pas le cas !

L'homme au crâne chauve se tortille d'aise dans son fauteuil, ravi d'être la cible de tant d'attention de la part de la vedette du spectacle. Édouard continue sur sa lancée, imperturbable. Il enchaîne les sketches pendant près de deux heures, ne laisse pas le temps aux spectateurs d'avaler leur salive entre deux salves de rires, il ne doit y avoir aucun répit, aucun temps mort jusqu'à la fin.

Soudain, au deuxième rang, il aperçoit une femme d’une cinquantaine d’années qui semble absorbée par l’écran bleuté de son téléphone portable. Édouard se frotte les mains, ravi. Il s’immobilise à nouveau, fixe du regard la spectatrice jusqu’à ce qu’elle comprenne que c’est bien elle qu’il regarde d’un air morne.

— Vous, là. Oui, vous. Vous croyez que je n’ai pas remarqué que vous étiez en train d’cnvoyer un texto ? Peu importe. Venez voir un peu par ici.

Édouard claque des doigts et un projecteur se braque sur la femme qui rit, un peu embarrassée.

— Venez, je vous dis. Je ne vais pas vous manger. Venez sur la scène, allez, on la laisse passer, voilà, comme ça. Comment vous vous appelez ? Régine ? Eh bien, Régine, vous voyez ce que ça fait d’être tout seul face à treize mille personnes ?

Régine hoche la tête, intimidée.

— Alors, à qui vous écriviez, au juste ? Montrez-moi. C’est qui ce François ? Votre mari ? Et qu’est-ce qu’il raconte de si important ?

Édouard lit tout haut le message.

— « Tu sais à quelle heure ça finit, pour que je puisse venir te chercher ? » Oh, mais il est drôlement romantique, François !

Régine acquiesce, de plus en plus mal à l’aise.

— Écoutez, ce que je vous propose, c’est que je l’appelle et que je voie avec lui directement, ce sera plus simple, non ?

La femme glousse doucement, ne sachant plus où se mettre. Édouard appuie sur l’écran, porte le téléphone à son oreille sous les rires francs du public. Il pose l’index sur ses lèvres, concentré.

— Chut, ça sonne. Allô ? Allô, oui, François ? Bonsoir, c'est Édouard à l'appareil ! C'était juste pour vous dire que vous pouvez vous mettre en route, là, j'ai bientôt terminé, donc ce serait sympa de ne pas faire attendre Régine trop longtemps dehors, surtout que les rues autour de Bercy ne sont pas forcément les mieux fréquentées de la capitale ! D'accord, ça marche, je lui transmets. Au revoir, François.

L'humoriste raccroche d'un air satisfait, avant de se tourner vers Régine.

— Tout est réglé. Il vous dit de l'attendre au début de la rue de Pommard. Vous pouvez aller vous rasseoir, ajoute-t-il en raccompagnant la spectatrice au petit escalier devant la scène.

— Bon bah c'est pas tout ça, mais je ne voudrais pas faire attendre François, moi… Donc je vais vous laisser, d'autant que… D'autant que je suis naze, tout simplement. Il se fait tard, je n'habite pas la porte à côté, et honnêtement, j'ai envie de me coucher. Je bosse, en plus, demain…

L'humoriste salue la foule, s'incline face aux milliers de personnes qui s'esclaffent de bon cœur devant sa révérence exagérément cérémonieuse. Puis il se redresse en souriant, le front en sueur.

Le public se lève comme un seul homme, et c'est un ouragan violent d'applaudissements qui vient tourbillonner, encore et encore, autour d'Édouard.

21

1er avril 2017 – 4 h 50

Le public se lève comme un seul homme, et c'est un ouragan violent d'applaudissements qui vient tourbillonner, encore et encore, autour d'Édouard.

Ce soir, c'était un sans-fautes, songe-t-il en éteignant la télévision d'un geste de la télécommande. Il a toujours eu l'habitude de réécouter ou de visionner ses spectacles après coup, pour noter méticuleusement à quel moment telle ou telle blague fonctionnait, à quels moments les rires venaient porter ses effets comiques, à quel moment un jeu de mots tombait à plat, signe qu'il fallait le retravailler voire le supprimer purement et simplement. Édouard a toujours été un travailleur acharné, exigeant, quoi qu'ait pu en penser son père avec ses yeux levés au ciel. Il s'est toujours étudié, a toujours analysé le moindre de ses gestes, de ses intonations, de ses mimiques pour décortiquer ce qui, presque miraculeusement, créait la vague de rire.

Une fois le téléviseur éteint, l'appartement se retrouve à la fois plongé dans la pénombre et dans le silence, ce satané silence qu'Édouard a tant de mal à supporter après avoir passé une soirée sur scène.

Il oscille toujours, après un spectacle, entre rester à tout prix avec d'autres personnes pour que le bruit ne diminue pas trop vite, pour que la solitude ne vienne pas l'étreindre trop soudainement, et rentrer pour être au calme, pour ne plus se sentir obligé d'être à tout prix drôle et facétieux avec le moindre de ses interlocuteurs, pour subir et surmonter cette atroce phase de descente qui le met immanquablement au trente-sixième dessous.

Il se lève du canapé en cuir beige et va chercher sur le plan de travail de la cuisine la boîte d'Atarax qu'il a abandonnée tout à l'heure. Ça fait plusieurs heures qu'il est rentré chez lui et il a l'impression d'errer comme un lion en cage. Mécaniquement, il sort de la tablette en aluminium un troisième cachet, l'avale sans même une gorgée d'eau. Au troisième comprimé, ça finit toujours par aller *un peu* mieux, juste assez pour finir par sombrer dans un sommeil peuplé d'ombres fantomatiques. Ce soir, ou plutôt ce matin, il n'a aucune intention d'aller se coucher, mais il espère malgré tout que l'anxiolytique parviendra à le détendre un peu.

Tous les autres doivent être profondément endormis, à l'heure qu'il est. Arthur dans son studio à Rouen, allongé paisiblement à côté de sa copine, comme s'appelle-t-elle déjà ? Édouard fouille dans les recoins de sa mémoire, agacé de ne pas réussir à retrouver le prénom qu'il a pourtant sur le bout de la langue. Il n'a bien sûr jamais rencontré cette fille, mais il sait par Magda qu'Arthur n'est plus célibataire depuis l'année dernière. Ça finit par « a », lui semble-t-il, mais en même temps, les trois quarts des prénoms féminins se terminent par cette lettre aujourd'hui… Naïma, Maïna, Leïla, quelque chose du genre…

Jonathan, chez ses beaux-parents, probablement recroquevillé sur un Clic-Clac usé par les années, ses jambes mortes reposant tranquillement sur le sommier. Édouard s'est toujours demandé comment c'était, de ne plus rien sentir à partir du bas-ventre, de n'être plus qu'un tronc, en quelque sorte. Mais il n'a jamais osé poser la question à son frère, bien évidemment. Jonathan avait l'air heureux, ce soir, même si Édouard continue d'en douter, même s'il lui en faudrait beaucoup plus pour le convaincre que finalement, son frère ne s'en sort pas si mal que ça, peut-être même mieux que lui, en un sens.

Magda, elle, doit dormir dans les bras de son mari, celui qui l'a si facilement remplacé quelques mois après leur séparation. Est-ce qu'ils dorment enlacés, la tête de Magda sur le torse poilu qui monte et s'abaisse doucement ? Ou est-ce qu'ils somnolent chacun de son côté, tournés vers l'extérieur du lit ? Il repense à cette fois où il avait eu envie de retourner vers elle, de plaquer Paris pour rentrer au Havre, cette fois où il était prêt à la supplier de lui pardonner, à mettre sa carrière de côté pour elle et pour Arthur. C'était un soir où la solitude et le manque étaient trop mordants, sans doute amplifiés par un peu trop d'alcool et de fatigue. Il avait failli, sur un coup de tête, prendre la route pour les rejoindre tous les deux au milieu de la nuit, dans l'espoir de tout recommencer de zéro. Mais il était trop ivre pour conduire et il s'était contenté de s'endormir dans son canapé après avoir ruminé devant un album photos, concentré de leurs années de bonheur fugace. Et quelques jours après, Magda lui avait annoncé qu'elle emménageait avec un autre, rencontré à peine un mois auparavant. Édouard s'était tu, s'était avoué vaincu presque de bon cœur. Persuadé, au fond, que cette conclusion serait la meilleure pour tout le monde. Pour Magda, qui méritait quelqu'un qui la fasse rêver, quelqu'un qui puisse la protéger et la dorloter. Pour Arthur, qui trouverait peut-être en ce Christian un père de substitution bien moins faillible que l'original. Et pour lui-même, bien sûr. Parce qu'il était tellement plus aisé de déclarer forfait, de se laver les mains de tout ça et de se convaincre qu'après tout, l'arrivée de ce remplaçant lui épargnerait de ne pas être à la hauteur une seconde fois.

Le monde s'arrête, se repose, alors que lui ne parvient plus à arrêter de tourner en rond dans son loft trop spacieux. Pourtant il se sent épuisé, depuis tellement d'années. Fatigué de se sentir en permanence coupable, las de cette cicatrice immonde de l'enfance qui n'a jamais pu se refermer, malgré la tendresse, malgré la douceur de son frère. Brisé d'avoir tant accompli, d'être parvenu à se hisser si haut pour finalement réaliser que tous ceux qui comptaient vraiment sont restés en bas, tellement loin qu'il ne les distingue même plus dans le brouillard. Meurtri de se souvenir à quel point il rêvait que des étoiles brillent dans les yeux de son fils lorsqu'en grandissant, celui-ci le regarderait, meurtri de songer qu'il n'a finalement réussi qu'à faire croître la distance un peu plus chaque jour. Écrasé par toute cette pression permanente, affligé de prendre conscience que si un génie se pointait maintenant en lui offrant d'exaucer un seul vœu, il ne demanderait qu'une chose : redevenir quelqu'un de normal, un anonyme parmi les anonymes. Lui qui rêvait de briller, il n'aspire plus qu'à être transparent, invisible. Qu'on le laisse se retirer loin des feux de la rampe, loin des caméras.

Qu'on l'oublie.

Tout est un tel gâchis que ça lui donne le tournis. Ses muscles se relâchent grâce aux médicaments, mais son cerveau refuse de céder, de lâcher prise.

Édouard retourne s'asseoir sur le canapé, il se sent très faible tout à coup, comme ramolli par les Atarax qui se diffusent progressivement dans ses veines. Il ouvre le coffre en bois qui lui sert de table basse, en sort une bouteille de Talisker qui n'attend que lui. Se sert un verre à ras bord, hume la délicate odeur de tourbe en fermant les yeux.

— Santé ! s'exclame-t-il pour lui-même avant d'avaler une longue rasade qui lui laisse la gorge en feu.

On est le 1er avril, aujourd'hui. Le jour des blagues. Le jour où Édouard se décarcasse à tout prix pour trouver la plaisanterie la plus originale, le gag le plus inattendu. Ça a toujours été à lui d'être le plus drôle, c'était son rôle, celui qu'il s'est attribué avec la rage de la culpabilité.

Enfant, il piégeait Jonathan, dix fois, vingt fois dans la journée, jusqu'au coucher, jusqu'au 2 avril si possible. Il accrochait les petits poissons de papier, soigneusement découpés les jours précédents dans des emballages de carton, dans le dos du fauteuil, dans le dos de son père, quitte à se prendre une gifle bien sentie lorsque Lucien Bresson en avait assez de sentir son aîné gesticuler autour de lui l'air de rien. Dans le dos de madame Rita, la concierge, dès qu'elle était occupée à nettoyer les portes vitrées de l'immeuble. Tout ce cinéma pour entendre, encore, l'éclat de rire salvateur du petit frère.

Puis il avait pris le relais avec Magda et Arthur, élaborant des farces de plus en plus compliquées pour surtout ne jamais décevoir, qu'aucun des deux ne puisse déclarer que celle de l'année précédente était meilleure. Toujours plus haut. Remplacer le produit vaisselle par de l'huile. Mettre de la Cellophane sur la cuvette des toilettes. Fabriquer des pommes d'amour avec des oignons. Enrubanner la voiture de papier toilette, quitte à se lever discrètement au milieu de la nuit pour avoir suffisamment de temps. Faire semblant d'être mort, même si ni Magda ni Arthur n'avaient trouvé ça amusant. Toujours plus. Toujours *plus*.

Ça a toujours été à lui d'être le plus drôle.

Il sait que ce qu'il a prévu de faire aujourd'hui est sans doute d'un humour douteux, mais après tout, ce qui compte le plus est de surprendre, de parvenir à rester imprévisible. Sans compter qu'il trouve qu'il y a un côté magique à faire ça aujourd'hui, justement. Peut-être que personne n'y croira, que partout en France, en se réveillant, les gens se diront que c'est une blague, que ce n'est pas possible. Peut-être que des années durant, ils continueront de douter, de se dire qu'il leur a menti, qu'il les a piégés, comme d'habitude.

Qu'il est évident qu'il ne peut que s'agir d'un immense canular particulièrement bien orchestré.

La dernière plaisanterie d'Édouard Bresson avant d'aller se réfugier sur une île déserte, à paresser sous les cocotiers après des années à avoir fait rire les autres presque sept jours sur sept.

L'humoriste finit son whisky, il sent comme sa langue devient pâteuse, presque encombrante.

S'il n'y avait pas eu cette dispute absurde un dimanche matin d'automne, s'il n'y avait pas eu cette maison abandonnée, est-ce qu'il serait dans cet appartement luxueux, aujourd'hui ? Est-ce qu'il aurait été si exigeant vis-à-vis de lui-même, est-ce qu'il serait parvenu à s'aimer un peu, juste assez pour estimer mériter quelques miettes de bonheur coloré ?

Les questions ricochent dans sa tête, au ralenti à cause des cachets et de l'alcool. Il aurait envie d'extirper de force toutes ces pensées de sa tête, une bonne fois pour toutes. Qu'elles cessent enfin de tournoyer en permanence sous son crâne comme des vautours. Qu'il ne reste plus rien que du vide, un vide salutaire, cotonneux, réconfortant.

Lentement, il se met debout, s'appuie sur le rebord du sofa pour éviter de chanceler. S'approche de la porte-fenêtre, impatient de respirer l'air frais du balcon.

Dehors, la rue en contrebas est encore déserte. Aucune lumière dans l'immeuble d'en face, aucun rectangle orangé où il pourrait deviner des silhouettes qui s'affairent, où il pourrait inventer leurs vies, accoudé pensivement à la balustrade.

Soudain, il s'imagine enjambant la rambarde glaciale, se contorsionnant pour passer de l'autre côté, les pieds en équilibre fragile sur le mince rebord en béton. Il ressent l'effort surhumain de ce mouvement, l'impression de se vider littéralement de ses dernières forces. *Si les lampadaires s'éteignent avant que j'aie compté jusqu'à dix, alors tout ira bien.*

Les premières lueurs du jour commencent à poindre à l'horizon, juste derrière la tour Eiffel qu'il aperçoit au loin. Ses doigts se cramponnent aux barreaux métalliques, son cœur bat un peu plus fort, un peu plus sourdement. Dans la rue, les lueurs crues des réverbères disparaissent subitement, signe qu'il doit être 5 heures du matin. Paris s'éveille, forcément. Édouard regarde vers le ciel, serein comme il ne l'a probablement jamais été.

Le monde va bientôt se remettre à tourner, alors que lui, enfin, va s'arrêter, se reposer. S'éclipser au moment où personne ne s'y attend, se faire la malle au nez et à la barbe de tous.

DEUXIÈME PARTIE

être abAndonné

1er avril 2017

Ça fout un coup, hein ? C'était la dernière chose à laquelle vous vous attendiez, je suis sûr. Remarquez, je n'en mène pas large, moi non plus. Qui aurait cru, en se levant ce matin, que le grand, l'immense, l'extraordinaire Édouard Bresson ne serait plus de ce monde ? Que le comique préféré des Français depuis bientôt dix ans – sondage IFOP à l'appui, mesdames et messieurs – aurait choisi d'en finir une bonne fois pour toutes, ciao la compagnie, je me casse et je vous laisse avec mes souvenirs, mes posters et mes DVD. Et n'oubliez pas, ce soir, je suis sur TF1 pour un reportage inédit. La bonne blague, hein.

Soyons honnêtes, moi aussi, comme vous, j'ai beaucoup de mal à m'ôter de la tête l'idée qu'il ne s'agisse pas d'un canular. Surtout un 1er avril, je suis sûr qu'il l'a fait exprès, cet enfoiré. Pour qu'on doute, pour qu'on rigole de sa mort en toc avant de comprendre que si ça se trouve, c'était *pour de vrai*, comme disent les mômes. Sans doute même pour qu'on se demande si tout ça n'est pas une gigantesque plaisanterie orchestrée de main de maître, il en serait tout à fait capable, vous savez.

Faut dire que mon père n'a jamais su se donner de limite. La frontière entre le rire et les larmes est pourtant souvent bien mince, quasiment intangible. Comme quand on vous chatouillait, enfant. Vous riiez, encore, encore, encore, jusqu'au moment où les guili-guili devenaient subitement désagréables, insupportables, et que les larmes venaient à perler à vos yeux, pas des larmes de joie, non, des larmes de douleur, presque. Mon père n'a jamais compris cet instant étrange où le rire se transforme en larmes. Pour lui, la vie, c'est une blague permanente, tout était toujours prétexte à se poiler. Je me souviens encore d'un 1er avril où il avait fait semblant d'être mort dans son sommeil, je revois sa bouche légèrement entrouverte, les yeux fixes, presque vitreux, et moi qui le secouais, qui le secouais encore, de plus en plus fort, arrête papa, c'est plus drôle maintenant, réveille-toi ! Ma mère qui riait d'un air désabusé, puis qui avait soupiré, lassée, avant de commencer, enfin, à s'inquiéter, à se dire qu'il ne s'agissait peut-être pas d'un poisson à la con. Que peut-être, il était vraiment mort dans le lit, et qu'il fallait faire quelque chose au lieu d'attendre bêtement qu'il se relève en hurlant : « J'vous ai bien eus ! » Alors elle l'avait secoué avec moi, lui avait donné des claques, Édouard, si tu fais semblant, je te jure que je vais te tuer, avait tenté d'écouter son cœur, l'oreille collée contre sa poitrine, mais mes hurlements l'empêchaient d'entendre quoi que ce soit. Paniquée, elle avait couru au téléphone, allô, oui, je vous appelle parce que je crois que mon mari a fait une crise cardiaque, il est sur le lit, il est inconsc… « J'vous ai bien eus, oh la vache, vous devriez voir vos têtes ! » s'était exclamé mon père en se relevant d'un bond, fier de lui, si satisfait et incapable de s'apercevoir qu'il dépassait les bornes. « Le jour où tu seras vraiment mort, personne n'y croira, Édouard », avait murmuré ma mère, des sanglots dans la voix, pas des sanglots de chagrin, non, des sanglots de colère. Et mon père s'était esclaffé : « En voilà une idée, remarque, ce serait un sacré coup à faire ! »

Bref. Édouard Bresson s'est défenestré dans la nuit, il paraît. Mon père aurait sauté du huitième étage de son appartement parisien, se serait explosé face contre terre sur le bitume anthracite. Je ne sais pas lequel des deux a décidé qu'il était grand temps de tirer sa révérence.

Il aurait fait le grand plongeon au moment où je buvais tranquillement une énième bière, assis dans un fauteuil club chez les parents de David, absents pour la nuit. La fête battait son plein depuis un bon moment, et pourtant personne ne semblait fatigué, sans doute qu'on décompressait tous des examens blancs qu'on s'était enquillés toute la semaine. La soirée était tellement avancée que le jour commençait déjà à se lever sur Rouen. Je regardais Manel qui dansait avec deux de ses copines, ondulant du bassin sur un tube électro du moment comme aucun Blanc ne sait le faire, quoi qu'on en dise. Je contemplais son visage serein, ses grands yeux noirs, son air de toujours sembler insolente, provocante, ses cheveux d'ébène qu'elle avait relevés en un chignon strict de danseuse classique, juste parce qu'elle savait à quel point j'adorais voir ses mèches sombres cascader sur ses épaules lorsqu'elle retirait une à une toutes les épingles. J'étais bien, clairement. Prêt à paresser toute la journée avec elle pour récupérer de cette nuit blanche.

Et puis il a fallu qu'un type consulte son Facebook, qu'incrédule, il fasse circuler son Smartphone autour de lui. Jusqu'à ce que l'objet arrive à proximité de moi, que David me le tende sans un mot, blanc comme un linge. Sa pomme d'Adam est montée comme un ascenseur, quand il a avalé sa salive. Je me rappelle exactement les mots que j'ai prononcés en prenant l'iPhone à l'écran fissuré. « Allez, balance au lieu de faire une tronche d'enterrement ! Johnny Hallyday vient de passer l'arme à gauche, c'est ça ? »

Et puis j'ai lu. *Édouard Bresson retrouvé mort. L'humoriste se serait suicidé en se jetant du balcon de son appartement.*

Lorsque j'ai relevé les yeux, j'ai pris conscience que quelqu'un avait arrêté la musique. Que tous pianotaient frénétiquement sur leurs téléphones, s'exclamaient des « J'y crois pas ! » bouleversés comme s'il était arrivé quelque chose à un de leurs proches. Manel n'agitait plus ses hanches, mais avait mis la main devant sa bouche, choquée, déjà prête à fondre en larmes.

Forcément, je n'ai pas pu m'empêcher de repenser à ce 1er avril, quand j'avais à peine cinq ans, et que mon père jouait au poisson mort, échoué sur le lit. J'ai fait défiler le fil d'actualité du téléphone que je tenais encore entre les mains, j'ai vu les quelques posts ici et là, tous aussi absurdes les uns que les autres. Et j'ai souri, je me suis dit qu'il avait réussi son coup, celui dont il rêvait depuis toujours, celui que personne n'avait fait avant lui. Le Stade de France, ce n'était donc qu'une étape de son projet, de sa gigantesque farce macabre. Quel cinglé.

— C'est une blague, les mecs. Pas la peine de vous mettre à chialer, il fait semblant. Tout le monde sait que ce type est dingue, je suis certain que c'est un bobard, il faut toujours qu'il en fasse des caisses, il ne sait pas s'arrêter.

Je me suis levé pour aller rallumer la musique. Les autres m'ont suivi du regard, perplexes. Sans doute qu'ils se demandaient pourquoi je semblais si sûr de moi, de quel droit j'osais parler de quelqu'un que je ne connaissais pas plus qu'eux. Manel est venue me prendre dans ses bras, pas de larmes, j'ai chuchoté, il fait semblant. « Mais c'est de ton père qu'il s'agit… » a-t-elle insisté à voix basse. J'ai fait les gros yeux et elle a froncé les sourcils, sans doute agacée que je reste si impassible. Comme si c'était le moment de sauter aux quatre coins de la pièce en révélant à tout le monde que j'étais le fils du célèbre Édouard Bresson !

J'ai posé mes mains sur ses hanches, me collant à elle pour sentir son souffle chaud au creux de ma nuque, allez viens on danse. Les discussions ont repris très vite et je suis passé à autre chose. Hors de question que mon père me gâche la journée avec ses conneries.

Évidemment, je n'ai pas pu faire abstraction très longtemps, avec mon portable qui a commencé à vibrer sans arrêter dans mon jean. *Maman*. J'ai été tenté de l'éteindre, déjà que mon père avait essayé de me joindre trois fois dans la soirée, ça commençait à bien faire. Avoir ses parents sur le dos à vingt-trois ans, c'est carrément lourdingue. Mais Manel s'est immobilisée, m'a empêché de ranger mon téléphone, réponds, c'est peut-être important. Je savais très bien à quoi elle pensait, même si ça n'avait aucun sens, j'veux dire, combien de fois Michel Drucker est mort sur Internet ?

J'ai quand même décroché, pour lui faire plaisir, parce que je savais qu'elle risquait de me prendre la tête toute la nuit si je ne le faisais pas. Et que je n'avais aucune envie qu'elle évente mon secret à force d'être si peu discrète.

À l'autre bout du fil, ma mère était en larmes et je ne comprenais pas grand-chose à ce qu'elle baragouinait. Calme-toi, je n'entends rien du tout, maman. En fait, j'avais parfaitement pigé ce qu'elle bredouillait entre deux reniflements. Juste, je n'y croyais pas une seconde, attends, maman, il nous a déjà fait le coup combien de fois ?

Je suis allé m'isoler dans la chambre des parents de David, m'asseyant sur le lit avec la housse de couette en flanelle grise impeccablement repassée, pas un pli. Ma mère a fini par prendre une grande inspiration, parvenant ainsi à aligner toute une phrase d'un ton solennel.

— Il est vraiment mort, son corps a été identifié par Hervé, son manager. Je l'ai eu au téléphone, il était en larmes, complètement sous le choc.

Là, j'avoue, elle a réussi à me faire douter. J'ai entendu qu'elle continuait à parler, de loin, les mots sont devenus brouillés, sans doute simplement parce que je n'écoutais plus. J'ai raccroché au bout de quelques instants, hagard. Comme si on venait de me dessoûler en me mettant de force sous un jet d'eau glacée.

Pour en avoir le cœur net, je suis retourné sur Facebook, puis sur Twitter. Un peu partout, les articles de presse fleurissaient, et ça m'a sauté à la gueule qu'ils n'étaient plus du tout au conditionnel. Les posts de fans éplorés se multipliaient comme une traînée de poudre, les « RIP » affligés, les photos de profil changées avec un simple carré à rayures bleu marine et blanches, rappelant les pulls Saint James qu'il ne quittait jamais sur scène. Dans ma tête, je parlais déjà de lui au passé. Je débloquais complètement, le monde était devenu fou à la vitesse de l'éclair.

En début de matinée, une fois rentré dans le studio que je loue avec Manel, j'ai mis mes baskets pour aller courir.

— Tu fais quoi, là, Arthur ?

— Je vais m'aérer.

— Tu crois vraiment que c'est le moment ? Il faut qu'on aille à Paris, que tu t'occupes des funérailles, je sais pas, moi…

— Mon père n'a jamais eu besoin de moi, va. Y aura une tripotée de gens ravis de se charger de tout ça. Si tant est qu'il ne réapparaisse pas d'ici là.

— Il faut quand même qu'on parte. Je suis sûre que ta mère est déjà sur place.

— On n'est pas à une heure près, je pense. Donc je vais aller faire un footing, mon père ne m'en tiendra pas rigueur, a priori.

Je suis sorti sans attendre que Manel me lance qu'aller courir après une nuit blanche, ça n'avait aucun sens. Mes pieds ont eu un peu de mal à suivre la cadence que je leur imposais, et lorsque j'ai enfin atteint le rythme que je visais, j'ai soudain pris conscience qu'il allait malgré tout désormais falloir que j'explique à Manel un certain nombre de choses sur Édouard. Sur notre relation, ou plutôt notre absence de relation. Elle est une des seules personnes de mon entourage à savoir que je suis son fils, mais en dehors de ça, je n'ai jamais pris la peine de lui expliquer les raisons pour lesquelles je tiens à tout prix à garder notre lien de parenté secret.

Je ne lui ai jamais parlé de mes années en primaire, de tous les gamins qui refusaient de croire qu'Édouard était mon père puisque jamais il ne m'accompagnait le matin, jamais il ne venait me chercher le soir. « Personne ne l'a jamais vu, ton père, à croire que c'est l'homme invisible ! » Et ils pouffaient tous, se donnaient des coups de coude pour s'entraîner les uns les autres, me traitaient de menteur. Lorsqu'ils avaient aperçu Christian, mon beau-père, qui me déposait un matin, c'en avait été fini. « On l'a vu, ton père, rien à voir avec Édouard Bresson, tu racontes des salades depuis le début ! » J'avais eu beau expliquer que ce n'était que le second mari de ma mère, j'avais eu beau montrer les photos où Édouard et moi étions ensemble, ils avaient tous refusé de me croire. J'avais eu beau aller jusqu'à me battre derrière les marronniers de la cour de récréation, dans l'espoir de faire taire ceux qui l'ouvraient le plus fort, les moqueries n'avaient pas cessé. Plusieurs fois, j'avais demandé à mon père de venir, de leur montrer, à tous, mais il n'avait pas compris l'importance de la chose, je n'ai pas le temps de faire un aller-retour au Havre juste pour venir te récupérer à l'école, enfin !

Je n'ai jamais non plus raconté à Manel qu'au collège, j'étais la risée de la classe simplement parce que j'étais incapable de sortir une blague tordante sur commande. « Si Édouard Bresson, c'est ton père, tu devrais pouvoir nous faire rigoler, non ? Alors, vas-y, qu'est-ce que t'attends pour qu'on se poile ? » Comme si l'humour était héréditaire, comme si je n'étais qu'une version miniature d'Édouard. Et comme je n'étais pas drôle, comme je me refusais de toute façon à chercher à l'être, j'avais eu le droit pendant quatre pénibles années à des remarques acerbes qui se terminaient toutes par la même conclusion, à savoir que ce n'était pas du tout étonnant que mon père se soit tiré vu comme j'étais ennuyeux à mourir.

Enfin, je n'ai jamais confié à Manel ma première histoire avec une fille, au lycée. Le genre de nana sur qui tous les mecs fantasmaient mais qui avait jeté son dévolu sur moi sans que personne ne comprenne ce qu'elle pouvait bien me trouver, avec mes cheveux emmêlés et mon appareil dentaire. C'est pourtant bien simple. Elle n'avait envie de parler que d'une seule chose, en permanence : Édouard. Elle aurait voulu tout connaître de lui, passait son temps à s'exclamer que ça devait être génial d'avoir un père aussi célèbre. J'avais relativisé, me convainquant que si elle aimait autant enfoncer sa langue dans ma bouche, c'est qu'elle me trouvait à son goût, que pour une raison ou pour autre, je lui plaisais. Et puis, voilà, j'étais amoureux, tout simplement. Heureux qu'elle m'ait choisi, moi. Jusqu'au jour où elle m'avait invité chez elle, m'avait traîné par la main dans sa chambre, m'avait montré, au comble du ravissement, les dizaines de posters qui recouvraient son papier peint. Des posters de *lui*, forcément. Qu'elle embrassait un par un avant d'aller se coucher, le soir. Elle n'avait même pas eu honte de me l'avouer, elle n'avait même pas imaginé que ça puisse me blesser, m'écœurer.

Je n'ai jamais raconté tout ça à qui que ce soit, en fait. Mais je suppose qu'il va falloir y passer, qu'à un moment ou à un autre, Manel ne se contentera plus de réponses évasives.

Pendant que je courais, les médias se sont empressés d'aller interviewer l'« entourage » de mon père, et ils ont bien vite trouvé toutes sortes de personnes désespérées prêtes à témoigner et à donner leur avis sur le suicide d'Édouard Bresson. Toutes les platitudes d'usage y sont passées, du « J'avais bien remarqué qu'il était épuisé, ces derniers temps » de son manager, au « On n'a rien vu venir, c'est terrible ! » de son producteur. Djamila Meddour, la directrice artistique qui l'a lancé au début de sa carrière, s'est épanchée comme les autres : « La première fois que j'ai reçu Édouard en audition, j'ai tout de suite vu qu'il y avait quelque chose de brisé en lui, une sorte de faille qu'il tentait tant bien que mal de cacher, alors que c'était justement ça qui m'intéressait. Parce que d'expérience, ce sont ceux qui ont le plus souffert qui ont le plus à donner au public. »

Tu parles, Charles.

À ce moment-là, j'ai commencé à me dire qu'il s'était vraiment passé quelque chose, qu'il ne s'agissait pas d'une hallucination ou d'une grotesque erreur des médias. Soit Édouard s'est suicidé, soit il se fiche de nous. Difficile de ne pas instinctivement pencher vers la seconde hypothèse, de ne pas croire qu'il est caché quelque part, à se frotter les mains en imaginant revenir comme une fleur dans quelques jours. Il va réapparaître demain, ou après-demain, tendre un mouchoir à un fan éploré, débarquer dans une émission de télé en s'écriant « Tadaa ! » devant un présentateur médusé. Et évidemment, il est persuadé qu'on sera tous bluffés, qu'on applaudira à tout rompre sa grande idée et que sa performance entrera dans l'Histoire.

« Il faut toujours voir les choses en grand », qu'il me répétait quand j'étais petit.

Je suppose qu'on y est.

écLaircir

3 avril 2017

Au moment où je me dis qu'il n'a même pas pris la peine de laisser la moindre explication à quiconque pour justifier son geste (preuve évidente que tout ça n'est qu'une vaste mise en scène), je reçois au courrier une lettre de sa part. Je reconnais immédiatement son écriture fine, appliquée, les lettres penchées vers la droite comme si le vent soufflait dessus.

Un instant, je songe que je ne m'étais donc pas trompé, qu'il s'agit bien d'un foutu canular puisqu'il m'écrit quelques jours après. Je l'imagine déjà, planqué je ne sais où, rigolant tout seul de sa bonne blague. Je remarque immédiatement que le cachet de la Poste date du 1er avril, et l'excitation d'avoir raison s'imprègne encore plus en moi. Avant de songer qu'il existe tout un tas de raisons plausibles pour que le courrier soit daté du jour de sa « mort ». Édouard a pu le poster la veille au soir ou a pu confier à quelqu'un d'autre la charge de l'envoyer. L'adrénaline de tenir un scoop retombe aussi vite qu'elle est venue.

Je remonte jusqu'au studio, pose la lettre sur la table basse envahie depuis des semaines de classeurs et de livres de droit. En prenant délibérément tout mon temps, je vais me faire un thé, je me concentre sur le ronronnement de la bouilloire, sur la fumée qui sort de son bec en aluminium. Rien ne presse. Je range la vaisselle accumulée dans l'égouttoir, passe l'éponge sur le plan de travail.

Une fois que tout est impeccable, je m'installe sur le divan et reprends le courrier entre mes mains, remarquant alors qu'Édouard a écrit *Arthur Pazzoli* sur l'enveloppe couleur kraft. Malgré moi, je laisse échapper un petit rire narquois qui résonne sourdement dans le silence du studio. Je me demande si ça lui a coûté d'inscrire ce nom de famille ou si au contraire il pourrait l'avoir fait de bon cœur.

Je me souviens encore de sa réaction lorsqu'il a appris ce qu'il a qualifié de « trahison ». Lorsque j'étais parti étudier à Rouen après avoir obtenu mon bac, la décision m'avait pourtant semblé une évidence. Couper les ponts, devenir un anonyme, ne plus être le « fils d'Édouard Bresson ». Prendre le nom de jeune fille de ma mère, Pazzoli. Sur les documents officiels, il avait fallu que je me contente d'accoler les deux noms, mais ailleurs, dès que c'était possible, j'avais pu m'effacer derrière un patronyme insignifiant. Bien sûr, j'aurais pu me contenter de garder le nom de mon père, qui était plutôt courant, plutôt passe-partout, et simplement affirmer que je n'avais aucun lien de parenté avec Édouard. J'aurais pu, mais après tant d'années à en pâtir, j'avais besoin d'une vraie rupture. Quand on me demandait comment je m'appelais, j'avais besoin de pouvoir répondre : Arthur Pazzoli. Et quand j'avais écrit ce nom sur ma boîte aux lettres, à Rouen, une vague de soulagement m'avait envahi. J'avais l'impression qu'enfin, j'étais moi, moi et personne d'autre.

Quelques mois plus tard, mon père m'avait envoyé un colis pour mon anniversaire, qui lui était revenu avec la mention *N'habite pas à l'adresse indiquée*, puisqu'il avait inscrit Arthur Bresson sur le paquet. Il m'avait appelé, est-ce que tu as changé d'adresse, je ne comprends pas pourquoi ton cadeau m'est revenu, c'est étrange… Alors je lui avais dit que j'avais pris le nom de maman. J'avais baragouiné quelques explications sur ma décision, et à l'autre bout de fil, il y avait eu un long moment de silence. « Je ne savais pas qu'on pouvait changer de nom comme ça… », avait-il murmuré, stupéfait. J'avais essayé de relativiser, ça n'a rien d'officiel pour l'instant, il faut faire un dossier, et c'est un peu compliqué, il faut prouver qu'on a un intérêt légitime à vouloir prendre un autre nom de famille. Édouard avait accusé le coup, avait répété doucement, comme pour lui-même : « Un intérêt légitime… » À ce moment-là, j'avais commencé à m'empêtrer plus que je ne l'avais anticipé, en lui expliquant qu'il fallait que je prouve en quoi mon nom actuel me portait préjudice. Et évidemment, ça avait dégénéré, il était passé de l'incompréhension muette à la colère noire. Avait fini par me raccrocher au nez en me sifflant que ce que j'avais fait, c'était ni plus ni moins que le renier. Je ne l'avais pas rappelé et lui non plus. Le silence avait duré des mois.

Aujourd'hui, je suis partagé entre la curiosité d'ouvrir l'enveloppe et la conviction que rien de ce qui pourra être écrit à l'intérieur n'aura la moindre importance à mes yeux. Que pourrait-il bien avoir à me dire ? Des mots pour me rassurer, me confirmer qu'il ne s'agit que d'une plaisanterie, que je ne dois surtout pas m'en faire mais qu'il compte sur moi pour ne pas divulguer son petit secret ? Je soupire d'avance, mais évidemment, la curiosité l'emporte, et j'ouvre avec un couteau le courrier, le plus délicatement possible pour ne pas l'abîmer. Non que je le considère comme précieux, c'est juste que je suis quelqu'un de soigneux.

L'enveloppe contient un feuillet à petits carreaux noirci de l'écriture de mon père ainsi qu'une seconde enveloppe, plus petite.

Malgré l'envie de n'en avoir rien à faire, je commence la lecture, plus fébrile que je ne le voudrais.

Arthur,

Je n'ai aucune idée de ce que tu ressentiras au moment où tu liras ces lignes. Peut-être même refuseras-tu d'ouvrir ce courrier, après tout, ce serait sans doute de bonne guerre.

Je t'ai laissé t'éloigner bien trop longtemps pour espérer qu'il ne soit pas trop tard. Je sais, c'est complètement niais de dire ça, mais qu'est-ce que tu veux, une lettre de suicide qui ne soit pas larmoyante ou grandiloquente, ça ne doit pas arriver souvent.

Je vais faire de mon mieux, malgré tout, pour éviter de chercher à faire pleurer dans les chaumières, tu sais que je suis bien plus doué pour faire rire les gens que pour les apitoyer.

Tu te dis sans doute que je suis le plus odieux des hommes pour te laisser tomber de cette manière ; tu n'as probablement pas tort. Il faut croire que je suis lâche pour préférer disparaître plutôt que me battre pour chercher une autre voie. Mais je suis si haut, à présent, que je ne vois aucune autre manière de redescendre, personne ne me laisserait retourner à une petite vie, c'est trop tard.

J'aurais voulu autre chose pour toi et moi, j'aurais voulu être un père différent de celui que j'ai eu, j'aurais voulu avoir un fils différent de celui que j'ai été, aussi. Peut-être est-on condamné à reproduire, de génération en génération, les erreurs de ses parents. Peut-être que chercher à faire tout le contraire, c'est le moyen le plus sûr d'aboutir au même résultat foireux.

J'aimerais te dire que si j'avais la possibilité de revenir en arrière, je n'agirais pas de la même façon. Que je serais un meilleur mari, un meilleur père. Mais on sait tous les deux que c'est du vent, d'affirmer ça. Si je pouvais revenir en arrière, je referais exactement pareil, parce que je m'embourberais à nouveau, parce que je n'ai jamais eu l'impression de choisir quoi que ce soit, finalement, même si tu es persuadé du contraire. Tiens, j'ai failli écrire « Ce n'est pas moi qui ai choisi la scène, c'est elle qui m'a choisi », mais je me suis arrêté à temps. Il faut croire que la mièvrerie commence à gangrener mon cerveau ; je ne vais pas pouvoir m'appesantir sur cette lettre trop longtemps.

Bref. Je suis conscient que quoi que je puisse écrire, ça ne sera pas assez. Tu as l'impression de tout connaître de moi, comme moi j'ai cru tout connaître de toi instinctivement, juste parce que tu étais mon fils.

La vérité, Arthur, c'est que tu ne sais pas grand-chose de moi, je suis un étranger pour toi, et ça, ce sera l'un des plus grands regrets de ma vie. Je ne peux pas t'expliquer par des mots ce que tu ignores, d'autant que je suis persuadé que les autres nous connaissent toujours mieux qu'on ne se connaît soi-même. Chaque fragment d'un autre que soi en vient à compléter un puzzle qui forme l'image la plus complète d'une personne.

Je n'ai pas fait grand-chose avec toi, j'ai raté beaucoup d'événements importants qui forgent la relation entre un père et son fils. C'est facile d'écrire ça, mais sache que j'ai fait de mon mieux. Malgré mes manquements, malgré mes défauts, malgré ma dureté, j'ai essayé de faire du mieux que je pouvais. Longtemps, on est persuadé que nos parents sont surpuissants, qu'ils savent tout. En réalité, ce ne sont que des êtres humains aussi paumés que nous, qui essayent simplement de ne pas trop se planter.

Aujourd'hui, je me dis que les seuls moments de bonheur dont tu dois te souvenir avec moi, ce sont ces chasses au trésor que je t'organisais à chaque anniversaire, quand tu venais à Paris pour l'été. Je me rappelle ton excitation, ta concentration pour résoudre les énigmes, ta joie de percer un mystère et de découvrir un indice. Je revois ton sourire, parfois encore, je m'y accroche, même si au fil des années, les images se ternissent au fond de ma mémoire.

Je ne serai pas là pour te suivre dans ce dernier jeu de piste, et de toute façon, si j'étais à tes côtés, ça n'aurait aucun sens. Je sais que ton anniversaire n'est que dans quelques mois, excuse-moi de ne pas pouvoir attendre davantage.

Tu trouveras le premier indice dans la seconde enveloppe.

Je t'embrasse,

Édouard

Je lis les mots de mon père et l'envie de chiffonner en boule le feuillet m'assaille. J'ai l'impression de me prendre une gifle monumentale. C'est une lettre d'adieu ou je rêve ? Il ne peut quand même pas m'écrire tout ça pour réapparaître dans quelques jours, si ? Édouard est excentrique mais pas sadique, alors je suis censé en conclure quoi ? Qu'il a monté un suicide bidon pour disparaître définitivement, refaire sa vie ailleurs, sous une fausse identité, dans un pays où personne n'a jamais entendu parler de lui ? C'est ça, sa grande idée, vraiment ? Me planter là et m'organiser une chasse au trésor comme si j'étais encore un gamin, en guise de lot de consolation. Je dois espérer quoi, au juste ? Que, peut-être, ce jeu de piste sordide me mène jusqu'à lui ? C'est à n'y rien comprendre.

Machinalement, j'ouvre la seconde enveloppe bleu pastel et y découvre deux billets pour Eurodisney. Pluto et Daisy me contemplent en souriant, presque comme s'ils se fichaient de ma poire. Sur l'un des tickets cartonnés, mon père a écrit au stylo noir : *En souvenir de Buzz l'Éclair*. À croire qu'il pense que j'ai toujours dix ans.

Putain, je ne suis pas sorti de l'auberge. Je range les billets dans l'enveloppe, et l'enveloppe dans le tiroir de la table basse, dépité devant tant d'absurdité. Il a lu un peu trop de romans merdiques, apparemment. Une chasse au trésor à Eurodisney, qu'il aille se faire foutre, sérieux.

se sOuvenir

5 avril 2017

Deux jours plus tard, Manel et moi, on poireaute devant l'entrée d'Eurodisney, comme des centaines d'autres gens déjà affublés d'oreilles de Mickey ridicules. À croire que la France entière est en RTT aujourd'hui. Je sais, mes résolutions n'étaient sans doute pas si immuables que ça, finalement.

C'est Manel qui m'a convaincu de venir jusqu'à Marne-la-Vallée ; de toute façon, il faut qu'on aille à Paris pour l'enterrement de ton père, on n'a qu'à partir une journée avant. Elle m'a pompé la tête tant que je n'ai pas cédé, allant jusqu'à m'affirmer que ses parents ne l'avaient jamais emmenée là-bas, qu'elle en rêvait depuis toute petite. Quand elle m'a sorti que j'avais drôlement de la chance d'avoir eu un père qui m'y accompagnait plusieurs fois par an, j'ai cru que la fumée allait sortir de mes oreilles.

Ouais, c'est vrai, j'ai pu aller à Eurodisney jusqu'à frôler l'écœurement quand j'étais enfant, mais à côté de ça, je n'ai aucun souvenir de mon père venant me chercher le soir à l'école, aucun souvenir de lui m'apprenant à faire du vélo, aucun souvenir de lui dans mon quotidien. Normal, puisqu'il n'était pas là. Normal, puisque je ne l'intéressais pas plus que ça. S'il avait pu me mettre aux encombrants, je suis sûr qu'il l'aurait fait, tiens.

Manel répète que j'exagère, c'est bien la preuve qu'elle n'a jamais rencontré Édouard Bresson. Mon beau-père, Christian, a fait bien plus de choses pour moi que lui au cours de sa vie. Il m'a même aidé à emménager dans mon studio à Rouen, il y a deux ans. Ce week-end-là, l'extraordinaire Édouard Bresson avait d'autres choses bien plus importantes à faire, comme d'habitude. Je ne lui ai rien demandé, et ça ne lui est même pas venu à l'idée de proposer son aide, de toute façon.

Tout ce qu'il a fait pour moi, c'est me pousser à suivre ses traces, à jouer la comédie, à faire le pitre en quête du moindre éclat de rire de sa part. Il n'a jamais pigé que si j'avais marché un temps dans son jeu, c'était uniquement par espoir qu'il se soucie de moi. Des années de cours de théâtre juste parce que je croyais qu'il allait s'intéresser à moi, qui sait, venir m'applaudir au spectacle de fin d'année. Tout ça parce que j'imaginais naïvement que ça pourrait nous rapprocher, si je devenais comme lui, si je l'imitais alors que je n'avais pas le quart de son talent, le quart de sa passion pour la scène. Et lui, il me poussait sans relâche, sans jamais se demander si ça me plaisait de faire ça ou pas, sans jamais se questionner plus que ça puisqu'il était évident que j'étais né pour marcher dans ses pas. Le jour où il a enfin compris que je n'étais pas à la hauteur, que je rêvais d'autre chose, il m'a tourné le dos.

Comme si, parce que j'avais osé ouvrir la bouche pour parler de mon avenir, je venais de tout saccager.

Et la seule fois où j'ai osé lui demander un service, après ça, il m'a envoyé bouler avec un plaisir non dissimulé, bien évidemment.

C'était il y a un peu moins d'un an, quelques mois après notre dispute à propos du fait que j'avais pris le nom de maman. À la fac, je faisais partie du comité d'organisation d'une soirée caritative au profit d'Avocats sans frontières. L'événement peinait à se mettre en place, on avait du mal à dégoter des sponsors, à trouver des animations dignes d'attirer les étudiants, hormis les deux ou trois groupes de rock qui existaient sur le campus. On avait fini par obtenir la participation d'une chanteuse, une fille qui avait été finaliste de l'émission *The Voice* l'année précédente et qui, après des heures de négociation et de persuasion, avait accepté de parrainer la soirée et de chanter quelques chansons à l'ouverture, histoire de faire venir du monde. Les affiches et les flyers étaient prêts, on avait lancé toute la communication sur les réseaux sociaux quand cette peste nous a lâchés, à quinze jours de la soirée. On était tous catastrophés, évidemment. C'est là que Manel a eu une idée lumineuse : je n'avais qu'à appeler Édouard au secours. Bien sûr, j'ai refusé, et bien sûr, elle a insisté, ce sera l'occasion de renouer avec ton père, vous êtes en froid depuis cette histoire de nom, tu n'as rien à perdre, etc. Au bout du compte, j'ai cédé et décroché mon téléphone. J'ai expliqué à Édouard à quel point j'étais en galère, à quel point cet événement était important pour récolter des fonds, je lui ai demandé si par miracle il accepterait de faire ne serait-ce qu'une apparition lors de cette soirée. Un seul et unique sketch sur scène, n'importe lequel. J'ai même été jusqu'à lui avouer qu'il nous sauverait la mise, et même la vie.

Je suppose que l'occasion était trop belle pour qu'il ne la saisisse pas. Pour qu'il ne se contente pas de me répondre, après m'avoir laissé tout déballer pendant une dizaine de minutes, qu'il trouvait très étrange que subitement, je n'aie plus honte de son nom de famille, que d'un seul coup je me dise qu'il pouvait peut-être m'être utile à quelque chose. J'avais laissé passer l'orage, en me disant que je l'avais un peu mérité, au fond. Et puis il m'avait posé cette question : « Mais si je viens, tu vas faire semblant de ne pas être mon fils, non ? Ou est-ce que tu vas oser griller ton incroyable couverture ? » J'avais hésité, trop longtemps à son goût. Et encore une fois, il avait raccroché en me soufflant d'un ton sans appel que je n'avais qu'à me débrouiller par moi-même. Depuis, ni l'un ni l'autre n'a eu envie de faire le premier pas pour mettre ce conflit derrière nous, et c'est la dernière fois que j'ai entendu la voix d'Édouard.

Dans la file d'attente pour l'attraction *It's a small small world*, juste devant nous, un couple est penché sur un appareil photo compact. La femme, emmitouflée dans un poncho de laine bleu marine, pousse à intervalles réguliers des exclamations de déception, tandis que son mari peste en faisant défiler les photos sur le petit écran. « Elles sont toutes floues ! » murmure la femme d'un air affligé, et son conjoint secoue la tête, aussi dépité qu'elle. Il n'en faut pas plus pour que Manel intervienne et propose son aide d'un ton claironnant, s'empare de l'appareil pour en modifier avec dextérité les réglages, avant de le leur rendre, toute fière d'avoir pu se rendre utile. C'est tout elle, ça. Il faut toujours qu'elle se mêle des affaires des autres, c'en est parfois gênant, même si c'est grâce à cette manie qu'on est ensemble aujourd'hui…

On s'est rencontrés il y a deux ans dans le bus, elle était assise à côté de moi, à loucher sur le journal que je lisais. J'étais bloqué depuis à peine dix secondes sur une définition de mots fléchés, quand elle s'est exclamée « main coon ! » d'un ton extatique. J'ai tourné la tête vers elle, perplexe, et elle a balancé : « Chat américain en neuf lettres, c'est main coon ! » « J'aurais pu le trouver tout seul, si vous m'en aviez laissé le temps », j'avais lancé, renfrogné. Soudain mal à l'aise, elle avait rougi jusqu'aux oreilles, je suis désolée, je ne voulais pas, je pensais que… Et son embarras avait quelque chose de si sincère, de si touchant, que j'avais approché le journal d'elle, prêt à partager mes mots fléchés en signe de réconciliation. Évidemment, elle avait terminé la grille en quelques minutes à peine, et j'avais dû faire un effort surhumain pour ne pas montrer à quel point j'avais envie de bouder.

La matinée file et il commence à pleuvoir sur le parc, une légère bruine qui imprègne tout sur son passage. Avec un ravissement toujours intact, Manel m'emmène de manège en manège, et je la suis comme un automate. Je ne suis pas revenu ici depuis mon dernier été chez mon père, à quatorze ans. Après, j'avais déclaré que j'étais trop grand pour passer le mois d'août chez lui, que je préférais partir avec des copains en colonie de vacances. J'étais trop grand pour que mon père continue à me traîner à Eurodisney, surtout. Il m'y avait emmené trop de fois pour que le plaisir soit encore de la partie. Il n'avait pas fallu beaucoup insister pour qu'il accepte de ne plus me voir qu'une semaine à la fin du mois d'août.

Mais aujourd'hui, presque dix ans après, je redécouvre les attractions colorées, les allées pavées, les boutiques animées. Étrangement, c'est comme regarder les pages d'un album photos qu'on n'a pas ouvert depuis longtemps. L'odeur de la barbe à papa si familière, la musique de la parade, je nous revois assis sur le bord du trottoir, en plein cagnard, c'est d'ici qu'on verra le mieux les chars et les personnages, Arthur, tu vas voir, cette année, il y aura tous ceux de *Toy Story !* J'entends l'enthousiasme dans la voix de mon père, et je me demande si c'est moi qui l'ai imaginé ou pas, tellement ça me semble irréel.

— Regarde ! Il est là-bas !

La voix de Manel me tire de mes souvenirs, elle me montre du doigt quelque chose au loin.

— C'est Buzz l'Éclair !

Je reste immobile dans la queue pour *Space Mountain*. Imperturbable, elle me tire par la main.

— Viens, il faut qu'on aille le voir !

— Mais on piétine depuis une demi-heure dans la file, on ne va pas s'en aller maintenant…

Elle est déjà partie sans attendre ma réponse, et, à contrecœur, je la suis.

— Vite, je vais te prendre en photo avec lui !

Manel sort cette petite phrase avec toute la spontanéité que je lui connais, et les mots font écho à ceux que mon père prononçait lui aussi à chaque fois qu'on croisait un personnage de *Toy Story*, à l'époque mon dessin animé préféré. Qui l'est sans doute toujours aujourd'hui, d'ailleurs, même si cela fait bien longtemps que je ne l'ai plus regardé. Il m'avait acheté les panoplies complètes de Woody et de Buzz, j'avais passé des semaines entières déguisé, refusant de mettre des vêtements « normaux » pour sortir. Et mon père avait accepté, ce genre de choses lui était complètement égal, ça ne le gênait pas le moins du monde de sortir dans la rue avec un cow-boy ou d'aller faire les courses avec un cosmonaute caquetant toutes les trois minutes d'une voix caverneuse : « Vers l'infini et au-delà ! »

Posant à côté de Buzz l'Éclair avec un sourire crispé, j'essaye d'ignorer la file de gamins qui attendent leur tour, impatients de rencontrer le gigantesque personnage au sourire de plastique immuable. Manel lève le pouce, signe que la photo lui convient, et je me dépêche d'aller la rejoindre, un peu honteux de me trouver parmi des mômes qui m'arrivent à peine au niveau des hanches.

— Tu lui as demandé ?

— Demandé quoi ?

— S'il avait quelque chose pour toi ! Ton père a écrit « En souvenir de Buzz l'Éclair » sur ton billet, ce n'est pas pour rien !

— Tu es dingue. Je ne vais rien lui demander du tout. Désolé de te décevoir, mais en plus, c'est tous les jours un mec différent à l'intérieur du costume, alors comment veux-tu que…

Manel se détourne, je reste à parler dans le vide. Elle s'approche du cosmonaute, ignorant délibérément les enfants et les parents qui ronchonnent, hé, c'est chacun son tour, là.

— Excusez-moi !

Elle hurle sur la pointe des pieds, pour être sûre que sa voix porte à travers l'épaisse coque de plastique. Buzz se recule d'un pas, surpris. Il pose ses poings sur ses hanches, bombe le torse.

— Vous allez trouver ça bizarre, mais vous n'avez rien pour mon petit ami ?

Elle me désigne de l'index, et Buzz suit son geste du regard, avant de lui indiquer d'un mouvement de la main qu'il ne voit pas de quoi elle parle. Pauvre mec, je l'imagine tout dégoulinant dans son costume rigide et bien étanche, il ne doit rien comprendre à ce qui lui arrive.

— Laisse tomber, allez, viens, on s'en va…

Elle refuse de s'avouer vaincue, comme toujours. Buzz se déplace à pas lourds vers un groupe d'enfants ravis, mais elle le rattrape et lui tape vigoureusement sur l'épaule.

— Attendez, s'il vous plaît ! Vous êtes sûr ? Il s'appelle Arthur, Arthur Bresson, ça ne vous dit rien ?

Instinctivement, je serre les dents quand j'entends Manel m'appeler comme ça. C'est stupide mais c'est comme un réflexe de Pavlov, ça réveille trop de choses désagréables pour que ça ne me crispe pas.

Buzz se fige puis se retourne vers moi. Il croise les bras. Impossible de savoir à quoi il pense, vu que son visage ne change jamais. À tous les coups, le type à l'intérieur est en train de se dire : « Bresson ? Comme Édouard Bresson ? » et il cherche à distinguer une éventuelle ressemblance entre mon visage et celui de mon géniteur.

Le cosmonaute fait quelques pas de géant jusqu'à arriver à ma hauteur. Il ne dit pas un mot, ce qui est bien normal puisqu'il est évident que la voix fluette et étouffée d'un être humain cadrerait très mal avec le personnage. Ses sourcils sont toujours arqués, ça me donne l'impression qu'il me dévisage d'un air méprisant en pensant : « Tu n'espères pas me faire croire que tu es de la même famille que lui, quand même ? »

J'en suis à me demander pourquoi j'ai accepté de mettre les pieds dans ce parc quand, soudain, il ouvre grand les bras et les referme sur moi, d'un geste brusque et sans appel. Putain, je suis en train de me faire agresser, il va m'étouffer à force de serrer comme ça, et personne ne moufte autour de moi. J'essaye de baragouiner quelque chose, mais ma bouche est écrasée contre le biceps de plastique.

Et puis je comprends. Je me souviens. Il est simplement en train de me faire un *câlin*, il attend que mes bras à moi viennent entourer sa taille, et mécaniquement, je réponds à son étrange geste d'affection. C'est comme si tout un tas de choses s'infiltraient confusément en moi, sans que je puisse dire de quoi il s'agit. Tout à coup, j'aurais presque envie de pleurer, sans doute parce qu'il me fait mal, finalement. J'attends, et il finit par relâcher son étreinte.

Ses bras fouillent avec difficulté le dessous de son haut de cosmonaute, là où une sorte de tuyau noir semble constituer son ventre. Il en ressort un petit paquet coloré, où le prénom Arthur est inscrit au marqueur noir. Ça a beau être écrit en majuscules, je reconnais à nouveau le trait de stylo de mon père.

Buzz laisse tomber le carton dans mes mains, s'incline devant moi en faisant une petite courbette qui fait rire les enfants attroupés autour de Manel et moi. Puis il retourne poser pour les traditionnelles photos qui ravissent tant les familles.

— Tu vois, j'ai eu raison d'insister, murmure Manel en posant la tête contre mon épaule.

— Il faut croire, oui.

— C'est un truc de dingue. Tu imagines une seconde ce que ton père a dû faire pour organiser ça ?

Son ton est admiratif. Moi, je suis blasé. Mon père est capable de manigancer bien plus exceptionnel que ça, je sais que ce n'est qu'un premier aperçu de ce qui nous attend. Là, il a simplement dû venir graisser la patte du type qui gère l'équipe des personnages, pour qu'il donne la consigne à tous les Buzz l'Éclair de me prendre dans leurs bras, rien de compliqué là-dedans.

On se pose sur un banc pour ouvrir le paquet, Manel semble encore plus excitée que moi par cette chasse au trésor. Je déchire le papier kraft pour découvrir une petite boîte de Miel Pops, du genre de celles qu'on achète dans un assortiment de paquets individuels. J'ouvre le sachet de plastique, verse les boules jaune pâle dans ma main, Manel s'empresse d'en prendre une poignée pour les grignoter. Au fond du carton vide, une clé scotchée.

Sans parler, on mâchonne nos céréales l'un à côté de l'autre, et je me revois enfant, au supermarché, immobile au rayon petit déjeuner, mettant des plombes à choisir mon paquet de céréales. J'inspectais chaque boîte, attentif au cadeau offert, tentant de sélectionner celle qui parviendrait à proposer à la fois des céréales que j'aimais et un gadget génial. Ma mère détestait attendre que je me décide, elle finissait toujours par prendre un paquet à ma place, les courses, c'est une corvée, Arthur, alors si tu pouvais me faciliter la tâche, ce serait sympa. Mon père, lui, privilège de la rareté, me laissait tout le temps que je voulais pour choisir, comparant les boîtes avec moi ou me faisant suffisamment confiance pour me laisser dans le rayon pendant que lui remplissait le Caddie de son côté, avant de venir me rechercher quand il avait terminé.

— Tu veux retourner au *Space Mountain ?* me propose Manel après s'être frotté les paumes pour se débarrasser des miettes collantes.

— Non, je préfère rentrer, je crois.

— À l'hôtel ? Déjà ?

— Non, pas à l'hôtel. Chez mon père. C'est la clé de son appartement.

*

* *

Lorsque l'on arrive dans la petite rue calme où habite mon père, à l'abri du brouhaha de klaxons qui peuple le grand boulevard adjacent, la première chose que l'on remarque, c'est la montagne de bouquets accumulés de part et d'autre de la porte d'entrée de son immeuble. Ça dégueule sur le trottoir, presque jusque dans le caniveau, tellement il y en a. Il a plu cette semaine, et les emballages plastiques sont pleins de buée et de gouttelettes de condensation. Certaines fleurs sont déjà marron, asphyxiées. Mortes.

Manel me regarde ramasser des brassées entières de bouquets pour les mettre dans la benne la plus proche ; en quelques minutes à peine, elle est remplie à ras bord. Mais au moins, la rue est clean ; sur le bitume, il ne reste plus que quelques pétales blanc sale d'un bouquet de roses qui s'est complètement démantibulé quand je l'ai attrapé.

Comme Manel déteste les ascenseurs exigus des appartements parisiens, on grimpe à pied jusqu'au huitième étage, nos pas ne font aucun bruit sur la moquette épaisse de l'escalier, et machinalement, je m'amuse à compter le nombre de barres dorées fixées à chaque marche, comme lorsque j'étais enfant. Je me souviens que quelle que soit mon application, je ne tombais jamais sur le même chiffre, et mon père m'avait convaincu que c'était parce que la nuit, l'escalier se transformait et que le nombre de marches était chaque jour différent. N'importe quoi.

La clé tourne toute seule dans la serrure, et je pousse la lourde porte blindée sans me résoudre à franchir le seuil. Étrangement, j'ai comme l'impression d'être un cambrioleur, même si je n'ai pas eu à user d'un pied-de-biche. L'appartement est baigné d'une lumière douce, il y règne un silence de mort, forcément.

Je me décide à entrer, laissant Manel refermer discrètement la porte derrière nous. Je fais le tour du loft, mes doigts se baladant distraitement sur les murs, sur les meubles et les objets, comme pour rendre la visite plus palpable. Comme dans mon souvenir, tout est impeccablement rangé, parfaitement propre, la femme de ménage a dû passer il n'y a pas longtemps, peut-être même le matin du 31 mars. « Je veux que ce soit nickel aujourd'hui, que tout brille, j'ai un grand événement de prévu ce soir ! » J'imagine tout à fait mon père sortir un truc comme ça, avec le petit sourire malicieux du gamin qui s'apprête à faire une bonne blague.

Dans le salon, rien n'a changé. Les murs blanc cassé agrémentés de quelques touches de gris, le gigantesque cadre avec une photo archiconnue de la tour Eiffel vue du dessous, le sofa en cuir beige avec ses deux coussins anthracite symétriquement agencés, les bibelots savamment disposés sur la fausse cheminée en marbre. L'appartement témoin idéal. Impersonnel à souhait, on a même du mal à imaginer que quiconque puisse véritablement y habiter. Que quiconque ait véritablement pu y habiter.

Le seul objet qui prouve que quelqu'un est passé par ce salon récemment, c'est le verre à whisky vide sur la table basse. Pour son dernier apéro, apparemment, mon père n'a pas pris la peine d'utiliser un sous-verre pour protéger le coffre en bois qui lui sert de table. C'est peut-être bien le seul geste qui peut laisser deviner le chaos, parce que jamais Édouard ne posait le moindre verre sur ce meuble qui lui venait de ses grands-parents, je crois. Je me suis suffisamment fait enguirlander plus jeune pour ne pas avoir oublié cette maniaquerie.

Je hume l'arôme de whisky resté au fond du verre, me laissant envahir par l'odeur presque indissociable de mon père. Il avait l'habitude de boire son Talisker tous les soirs, avant le dîner. Je n'ai jamais su s'il faisait ça toute l'année ou seulement lorsqu'il me recevait chez lui, parce qu'il était plus décontracté. Toujours est-il qu'au moment de m'embrasser pour me dire bonne nuit, son haleine sentait toujours cette discrète odeur épicée, légèrement sucrée.

Dans sa chambre, le lit n'est pas défait, évidemment. Aucun vêtement ne traîne, aucune paire de chaussettes malodorantes jetées dans un coin de la pièce avant d'aller se coucher, aucun pull marin déposé sur le dossier du fauteuil en velours bleu canard, parfaitement assorti à la peinture gris cendré des murs. Rien. Mon père pourrait être parti en vacances, en tournée, avoir déménagé.

Ou s'être défenestré.

J'ouvre d'un coup sec la porte coulissante de son dressing, me retrouve devant une rangée de chemises suspendues à des cintres. Elles oscillent faiblement devant la force de mon geste, fantômes de tissu qui semblent se moquer de moi en silence, qu'est-ce qu'il croyait, celui-là, que son père l'attendait caché dans un coin de sa penderie, la main sur la bouche pour étouffer un rire difficile à réprimer ? La honte que je ressens soudain ne m'empêche pourtant pas d'être vaguement déçu. Malgré l'évidence, mes mains écartent les chemises. Personne.

Prenant Manel par la main, je lui chuchote : « On va s'installer dans ma chambre. » Je ne sais pas pourquoi je ne parle pas à voix haute, c'est comme si l'appartement avait quelque chose de sacré, de grave, une atmosphère pesante qu'il ne faudrait surtout pas troubler.

Je pousse la porte de la pièce qui m'a accueilli pendant de nombreuses vacances, même si je n'y ai pas mis les pieds depuis un paquet d'années. Les gonds grincent doucement, et soudain, tout est semblable à mon souvenir. Le lit une personne dans un coin de la chambre, les peluches Woody et Buzz l'Éclair confortablement assises, adossées au mur, comme si un enfant venait de les y installer avec le plus grand soin. Les posters Disney punaisés malgré la grimace qu'avait faite mon père en imaginant les trous que ça laisserait, après. Après quoi, je l'ignore, puisqu'il n'a apparemment jamais redécoré cette chambre de gamin, ça me ferait presque penser au mausolée qu'on voit dans les films où un enfant est mort, et où les parents laissent la chambre telle quelle, refusant, année après année, de la vider, de la reconvertir en bureau ou en chambre d'amis.

— Le lit est petit, mais je ne me vois pas dormir dans celui de mon père… Tu comprends ?

Je murmure toujours, comme si j'avais peur d'être soudain pris en faute dans un endroit où je n'ai rien à faire. Peut-être qu'inconsciemment, je crains encore, ou j'espère, qu'une clé tourne dans la serrure de la porte d'entrée et que celle-ci s'ouvre à la volée sur mon père, qui s'écrierait d'un air réjoui : « Ça alors, Arthur, en voilà une bonne surprise ! »

Manel acquiesce, laisse glisser son sac à dos sur ce qui est donc toujours, apparemment, *mon* lit.

— On va se chercher quelque chose à manger ?

Elle pose la question à voix haute, délibérément, pour casser le malaise qui est en train de s'installer dans le loft.

— On peut aller jeter un coup d'œil à ce qu'il y a dans le frigo et dans les placards, même si mon père n'était pas du genre à cuisiner quoi que ce soit…

Je ne me suis pas trompé. Dans le réfrigérateur, il n'y a guère qu'une boîte d'œufs et un pot de crème fraîche. Dommage que sa femme de ménage ne s'occupe pas aussi des courses. Manel propose de faire des pâtes, elle commence à fureter dans la cuisine. J'ouvre le placard à nourriture, farfouille quelques instants avant d'en ressortir un sachet de spaghettis. Mon regard accroche un paquet de céréales orange, des Miel Pops, forcément.

Je saisis la boîte, le sachet est aux trois quarts plein. Je le vide dans un saladier, comme je le faisais petit pour trouver le cadeau offert plus rapidement. Un morceau de papier roulé tombe dans le récipient de verre, et je m'empresse de le dérouler.

Un prénom et un numéro de téléphone. *Yoann, 06 45 78 65 32*. Rien d'autre.

— Tu sais qui c'est ? souffle Manel dans mon dos, curieuse.

— Non. Aucune idée.

Je passe ma mémoire au crible à la recherche du moindre souvenir de ce prénom, d'une fois où mon père l'aurait prononcé. Ça ne me dit absolument rien.

refuseR

6 avril 2017

Les médias ont tous annoncé des funérailles « dans la plus stricte intimité », expression consacrée qu'on a l'habitude d'entendre quand il s'agit de l'enterrement d'une célébrité.

Dans la plus stricte intimité, mon œil. Quand j'arrive aux côtés de ma mère et de Manel aux abords de l'église Saint-Ambroise, je me demande si tous les Parisiens ne se sont pas donné rendez-vous ici pour pleurer leur clown préféré. Je suis incapable de dire combien ils sont, silencieux, recueillis, pour la plupart les larmes aux yeux ou dégoulinant le long de leurs joues, comme s'ils venaient de perdre un membre de la famille. Leur chagrin est palpable et ne fait que souligner celui que je ne parviens pas à ressentir moi-même. Ces inconnus chialent, ils souffrent alors que je suis vide de toute émotion. Tout le monde pense que je suis sous le choc, que les larmes viendront plus tard, lorsque j'aurai *réalisé*, comme l'a murmuré ma mère à Manel hier soir, alors qu'elles pensaient que je ne les entendais pas discuter. Manel lui a répondu que le fait que je commence à parler d'Édouard à l'imparfait était déjà une première étape, qu'il fallait me laisser du temps. Évidemment que je ne parle plus de lui au présent, il ne le mériterait pas, de toute façon… Je n'ai pas l'impression d'être sous le choc, mais alors pas du tout. Pour être honnête, j'ai juste l'impression de n'en avoir rien à cirer. Mon père n'est plus là, c'est peut-être triste, mais il ne l'était déjà pas avant, alors qu'est-ce que ça change, au fond ? Et puis, j'aurais l'air fin d'être bouleversé si jamais il n'était même pas mort et qu'il faisait son come-back en plein milieu de son enterrement.

Discrètement, je tire Manel par la main pour rester en arrière. Nous laissons ma mère et mon beau-père nous distancer de plusieurs mètres avant de nous remettre à évoluer en direction du parvis de l'église. Je sais que ni Manel ni ma mère n'approuvent mon comportement et mon obstination à conserver mon anonymat, mais ce n'est pas elles qui auront à gérer les caméras et les micros si cela devait venir à se savoir que le fils d'Édouard Bresson, c'est moi. Pas question d'être livré en pâture aux médias et ensuite à tous les autres qui n'auront plus qu'un mot à la bouche dès qu'ils m'adresseront la parole : Édouard, Édouard, Édouard. « Il était comment ? » « Tu dois être anéanti ? » « Est-ce qu'il t'a laissé une lettre, est-ce que tu as remarqué qu'il allait mal ? » Tout mais pas ça, pas après tant d'efforts pour oublier d'où je venais.

La France entière semble être en deuil et je suis complètement en décalage, à me sentir gauche dans mes chaussures habillées trop serrées, dans ce costard acheté spécialement pour l'occasion, il va y avoir des caméras, Arthur, il faut que tu fasses un effort, d'accord ? Mon père n'a jamais mis un costume de sa vie, même pas le jour de son mariage avec maman, j'ai bien vu les photos jaunies, mais je me tais, j'obéis en silence pour éviter les conflits absurdes qui risquent de prendre des proportions épiques pour pas grand-chose. Et puis mon objectif reste de ne pas me faire remarquer, de ne pas détonner dans l'entourage ultra sélect d'Édouard. Pourtant, ses fans, eux, ont tout compris, ils arborent presque tous un pull marin en hommage à Édouard. Ils se sont passé le mot ; aujourd'hui, c'est tellement facile qu'une idée de ce genre circule à la vitesse d'une fusée sur les réseaux sociaux. Toute la foule semble être vêtue de cette façon, une marée de rayures bleues et blanches qui fiche un énorme coup de blues à ma mère, je le sens rien qu'à la façon dont elle se courbe imperceptiblement au loin, comme si le poids de la dévotion de ces étrangers pour son ex-mari était trop dur à supporter, comme si c'était la preuve matérielle de cet immense gâchis que laisse derrière lui mon père.

Je suis sûr que Saint James a dû se faire des couilles en or, avec cette histoire de pull. Une putain d'opération marketing pour eux, même s'ils n'y sont pour rien. Étonnant qu'ils n'aient jamais proposé à Édouard de poser pour leur marque, tiens.

Mon visage est impassible, je me suis composé l'expression la plus neutre possible, à la fois mesurée et solennelle. Les paparazzi sont légion, les téléobjectifs immenses se faisant une concurrence acharnée. Ce sera à qui rapportera la photo la plus émouvante, la plus déchirante, celle qui fera encore plus sangloter les gens. Les visages éplorés vont être traqués sans relâche, tout le monde va se ruer sur les clichés et les reportages de l'événement de l'année. Je les entends déjà cancaner, les mamies en train de se faire faire une permanente chez le coiffeur, les parents dans la salle d'attente du pédiatre, les étudiants dans la queue au supermarché, peinés devant la couverture du journal télé trônant en face d'eux, où mon père affiche le regard exagérément sérieux que tout le monde lui connaît.

Des dizaines de stars ont répondu présent pour rendre un dernier hommage à Édouard Bresson, ou pour se faire voir, croiser tel ou tel journaliste, se faire prendre en photo un mouchoir à la main. Même ceux qu'il ne pouvait pas piffer, ceux qui lui ont fait les coups les plus tordus sont venus, sont réunis là, dans cette église glaciale et austère, histoire de le faire chier jusqu'au bout sans doute. La nature humaine dans toute sa splendeur.

En regardant discrètement autour de moi, je suis obligé de me demander si le mystérieux Yoann se trouve dans cette foule compacte tout de noir habillée. Ça me démange presque de crier ce prénom à la cantonade, pour savoir, ou de composer son numéro de téléphone maintenant, dans le silence recueilli, histoire de vérifier si un portable se met à sonner quelque part et attire des regards scandalisés.

L'église est pleine à craquer, certains se recueillent même dans l'allée centrale, patientant avant que le prêtre fasse son discours. À tous les coups, il va dire que désormais mon père est auprès de Dieu et que les anges se marrent beaucoup plus depuis son arrivée. Puis il va nous faire chanter un truc avec des histoires de lumière et de Jésus ressuscité, tout le monde connaîtra les paroles sauf moi, je devrai faire semblant de psalmodier des syllabes d'un air abattu pour être dans le ton. Ça me donne presque envie de me marrer, de voir ce cercueil fermé à quelques mètres, devant lequel tout le monde va passer faire le signe de croix en guise de dernier adieu. Mon père ne croyait même pas en Dieu, les gars. Les rares fois où je l'ai accompagné à un mariage ou un baptême, il est toujours resté sur les marches de l'église à fumer une clope en attendant que les bondieuseries soient terminées, comme il disait. Mais son producteur et son manager ont insisté sur la nécessité d'une cérémonie religieuse, parce que « médiatiquement, c'est plus consensuel », et je ne sais pas qui a accepté, ce n'est pas comme si j'avais mon mot à dire, j'ai refusé de participer à quoi que ce soit dans l'organisation de ces funérailles, de toute façon. J'ai laissé les personnes qui le côtoyaient au quotidien se charger de tout, peu importe qu'il ne s'agisse pas de sa famille, eux devaient le connaître davantage, je suis sûr qu'ils savaient bien mieux que moi ce qu'Édouard aurait voulu ou pas. À mon humble avis, il n'en aurait rien eu à faire de la couleur du cercueil et de l'emplacement ombragé ou pas de sa tombe au Père-Lachaise. Il aurait peut-être aimé choisir ses voisins pour l'éternité, être certain de ne pas se retrouver à côté d'un chanteur braillard ou d'une actrice vulgaire, mais c'est tout. S'assurer aussi que quelqu'un viendrait astiquer le marbre de sa sépulture, lui qui ne tolérait pas la moindre trace de goutte d'eau sur le carrelage de la cuisine. Si ça se trouve, il a fait signer un contrat en ce sens à sa femme de ménage. *Venez tous les vendredis matin passer un petit coup de chiffon au cimetière, assurez-vous qu'il n'y a ni terre ni caillou sur la tombe surtout, et que mon nom en lettres dorées brille de mille feux, voulez-vous ?*

Au premier rang, Jonathan est là, dans son fauteuil roulant collé au banc. Il est venu avec ma tante et mes deux petites cousines, qui se ressemblent comme deux gouttes d'eau, je serais bien incapable de dire qui est Louisa et qui est Marion. Mon oncle était toujours au premier rang aussi, lorsqu'il allait voir un spectacle de son frère, je le sais parce qu'on l'aperçoit sur la plupart des DVD, je me suis toujours demandé s'il choisissait le soir où le spectacle était enregistré exprès pour avoir sa petite part de lumière, lui aussi. Est-ce qu'il a souffert d'être le « frère de » comme moi j'ai pâti d'être le « fils de » ? C'est peut-être bien la raison pour laquelle lui et mon père ne m'ont jamais semblé très proches, si ça se trouve, c'est même pour s'éloigner de lui que Jonathan est allé s'installer en Alsace.

Malgré tout, lui est devant la nef tandis que je suis caché à plusieurs rangs derrière, le visage mangé par un chèche épais et un bonnet rabattu sur mes cheveux bouclés. Si j'avais pu pousser le vice jusqu'à mettre mes Ray-Ban, je l'aurais fait, mais Manel a affirmé que ça aurait plus attiré l'attention qu'autre chose.

Le prêtre monte sur sa petite estrade et prend la parole d'un air contrit. Je baisse le nez, contemple le cuir étincelant de mes godasses que je ne remettrai probablement jamais. Ou peut-être pour mon mariage, qui sait.

Autour de moi, j'entends des sanglots étouffés, des reniflements plus ou moins discrets. J'observe les sillons de larmes, les mouchoirs serrés au creux des mains, les joues essuyées avec maladresse. Brusquement il me vient à l'esprit que tout ceci ne peut pas être une mascarade. Et que si ce n'en est pas une, ça ne peut alors signifier qu'une chose. Qu'il est mort. Mort et bientôt enterré.

Déboussolé, je reporte mon regard sur l'imposant cercueil en bois sombre et aux poignées dorées. Soudain, il me vient l'envie de rejoindre l'allée centrale, de la remonter pour m'approcher de cette boîte où est censé reposer mon père. Je voudrais la soupeser, m'assurer qu'elle n'est pas vide et que c'est bien le poids d'un homme qu'on peut y sentir. Je voudrais ouvrir le couvercle scellé, leur crier à tous que j'ai changé d'avis, que maintenant qu'on y est, je me rends compte que finalement, j'ai besoin de voir son corps, son cadavre, son visage. J'ai besoin de savoir que c'est bien lui à l'intérieur, j'ai besoin de le toucher, de sentir la peau froide et à jamais figée. Il faut que je m'en assure, le cercueil pourrait être rempli de sacs de farine, de pavés, de dictionnaires ou que sais-je encore. Serait-ce vraiment si irréaliste, après tout ?

Je me rappelle les paroles de ma mère, il y a quelques jours. C'est son manager qui a identifié le corps d'Édouard. Hervé Guyot, celui qui travaille avec mon père depuis plus de quinze ans. Celui qui était toujours partant pour suivre son poulain dans ses idées les plus loufoques, pourvu que ça le fasse connaître du grand public et lui permette au passage d'amasser de l'argent. Celui qui, je pense, s'est occupé de ces funérailles, dans le moindre détail. Ne pourrait-il pas être le complice d'Édouard dans une énième supercherie au goût douteux ?

Discrètement, je cherche Hervé des yeux. Il est à deux rangs devant moi, de l'autre côté de l'allée centrale. Ses épaules sont voûtées, et je ne manque pas de remarquer sa façon de se triturer les mains. Il renifle et s'essuie les yeux, et lorsqu'il sent mon regard peser sur lui, il tourne la tête vers moi, semble me reconnaître malgré mes efforts pour être invisible, pour n'être que *moi*. Il me sourit faiblement, le visage livide et rongé par les cernes. Il a l'air tellement abattu que j'en ai soudain de la peine pour lui. Serait-il capable de feindre aussi bien le chagrin, de jouer la comédie avec autant de talent ? Difficile à croire, mais tout est possible, dans ce milieu de dingues.

Je détourne le regard, observe les silhouettes qui avancent en file indienne jusqu'au cercueil pour rendre une dernière fois hommage à mon père. Édouard pourrait-il se trouver lui aussi dans cette église, déguisé, savamment grimé, ravi d'assister à son propre enterrement tout comme il adorait se glisser incognito au milieu de son public lors de ses spectacles ? Pourrait-il être cette femme blonde au visage dissimulé sous des lunettes de soleil aussi inutiles qu'immenses ? Pourrait-il être ce vieillard à la barbe grisonnante qui progresse péniblement avec une canne ?

— Tu cherches quelqu'un ? me chuchote Manel d'un air perplexe.

— Non, pas du tout, je me disais seulement que…

Ma phrase meurt au bord de mes lèvres, je suis soudain conscient de l'énormité que je m'apprêtais à lui confier. « Je me disais seulement que peut-être, mon père était là. » Je secoue la tête, affligé par mes propres illusions.

Et pourtant, quand c'est à mon tour de saluer le cercueil, je ne peux m'empêcher de rester quelques secondes immobile devant, à espérer secrètement que le couvercle se soulève brusquement et qu'Édouard en jaillisse dans une explosion de confettis multicolores. J'imagine brièvement la scène et je suis bien obligé d'avouer que ça aurait de la gueule, quand même.

Derrière moi, quelqu'un toussote ostensiblement pour me faire comprendre qu'il faut que j'avance. Soudain anxieux à l'idée que bientôt la cérémonie sera finie et qu'il n'y aura plus qu'à s'en aller chacun de son côté, je pose la main sur le cercueil, sans trop savoir pourquoi. Une petite voix que je déteste s'élève en moi, comme toujours quand je suis anxieux : *Si la personne qui s'impatiente derrière moi est une femme, alors tout ira bien.* Malgré moi, je regarde par-dessus mon épaule et croise le regard exaspéré d'un type si obèse qu'il ne semble même plus avoir de cou. À contrecœur, je m'éloigne alors du cercueil, me cramponne à la main de Manel qui est toujours au creux de la mienne.

Une heure plus tard, le cercueil est laborieusement descendu dans un trou aux parois bétonnées. Édouard n'en est toujours pas sorti. La terre recouvre peu à peu les poignées dorées, jusqu'à arriver au niveau original du sol. Et il ne se passe absolument rien. Les gens s'éloignent peu à peu, quittent à pas lents le cimetière, renoncent à *attendre* Édouard.

Je reste là, immobile, hébété que l'enterrement s'achève ainsi. Jusqu'au bout, j'imagine qu'une main va brutalement sortir de terre et se tendre vers moi.

Encore une fois, c'est Manel qui m'entraîne, d'un geste très doux, viens, il faut rentrer maintenant, c'est fini…

C'est fini.

Le lendemain, la stupéfaction a fait place à la colère. Je me sens enragé. Et stupide, aussi. Mon père s'est suicidé et en réalité, si n'importe qui m'avait posé la question, j'aurais pu le prédire, qu'il allait finir par se défiler. C'est la seule chose qu'il est capable de faire, de toute façon. Après tout, il n'a jamais été là pour moi ou pour ma mère. On a été des boulets qu'il a traînés quelques années avant de trouver la clé pour se tirer bien vite, bien loin, se contentant de faire le baby-sitter un mois l'été et une semaine par-ci par-là pendant les vacances scolaires, sans doute parce qu'il n'avait pas le choix, que ma mère le forçait ou que la culpabilité aurait été trop grande. Peut-être même qu'il ne pensait qu'à son image, qu'à sa réputation, quand il m'invitait chez lui. Peut-être bien, après tout. Ça aurait fait tache, qu'on dise qu'il n'en avait rien à cirer de son fils.

La vérité, c'est que mon père n'a jamais réussi à s'attacher à qui que ce soit. Tout ce qui comptait, c'était son métier. Être sur scène coûte que coûte. Faut croire que ça ne lui a plus suffi. Il nous a abandonnés comme des merdes, et finalement, ça ne lui a même pas suffi, il a fallu qu'il saute par la fenêtre sans penser à personne d'autre que lui.

Comme d'habitude, quoi.

*
* *

Les funérailles de mon père font la une de tous les journaux, la couverture de tous les magazines. *Libération* titre « Adieu l'artiste », très original, ils le ressortent sûrement à chaque star qui s'éteint. *Paris Match* ose un controversé « La dernière blague d'Édouard » qui fait scandale, il faut croire qu'on ne peut pas gagner à tous les coups. Les exemplaires s'arrachent malgré tout, le numéro est en rupture de stock dès sa sortie, les gens se mettent à collectionner tout ce qui parle d'Édouard Bresson, ceux qui n'ont pas pu venir à l'enterrement ont l'impression de pouvoir le vivre par procuration. Tous ses spectacles sont rediffusés sur les grandes chaînes, mon père est partout. Partout et nulle part à la fois.

Le soir des funérailles, un accident de car scolaire a lieu dans la Somme. Une vingtaine de gamins entre six et huit ans y trouvent la mort, carbonisés par les flammes du camion-citerne qui les a percutés on ne sait pourquoi. L'enquête le dira, n'est-ce pas. Pourtant le journal télévisé s'ouvre sur la cérémonie à l'église Saint-Ambroise, j'aperçois mon visage et celui de Manel derrière le cercueil qui avance tout doucement. Ce n'est qu'ensuite que la présentatrice parle de l'accident de car, elle affiche un air défait qui n'est pourtant en rien comparable avec la voix chevrotante avec laquelle elle a lancé quelques minutes auparavant le sujet sur mon père. Le président de la République lui-même s'exprime, déclare que sans Édouard Bresson, le monde sera un peu plus terne, un peu plus triste, un peu plus fade. Manquerait plus qu'il obtienne le prix Nobel du rire.

Ce monde est fou. À quel moment le suicide d'un homme de près de cinquante ans peut-il sembler plus effroyable que la mort brutale de vingt-deux mômes qui n'avaient rien demandé à personne, même pas une sortie scolaire à la mer ?

asSimiler

8 avril 2017

Avant de repartir à Rouen, je me suis décidé à appeler le numéro de téléphone qu'a laissé mon père. Même si cette chasse au trésor me laisse un drôle de goût dans la bouche, depuis l'enterrement.

Le pire, c'est de prendre conscience qu'il a préparé tout ça, qu'il a organisé méticuleusement son suicide plusieurs semaines, peut-être même plusieurs mois avant. Qu'il n'a pas sauté sur un coup de tête, pas du tout. Que ce n'était pas un coup de folie, un geste irréfléchi causé par une accumulation de fatigue ou d'alcool. Ça fait froid dans le dos. Quel être humain normal peut s'amuser à prévoir un jeu de piste avant de se foutre en l'air ?

Le mystérieux Yoann, qui a répondu au bout de trois sonneries, a immédiatement semblé savoir qui j'étais, j'ai à peine eu le temps de dire d'un ton hésitant : « Bonjour, je m'appelle Arthur, Arthur Bresson… » qu'il s'est exclamé « Oh ! Arthur ! Je vois. »

Moi, je ne voyais rien du tout, mais je l'ai laissé prendre les choses en main, puisque apparemment il attendait mon coup de fil. Il m'a donné rendez-vous dans un café pas loin de la place de la Nation, et avant d'aller l'y rejoindre, j'ai remis toutes mes affaires dans le sac de voyage que j'avais emporté, pour être prêt à décoller et à rentrer dans la soirée. J'ai proposé à Manel de m'accompagner, mais elle a décliné, préférant aller faire un peu de shopping dans la capitale. Je pense surtout qu'elle estime qu'elle serait de trop, que mon père a préparé cette pseudo-chasse au trésor pour moi et pour moi seul.

Arrivé au café avec une dizaine de minutes d'avance, je m'installe en terrasse, sur une petite table ronde où les verres vides de ceux qui m'ont précédé n'ont pas encore été débarrassés. Je lève la main pour faire signe au serveur, j'articule « Un café, s'il vous plaît ! » lorsque je parviens enfin à capter son regard que l'enthousiasme semble avoir déserté il y a bien longtemps.

Lorsqu'un homme d'environ quarante ans s'arrête devant la terrasse et balaie des yeux les personnes attablées, je sais immédiatement qu'il s'agit du fameux Yoann. De taille moyenne, il est à la limite de l'embonpoint, le genre de type qui, s'il ne fait pas davantage attention, finira dans quelques années avec un bide à bière et un double menton. Pour l'instant, tout est encore jouable. Ses cheveux bruns lui arrivent aux maxillaires, il les a rejetés en arrière avec une sorte de bandeau kaki, qui pourrait faire efféminé, mais qui sur lui donne seulement une impression un peu bohème, parfaitement en accord avec la chemise indienne vert foncé qu'il porte les manches retroussées et le keffieh à carreaux noirs et blancs enroulé négligemment autour de son cou. Il me repère rapidement, je suis le seul à avoir l'air d'attendre quelqu'un, puis s'avance vers moi en se faufilant entre les tables un peu trop rapprochées, bousculant au passage la chaise d'une femme BCBG qui s'empresse de soupirer ostensiblement. Il murmure quelques vagues mots d'excuse, mais elle retourne à son verre de vin blanc, ne daignant même pas lui répondre.

— Arthur ?

Je hoche la tête, lui serre la main, et il s'assoit en face de moi.

— Je suis Yoann. Je suis content que tu m'aies appelé, même si je ne pensais pas que tu le ferais aussi rapidement…

Sa voix est posée, calme, et je me sens immédiatement à l'aise, moi qui ai pourtant l'habitude de rester en permanence sur mes gardes.

— Mon père vous a prévenu que je vous contacterais ?

— Pas exactement. On a déjeuné ensemble le mois dernier, ça faisait un moment qu'on ne s'était pas vus, d'ailleurs. Il m'a confié une boîte pour toi, m'a simplement dit que peut-être, tu me téléphonerais un de ces quatre pour la récupérer. Pour être honnête, il est resté assez mystérieux, et comme j'avais l'habitude de ses excentricités, je n'ai pas posé davantage de questions.

Yoann me tend un sac en papier marron qu'il avait déposé à ses pieds. Je jette un coup d'œil rapide à l'intérieur, y découvre une boîte en plastique, on dirait une boîte de Ferrero, ce qui ne serait pas étonnant vu que mon père avait la manie de garder toutes sortes d'emballages et de coffrets, ça me servira un jour, répétait-il en les entassant dans un placard de la cuisine. Impossible cependant de savoir ce que contient la boîte, dont les parois sont tapissées de papier cadeau bleu électrique.

— Et… C'est tout ? Vous n'avez pas de message particulier pour moi ?

Yoann secoue la tête, affiche une moue désolée.

Je suis perplexe. Mon père aurait eu plus vite fait de laisser un tas de paquets dans son appartement, ça aurait évité de déranger des inconnus pour si peu.

— Comment vous connaissiez mon père ? Vous avez travaillé avec lui sur un de ses spectacles ?

— Non, pas du tout. On s'est rencontrés à Clown' Hôpital il y a un paquet d'années, on a fait équipe pendant près de dix ans !

Devant mes sourcils froncés, Yoann poursuit, aussi étonné que moi.

— Ton père ne t'a jamais parlé de cette association, du temps qu'il y consacrait ?

— Non…

Il regarde en l'air, comme s'il cherchait dans ses souvenirs.

— On est devenus bénévoles la même année, c'était en 2000, je m'en souviens parce que c'est un chiffre rond. J'avais même pas vingt-cinq ans à l'époque, ça ne me rajeunit pas, dis donc… On s'est tout de suite bien entendus, Édouard et moi, je suppose qu'on avait un peu le même humour. Et puis on venait tous les deux de se faire larguer, ça a dû nous rapprocher.

Yoann émet un petit rire qui semble n'être destiné qu'à lui-même, et je me dis que c'est très étrange d'entendre quelqu'un parler comme ça du divorce de mes parents. Comme si c'était ma mère qui avait fichu mon père à la porte, alors que c'est lui qui s'est tiré comme un lâche pour vivre sa vie tranquille à Paris.

— Lui commençait à bien faire carrière dans le one-man-show, et moi je venais d'être embauché dans une petite compagnie de théâtre, je faisais des spectacles dans les crèches et dans les écoles, surtout, de quoi payer mon loyer et ma bouffe. On intervenait ensemble à l'hôpital, c'était tous les lundis soir. On se retrouvait dans le hall d'accueil de Gustave-Roussy, avant d'aller se changer dans les toilettes d'onco-pédiatrie. La vache, je me souviens encore comment les médecins nous dévisageaient quand on sortait des chiottes déguisés et peinturlurés ! Édouard avait une sorte de bermuda rouge avec des bretelles écossaises, ça m'a toujours fait penser au chanteur d'AC/DC. Il mettait ça avec une chemisette blanche et une cravate à pois. Et des chaussons en fourrure rouge horribles, je peux te dire qu'après deux heures auprès des gamins, quand il les retirait, ça sentait dans tout l'hôpital… T'ajoutes à ça un énorme bonnet de nuit en satin bordeaux qui traînait presque jusqu'au sol, et ton père avait une drôle d'allure ! Enfin, je te raconte ça, mais ça ne t'intéresse probablement pas, ces vieilles histoires…

— Si, si, au contraire. Mon père ne m'en a jamais parlé, c'est bizarre. Et vous faisiez quoi, au juste ? Des spectacles pour les mômes hospitalisés ?

— Non, ce n'est pas exactement ça. On passait dans chaque chambre, visiter chaque gamin suffisamment en forme pour nous recevoir. Le nom qu'avait choisi Édouard, c'était « Chut », va savoir pourquoi. Le mien, c'est « Fil de fer », ça contraste avec mon physique, c'est pour ça.

Yoann rigole à nouveau en me montrant son ventre bien tassé dans sa chemise.

— Ce qui plaisait à ton père, c'était de créer un lien avec ces enfants, semaine après semaine. Parce qu'on les voyait longtemps, certains pouvaient rester plusieurs mois dans la même chambre, ou faire des allers-retours chez eux entre deux cures de chimio. Je crois que ça lui plaisait, quand on arrivait dans le bureau des infirmières, de lire les prénoms des gamins présents et de se dire qu'il en connaissait les trois quarts, qu'il allait pouvoir reprendre telle ou telle blague qu'il avait faite le lundi d'avant. Moi, j'ai toujours eu du mal à me souvenir des mômes rien qu'avec leur prénom, mais Édouard, on aurait dit que sa mémoire enregistrait tout, rien qu'avec un nom, il était capable de dire l'âge du gamin, pourquoi il était ici, dans quel état il était les semaines précédentes et ce qu'on avait fait dans sa chambre la dernière fois. Même les infirmières étaient impressionnées, elles s'exclamaient : « Ma parole, on va finir par vous embaucher ! »

Le serveur vient enfin m'apporter un café et en profite pour débarrasser les verres vides sur la table. Yoann commande une bière machinalement, impatient de poursuivre son récit. Son enthousiasme a réussi à éveiller ma curiosité, quand bien même j'ai l'impression qu'il me parle de quelqu'un qui n'a rien à voir avec le père que j'ai connu.

— C'est difficile à expliquer, mais Édouard et moi, on a vécu ensemble des moments extraordinaires dans ces chambres, des trucs qui nous ont liés, qu'on n'a jamais pu exprimer aux autres ensuite. Une fois, on a transformé la chambre d'une adolescente d'une quinzaine d'années en boîte de nuit ! C'était l'hiver, du coup, il faisait nuit tôt, j'ai sorti des balles rebondissantes luminescentes, ton père a éteint la lumière, et on a commencé à chanter, à faire des bruits de *beat box* en se déhanchant dans tous les sens au point d'être en nage. En face de nous, sur son lit, la gamine était pliée de rire, elle s'est mise à lever les bras en l'air et à bouger la tête en rythme avec nous. Puis ses parents sont entrés dans la chambre, je crois qu'ils avaient dû descendre à l'extérieur fumer une clope, ou aller se chercher à manger. Je me rappelle encore leur tête : ils étaient là, dans l'encadrement de la porte, les bras ballants, à se demander s'il ne fallait pas appeler la sécurité. Et puis la mère a contemplé le visage de sa fille, je crois bien qu'elle ne l'avait pas vue aussi réjouie depuis un bail, et ton père a refermé la porte derrière eux pour que l'obscurité revienne. Il a gueulé que dans cette boîte de nuit, les clients étaient obligés de danser, a refourgué au père un sabre laser et lui a demandé de bouger son popotin. Il avait peur de rien, Édouard. À l'hôpital, Chut se permettait tout, et le meilleur, c'est que ça passait à chaque fois, tellement ça semblait fou. Je nous revois encore, tous les cinq, à bondir dans cette chambre jusqu'à ce que la gamine nous dise qu'elle n'en pouvait plus. Tu vois, je ne sais pas si cette famille se souvient de Chut et de Fil de fer, mais nous, on n'a jamais oublié ces moments-là.

Yoann reste pensif quelques instants, prend une gorgée de la bière ambrée que le serveur vient de déposer d'un pas pressé.

— Et puis… On a vécu des choses déchirantes, dans l'intimité de ces chambres, parfois. Il nous est arrivé d'entrer dans le bureau des infirmières et qu'Édouard leur demande comment ça se faisait qu'Untel ou Untel n'était pas là ce soir-là, qu'une d'entre elles nous adresse un sourire peiné, nous réponde simplement « Il n'est plus là », et qu'on comprenne instantanément que ça ne signifiait pas du tout que le gamin en question était rentré chez lui. On était censés se blinder, après tout on intervenait en oncopédiatrie, fallait pas être devin pour savoir qu'une partie de ces enfants ne guériraient pas. Je crois que ton père, il n'a jamais réussi à s'endurcir, même s'il donnait bien le change et que le psy de l'asso ne s'est jamais rendu compte à quel point ça le foutait en l'air d'apprendre qu'un môme qu'il suivait depuis des mois avait perdu son combat. Y a eu quelques fois où Édouard s'est effondré, le soir, à la sortie de l'hôpital, où il s'est mis à chialer comme une Madeleine sans qu'aucun mot ne sorte, et moi je restais là à lui taper sur l'épaule sans rien dire non plus, parce que de toute façon, il n'y avait rien à dire. Ça n'enlevait rien aux moments magiques passés dans certaines des chambres.

Je reste silencieux, comme si j'avais peur qu'à la moindre réaction de ma part, Yoann revienne à la réalité et s'arrête de me raconter ce pan de vie de mon père.

— Je crois que le souvenir qui nous a le plus marqués tous les deux, c'est celui d'une dizaine de minutes à peine, passées avec un gamin d'environ dix ans, il s'appelait Ethan, je crois. C'est un enfant qu'on voyait depuis deux ou trois mois, et chaque semaine, on constatait que son état se dégradait, qu'il était de plus en plus faible. Les infirmières nous avaient dit qu'il était là en palliatif, mais au début, on n'y avait pas vraiment cru, il était plein de vie, comme n'importe quel autre enfant. Et un lundi, on débarque et l'infirmière nous annonce que c'est pour bientôt, qu'il est épuisé, qu'il ne parle plus, qu'il faut y aller mollo dans sa chambre, si même il accepte de nous laisser entrer. Alors on va frapper à sa porte, tout doucement, je t'avoue qu'on n'en mène pas large à cet instant-là, on a le trac comme on l'a rarement eu. En entrouvrant la porte, on voit Ethan allongé dans son lit, il semble minuscule, presque flétri. Il a le teint jaune cireux. La maman est assise de l'autre côté, dans un fauteuil installé devant la fenêtre, elle nous fait signe d'entrer d'un geste de la main, avec un pauvre sourire qui me déchire déjà le cœur. C'est Édouard qui s'avance en premier, moi je le suis, j'attends qu'il ait une idée lumineuse à proposer parce que je perds tous mes moyens face à ce gamin en train de s'éteindre et à sa mère qui lui tient la main. « Salut les amis, on vient vous chanter une toute petite chanson si vous êtes d'accord. Je vous préviens tout de suite, Fil de fer chante très faux, mais il y met tout son cœur donc je compte sur vous pour faire semblant d'apprécier, Ok ? » Édouard chuchote instinctivement, et la mère hoche la tête doucement pour nous encourager. Ethan nous suit du regard, on sait qu'il est là, avec nous, même s'il ne nous répond pas. Ton père sort sa boîte à musique, il la pose sur la porte de la salle de bains pour que ça fasse caisse de résonance, et commence à tourner la manivelle délicatement. La mélodie d'*Une chanson douce* commence à s'égrener, lentement, et je m'éclaircis la voix pour chanter. Édouard m'accompagne, alors que d'habitude, il s'amuse toujours à me laisser fredonner tout seul pour se moquer de mes fausses notes avec les enfants qui ne demandent que ça. Je fais quelques bulles de savon entre deux paroles, c'est notre marque de fabrique, on appelle ça des bulles de rêve, les enfants adorent, les plus petits s'amusent à les claquer en s'esclaffant, on raconte aux plus grands que nos bulles leur apportent de beaux rêves pour la nuit qui se prépare. Ça paraît cucul, raconté comme ça, mais dans la pratique, ça ne l'est pas. Bref, on chante avec la petite musique métallique, et ça sonne juste, je ne sais pas comment t'expliquer, mais ça sonne juste. Comme si tous les deux, on était exactement là où on devait être, à faire exactement ce qu'il convient de faire. On a le regard fixé sur Ethan, qui ne nous lâche pas des yeux lui non plus. Et puis j'aperçois du coin de l'œil la maman, assise de l'autre côté du lit, qui se met à pleurer. Son fils ne la voit pas puisqu'il est tourné vers nous, elle laisse couler ses larmes en silence, sans émettre le moindre bruit, et Édouard et moi, on ressent au plus profond de nous qu'elle est en train de lâcher quelque chose qu'elle ne s'est encore jamais autorisée à exprimer. Dans ses larmes, il y a tout le chagrin d'une mère qui doit dire adieu à son enfant, et nous, on est là, face à cette détresse muette, on sait qu'on n'a qu'une seule chose à faire, c'est continuer de chanter comme si de rien n'était, sans rien laisser transparaître, pour que le gamin surtout ne se retourne pas, pour qu'il continue à nous sourire rêveusement comme si rien qu'avec nos voix, on parvenait à le transporter ailleurs.

Yoann prend une longue inspiration, je sens toute l'émotion qui le submerge en me racontant ce souvenir.

— Et puis on quitte la chambre, Ethan a fermé les yeux, je ne sais pas s'il dort ou si c'est juste trop dur pour lui d'ouvrir encore les paupières. D'habitude, on lance à sa mère un « À la semaine prochaine » jovial, mais là, Édouard se contente de murmurer au revoir, et je sais exactement ce qu'il se dit à cet instant-là. La mère lui répond d'une voix sourde : « Merci pour tout ce que vous avez fait », et ces quelques mots scellent le destin de son gamin, on comprend tous les deux ce que ça signifie. Ça veut dire que le lundi suivant, c'est un autre que lui qui sera dans cette chambre, dans ce lit trop grand. C'est un autre que lui qu'on apprendra à connaître, qu'on aidera à trouver le sommeil tout en essayant de ne pas s'attacher trop à lui.

Yoann semble sortir de sa mémoire, les larmes lui sont montées aux yeux et je m'en veux un peu d'avoir ravivé quelque chose de douloureux en lui.

— On n'a jamais reparlé de ça, avec ton père. C'était comme si ça nous dépassait trop pour qu'on puisse mettre des mots dessus. On n'en a jamais parlé en debrief avec le psy non plus, pourtant aujourd'hui encore, je pense régulièrement à ce gamin, alors que cette histoire date d'au moins dix ans. Toutes les fois où j'ai envie de raccrocher et de quitter l'asso, je repense à Ethan et à ce qui s'est produit dans cette chambre, ce soir-là. Et je continue, je retourne à l'hôpital tous les lundis soir.

— Mon père aussi a continué ?

— Non… Il est parti en 2009 ou 2010, je crois. Oh, c'est à contrecœur qu'il a décidé d'arrêter, je le sais parce que, après, toutes les fois où on s'est revus, il m'écoutait avec envie lui raconter de nouvelles anecdotes. Je crois vraiment que ça a été dur pour lui de prendre la décision de quitter l'asso, mais ce n'était plus possible, il commençait à y avoir des journalistes et des paparazzi devant l'hôpital, ils le traquaient pour faire des reportages sur son activité de bénévole, et Édouard détestait ça. Je crois que la goutte d'eau qui a fait déborder le vase, c'est quand un reporter de *Voici* est carrément monté en oncopédiatrie pour interviewer des familles. À ce moment-là, il s'est dit que ce serait mieux pour tout le monde qu'il ne vienne plus à l'hôpital. Peut-être aussi que c'était devenu trop dur pour lui, qu'il n'arrivait plus à encaisser la maladie, même s'il ne l'a jamais avoué, je ne sais pas.

On parle encore une heure avec Yoann, avant que je le laisse pour aller retrouver Manel et reprendre la route pour la Normandie. Sur le chemin du retour, je me sens totalement déboussolé. Partagé entre l'impression de découvrir une toute nouvelle facette de mon père, une facette généreuse, altruiste, sensible, et l'impossibilité de ne pas me demander comment il a pu être cet homme apparemment dévoué tout en négligeant son propre fils. Manel me conseillerait certainement de ne pas tout ramener à moi, mais c'est difficile de faire autrement, de ne pas, de façon presque malsaine, me sentir jaloux de ces petits cancéreux à qui mon père a offert son attention et sa tendresse.

douTer

8 avril 2017

Une fois rentré à l'appartement de mon père, je me sers un whisky avec des glaçons avant de m'installer dans un des fauteuils club du salon pour ouvrir la boîte de Ferrero. Manel ne va pas tarder, et, un peu égoïstement sans doute, j'ai envie d'être seul pour découvrir ce qu'Édouard m'a laissé.

J'arrache le papier cadeau métallisé et trouve deux objets. Un flacon de bulles de savon aux trois quarts vide et une petite boîte à musique ronde à manivelle lovée dans une cage en carton bleu nuit avec des étoiles. Sans y réfléchir, je me mets à tourner la manivelle et je ne suis pas surpris d'entendre la mélodie éraillée d'*Une chanson douce* envahir la pièce. À croire qu'il savait exactement ce que Yoann allait me raconter aujourd'hui. Si j'étais plus méfiant, je pourrais imaginer qu'il lui a même *demandé* de me parler de toutes ces anecdotes, mais la sincérité de l'homme que j'ai rencontré me semble évidente. J'ouvre le flacon et m'affale dans le canapé pour faire quelques bulles. Lorsque j'étais plus jeune, j'essayais toujours de faire la plus grosse possible, en soufflant tout doucement pour ne pas qu'elle m'éclate dans la figure. Je pouvais passer une heure entière à jouer dans le jardin chez ma mère ou au balcon, ici. À présent, il n'y a plus personne pour pester à cause des traces que laissera le savon. Pourtant, je peux presque entendre Édouard s'exclamer d'un ton agacé : « Qu'est-ce que j'ai dit, Arthur ? Les bulles, c'est sur le balcon ! »

Les bulles s'envolent puis retombent sur le carrelage blanc du salon ou sur le cuir du divan. Le flacon est rapidement vide, je me dis que mon père aurait pu faire l'effort de m'en laisser un neuf, pour ce que ça coûte. Manel n'étant apparemment pas pressée de rentrer, je vais farfouiller dans le placard sous l'évier de la cuisine, à la recherche de produit vaisselle pour remplir le flacon.

Lorsque je retourne la bouteille de Paic citron pour verser le liquide jaune poussin, je remarque qu'un petit papier est scotché sur le fond. Délicatement, je décolle l'adhésif pour récupérer le morceau de carton où est griffonné, à nouveau, un prénom. Un prénom et une adresse, cette fois-ci. *Rita. 12, allée des Capucines, Le Havre*. Mon père est sacrément gonflé d'avoir parié sur le fait que je ne pourrais m'empêcher d'aller remplir ce flacon, comme quand j'étais petit et que j'allais en cachette me réapprovisionner en produit vaisselle, en me faufilant à pas de loup dans cette même cuisine. Soudain troublé, je ne peux m'empêcher de sourire tristement en reposant la bouteille à sa place.

Je range le papier dans la poche arrière de mon pantalon, vais déposer le flacon à bulles et la boîte à musique dans mon sac de voyage, puis accroche la clé de l'appartement de mon père sur mon trousseau de clés. Quelque chose me dit que je vais probablement devoir revenir ici bientôt.

Les deux heures de route jusqu'à notre studio de Rouen sont assez silencieuses ; je suis plongé dans mes pensées tandis que Manel se concentre sur la circulation. Peut-être me laisse-t-elle simplement digérer ma rencontre avec l'ami de mon père, peut-être qu'elle préfère attendre que je vienne à elle de moi-même plutôt que tenter de me tirer les vers du nez. La tête appuyée contre la fenêtre, je contemple la nuit opaque, éclaboussée à intervalles réguliers de lueurs orangées.

La fatigue accumulée toute la semaine me tombe dessus, sans crier gare, au moment où je jette notre sac de voyage dans l'entrée de l'appartement. Soudain, je n'ai plus qu'une hâte, me coucher et dormir. Mon père est mort il y a une semaine déjà, et j'ai l'impression que le temps s'est accéléré, me laissant sur le bas-côté au passage, désemparé et perdu.

Ce n'est qu'une fois au lit, lorsque j'éteins la lampe de chevet et que je me penche vers Manel pour l'embrasser dans l'obscurité, qu'elle ose enfin me questionner sur mon après-midi avec Yoann. Malgré moi, je grommelle que je n'ai pas envie d'en parler pour le moment, me retournant vers l'extérieur du lit, les genoux remontés sur la poitrine. Elle n'insiste pas, se contente de me caresser les cheveux avant de se pelotonner de son côté elle aussi.

Quelques minutes plus tard, j'entends son souffle qui s'apaise, qui devient plus régulier, signe qu'elle a sombré dans le sommeil. De mon côté, j'ai beau avoir les paupières lourdes comme du plomb, je ne parviens pas à m'endormir ; les phrases de Yoann volettent dans mon cerveau embrouillé. Les heures défilent sur le réveil aux chiffres vert fluo sans que je m'assoupisse. À force de tourner dans les draps, je finis par réveiller Manel, elle a toujours le sommeil extrêmement léger.

— Ça ne va pas ?

— Si, si, c'est juste une insomnie, ça doit être le contrecoup…

— Tu ne veux toujours pas me parler ?

— Y a rien à dire d'intéressant.

— Tu es resté tout l'après-midi avec ce Yoann et il ne t'a rien raconté ? Il t'a donné le paquet et vous vous êtes regardés dans le blanc des yeux sans dire un mot ?

— Je n'ai rien appris que je ne savais déjà. Mon père est un étranger pour moi, j'en ai juste eu la confirmation une nouvelle fois.

Manel soupire, redresse son oreiller contre la tête de lit pour s'asseoir.

— Arrête, à t'entendre, on croirait que ton père, c'est le diable. Pourquoi tu n'essayes pas de te rappeler du positif au lieu de ressasser en permanence ce qu'il n'a pas fait comme il aurait dû ? Tu dois quand même bien avoir des bons souvenirs avec lui auxquels te raccrocher, non ?

— Franchement, je ne vois pas.

— Tu exagères. Tout le monde a au moins un souvenir heureux avec ses parents, c'est juste que tu préfères penser qu'il n'a jamais été à la hauteur…

Je sens la colère monter en flèche. J'adore Manel mais parfois, j'aurais envie de lui dire de se taire, j'aurais envie de lui expliquer qu'on n'a pas tous la chance d'avoir des parents formidables et attentionnés.

— Laisse-moi réfléchir deux secondes, alors… Oh, je t'ai déjà raconté la fois où je me suis cassé le bras en grimpant à un arbre ? J'ai eu tellement mal que je me suis évanoui, ce sont les pompiers qui sont venus me chercher pour m'emmener à l'hôpital. J'avais huit ans, c'était en juillet, le quatorze, je m'en souviens parce que du coup, j'ai loupé le feu d'artifice, le soir. J'ai eu droit à un magnifique plâtre, tout le monde l'a dédicacé : ma mère, mes grands-parents maternels, mes copains de classe… Même mon oncle Jonathan et ma tante, qui étaient venus passer une semaine à la mer pour les vacances, sont restés quelques jours de plus au Havre pour s'assurer que tout allait bien pour moi. Tout le monde a signé mon plâtre, a dessiné quelque chose dessus, tout le monde sauf mon père bien sûr, qui n'a même pas daigné faire l'aller-retour pour me voir. Tu vas me dire, il devait être trop occupé à distribuer des autographes ailleurs, ça pouvait attendre quelques semaines que je vienne chez lui… Une petite voix sournoise me souffle qu'Édouard était peut-être même trop occupé à arpenter des couloirs d'hôpital pour réconforter d'autres gosses plus mal en point que moi. Je sais que c'est minable de penser ça. Ou peut-être juste humain, après tout.

Manel lève les yeux au ciel, elle croit que je ne m'en aperçois pas parce que la chambre est plongée dans l'obscurité, mais je ne suis pas dupe, j'entends presque ses sourcils se hausser.

— Attends, y a quelque chose d'autre qui me revient ! Le jour des résultats du bac, il avait promis de venir au Havre pour l'occasion, pour qu'on fête ça tous ensemble, même s'il n'a jamais pu sentir mon beau-père, Christian. Il avait promis de faire cet effort-là, pour moi. Maman avait réservé un super resto. Devine qui ne s'est pas pointé ? Devine qui n'a même pas téléphoné pour savoir si j'avais été admis ou pas ?

— OK, c'est bon, j'ai compris, murmure Manel tristement.

Mais je suis lancé, et étrangement, je n'ai plus envie de m'arrêter, à présent que les souvenirs affluent.

— Oh, et puis il y a aussi la période où je me faisais racketter, en quatrième, j'ai failli l'oublier, dis donc ! Une petite bande de caïds de la cité Dampierre qui s'amusait à me faire les poches à la sortie du collège, à exiger que je leur ramène du fric tous les lundis sinon ils me massacreraient. Y en avait un avec des dents de lapin qui jouait avec un nunchaku, il le faisait voler dans tous les sens, à quelques centimètres de mon visage, et parfois il maîtrisait moyen son arme, me laissant un ou deux bleus tuméfiés sur les pommettes ou sur la tempe. Je n'osais en parler à personne, j'inventais des mensonges bidon pour justifier mes blessures ; le dimanche soir, je piquais des billets dans le portefeuille de ma mère ou de Christian pour satisfaire ces minables, affrontant le collège la queue entre les jambes. Finalement, ma mère a découvert le pot aux roses un jour, me prenant en flagrant délit le nez dans son porte-monnaie. Je ne sais pas ce qu'elle a fait à l'époque, surtout que je l'avais suppliée de ne pas alerter le proviseur du collège, mais la bande de petits durs ne s'est plus jamais approchée de moi. Ça avait duré trois mois et mon père n'en a jamais rien su. Il ne m'a jamais protégé de quoi que ce soit, tu vois. Mais je te l'accorde, si je fouillais suffisamment profond dans ma mémoire, je devrais pouvoir me souvenir d'une partie de *Qui est-ce* où il a joué avec moi cinq minutes tout en pensant à son prochain sketch à écrire, peut-être même à une autre où il m'a laissé gagner pour me faire plaisir.

— D'accord, j'arrête d'insister. Ton père était un odieux connard, point barre. Tu as le droit d'être en colère contre lui, mais, s'il te plaît, évite de te défouler sur moi, je ne suis en rien responsable à ce que je sache. Bonne nuit.

Manel se recouche de son côté, tapant férocement son oreiller en plume pour le regonfler.

— « Un odieux connard, point barre. » Ça rime, je ne peux m'empêcher de remarquer.

— Très drôle, maugrée-t-elle.

Je suis encore trop énervé pour lui présenter des excuses, même si je sens au fond de moi qu'elle a touché une corde sensible et qu'elle ne mérite aucunement que je reporte ma colère sur elle. Mon père a toujours eu le chic pour faire ressortir la part la plus mesquine, la plus mauvaise, de moi-même. Furieux malgré moi à cause de ce que vient de réveiller en moi cette discussion, je renonce au sommeil et quitte la chambre.

Dans le salon, j'allume la télévision, espérant vaguement m'abrutir devant une émission quelconque tout en surfant sur Internet. Je vérifie machinalement les dernières notifications reçues sur Facebook, jusqu'à tomber sur une invitation à aimer une nouvelle page. Intrigué, je clique sur le lien et me retrouve instantanément face à une photo en gros plan de mon père, avec comme légende : *Édouard Bresson n'est pas mort !*

Le descriptif est limpide : *Cette page a pour objectif de regrouper tous les fans d'Édouard Bresson qui sont convaincus que sa mort n'est rien d'autre qu'une immense supercherie. Édouard est vivant, Édouard est immortel !*

J'ignore qui a créé cette page qui vient apparemment d'ouvrir tout récemment, mais ce type est déjà parvenu à fédérer plus d'un million d'internautes. 1 004 521 fans, pour être exact. 1 004 521 personnes qui refusent de croire au suicide de mon père et qui postent depuis le 1er avril les « preuves » qu'il est bel et bien en vie.

Évidemment, tous parlent de la gigantesque mise en scène qu'Édouard a montée il y a trois ans, lorsqu'il s'est amusé à faire croire qu'il avait été sauvagement agressé par un homme qui le détestait, Basile Rossi. Les journaux télévisés avaient plongé à pieds joints dans le canular, s'empressant de relayer l'information selon laquelle mon père avait été attaqué à la fin d'un de ses spectacles, alors qu'il rentrait chez lui. Il avait été interviewé, la lèvre enflée et violette, le visage encore sanguinolent, jurant qu'il retrouverait celui qui l'avait lâchement violenté. Le lendemain, l'agresseur avait été soi-disant arrêté, interrogé, puis relâché. Édouard avait confié qu'après réflexion et discussion avec ce Basile Rossi, il ne souhaitait finalement pas porter plainte. Tous les deux s'étaient fait inviter dans l'émission *Sept à huit*, pour un affrontement verbal digne des plus grands duels politiques. Basile Rossi, un homme aux sourcils broussailleux et aux cheveux noirs impeccablement gominés, était apparu, sûr de lui, ravi de pouvoir cracher à des caméras à une heure de grande écoute tout ce qu'il pensait d'Édouard Bresson. D'une voix rocailleuse, il avait affirmé que l'humoriste n'était qu'un voleur, un imposteur qui lui avait volé ses propres sketches, qui l'avait plagié sans vergogne depuis des années, lui qui galérait dans des cafés-théâtres de banlieue depuis toujours. Édouard, face à lui, était resté impassible, affichant même un petit sourire sardonique au coin des lèvres, comme s'il était sûr de son bon droit. Le ton était très vite monté et le présentateur de l'émission avait semblé rapidement débordé par la véhémence de ces deux hommes qui risquaient d'en venir aux mains. « Vous devriez avoir honte, monsieur Bresson ! Vous n'êtes qu'une raclure, un enfoiré de première qui aurait mérité que je l'achève ! Vous auriez moins fait le fier si je vous avais crevé les yeux et pété toutes les dents ! » Deux vigiles avaient fini par intervenir et évacuer Basile Rossi de force, devant un Édouard redevenu aussi flegmatique qu'à son habitude. Aussitôt diffusée, la vidéo avait fait le tour du Web et des chaînes de télévision.

Jusqu'à ce que Basile Rossi avoue, hilare face à un présentateur de journal télévisé médusé, que tout cela n'était qu'une plaisanterie. Qu'en réalité, Édouard Bresson et lui-même ne faisaient qu'un. Il avait retiré sa perruque brune et ses sourcils épais, avait repris sa voix normale, et la métamorphose avait été sidérante.

Glaçante, presque, tellement Édouard avait prouvé sa virtuosité et sa capacité à devenir quelqu'un d'autre sans que personne ne le démasque, uniquement avec l'aide de l'équipe de *Sept à huit* qui était parvenue à monter les images de l'émission de façon à ce que tout le monde croie qu'Édouard et Basile étaient véritablement face à face.

La vidéo est évidemment en première place sur la page *Édouard Bresson n'est pas mort !* Pour tous, c'est la preuve que mon père est capable d'avoir simulé sa mort, d'avoir monté une escroquerie inédite pour repousser encore ses limites. Et je suis bien obligé d'être d'accord avec eux : il aurait tout à fait été en mesure de prévoir un bobard aussi énorme. Mais aurait-il osé aller jusque-là ? Faire croire à sa mort, organiser un simulacre d'enterrement sans songer une minute à la douleur que ça représenterait pour ses proches, pour ses amis, pour moi ?

La deuxième vidéo de la page est un extrait d'une interview donnée juste avant d'entrer en scène, il y a deux ans. Une des rares fois où Édouard ne se met pas dans la peau d'un de ses personnages pour répondre. La journaliste tend son micro et lui demande d'une voix fluette :

— Vos spectacles affichent tous complet des mois à l'avance. Pouvez-vous me dire comment vous vivez cette incroyable célébrité qui semble vous être un peu tombée dessus par hasard ?

Édouard fronce les sourcils avant de répondre.

— Je ne sais pas si la célébrité m'est tombée dessus « par hasard », comme vous dites, mais sachez que devenir une star n'a pas que des avantages, bien au contraire. Et parfois, je souhaiterais presque pouvoir retourner à mon anonymat et à une vie plus normale !

La journaliste toussote, consciente d'avoir vexé mon père. Malgré tout, elle reprend d'un ton guilleret :

— Je comprends, bien sûr. Mais vu votre popularité, il y a malgré tout peu de chances que vos fans vous abandonnent un jour !

— Peut-être que c'est moi qui les abandonnerai, qui sait ? On a toujours le choix de disparaître, après tout !

Cette dernière phrase est écrite sur la vidéo en même temps que mon père la prononce, pour souligner l'indice irréfutable qu'il vient de livrer sans que personne ne s'en rende compte à l'époque.

On a toujours le choix de disparaître. Parle-t-il du canular qu'il songe déjà à faire ou d'une véritable envie d'en finir qui commence à le titiller ? Aurait-il pu imaginer mettre en scène une fausse mort pour pouvoir définitivement se retirer d'une vie publique qu'il en était venu à haïr ? Pour pouvoir fuir loin d'ici, loin du stress et de la pression, loin de tout le monde ?

Auquel cas, est-ce que cette chasse au trésor ne serait donc pas en réalité, comme je l'avais pensé dès le début, un moyen de le retrouver, de m'amener jusqu'à lui ?

Ça semble complètement fou. Parfaitement surréaliste. Et en même temps, tellement *lui*.

Mes yeux restent quelques instants dans le vague, comme si je ne parvenais plus à faire la mise au point. Puis je reviens à la réalité, soudain harassé de fatigue.

Avant d'éteindre mon téléphone, mon pouce hésite, reste suspendu au-dessus de l'écran.

Et puis il clique sur « J'aime ».

1 004 522 fans.

écOuter

16 avril 2017

Pâques arrive, et je profite du traditionnel week-end en famille au Havre pour aller rendre visite à Rita. Mon père ne m'a laissé qu'une adresse, aussi suis-je obligé de passer à l'improviste, en espérant ne pas trouver porte close.

L'allée des Capucines est une petite rue au calme, bordée de cerisiers japonais en fleur qui s'avancent jusque sur la route et disséminent leurs pétales rose pâle un peu partout. Je m'arrête devant le numéro 12, une maison mitoyenne semblable en tous points aux autres du lotissement, le même jardinet, le même toit en ardoise, le même chien-assis au-dessus du garage à la porte métallique gris foncé.

La sonnette ne marche pas, et je frappe sans conviction à la porte d'entrée. Aussitôt, un aboiement aigu se fait entendre. Une voix s'exclame : « Tais-toi, Filou ! » et des pas s'approchent de l'autre côté. La porte s'entrebâille, une chaînette de sécurité empêchant l'ouverture complète. Un œil circonspect m'observe, attend que j'explique ce que je viens faire là. La vieille dame muette qui m'étudie a la peau aussi ridée qu'une pomme flétrie qu'on aurait oubliée au fond d'un sac, et à ses pieds, un caniche abricot grogne vigoureusement pour protéger sa maîtresse.

— Je suis désolé de vous déranger, je suis Arthur… Bresson…

Je m'interromps, ne sachant comment continuer, espérant que le nom de famille d'Édouard fonctionne comme un *Sésame, ouvre-toi*. Mais la mamie ne bouge pas d'un pouce, elle reste agrippée à sa porte, stoïque, comme si elle attendait que je lui vante les mérites d'une crème antirides miraculeuse ou que je lui propose d'aiguiser ses couteaux.

— C'est mon père qui m'a donné vos coordonnées, il est possible qu'il vous ait laissé quelque chose pour moi.

Le chien s'excite et entreprend de griffer la porte, elle le repousse d'un mouvement du pied. Je commence à perdre espoir, à me demander si je ne me suis pas planté, peut-être que je suis au 10 ou au 14, peut-être même que ce n'est pas la bonne rue, après tout… Je tente une nouvelle approche auprès de cette vieille bonne femme mal lunée :

— Édouard Bresson, ça vous dit quelque chose ?

Instantanément son visage s'éclaire. Elle referme la porte le temps d'ôter la chaînette, puis m'invite à entrer avec un grand sourire chaleureux. Le jour et la nuit. Même le caniche semble se demander quelle mouche l'a piquée.

— Pourquoi tu ne l'as pas dit plus tôt, petit ? Il y a tellement de cambriolages ces derniers temps dans le lotissement que je suis devenue méfiante, qu'est-ce que tu veux… Entre, entre, je vais aller préparer du jus de fruits et quelques biscuits !

Après m'avoir indiqué le paillasson sur lequel abandonner mes chaussures, elle m'accompagne jusqu'à la salle à manger, m'indiquant de la main la table recouverte d'une toile cirée jaune vif, avant de disparaître dans sa cuisine. Elle revient quelques instants plus tard, les bras chargés d'un plateau où trônent deux verres à moutarde remplis de jus d'orange et un paquet de cigarettes russes. Elle me tend l'un des verres, la main tellement tremblante que je crains qu'elle n'en renverse la moitié. Mais non, aucune goutte ne passe finalement par-dessus bord. En s'appuyant de tout son poids sur la table, elle s'installe avec difficulté sur la chaise en face de moi, poussant un soupir de soulagement lorsqu'elle est enfin à son aise.

— C'est incroyable comme tu ressembles à Édouard… Je suppose qu'on te le dit tout le temps ?

— Pas vraiment, non.

— Pourtant, tu as le même regard que lui. La même malice, mêlée à une sorte de dureté. Et puis ce menton fuyant, on croirait le sien. Sans parler de cette tignasse bouclée ! Ta façon d'émettre un drôle de petit rire après avoir parlé, je suis sûre que tu ne t'en rends même pas compte, mais vous avez le même tic.

Je bois une gorgée de jus d'orange, ne sachant que répondre à cette inconnue.

— Vous avez bien connu mon père ?

— Oh que oui ! Je l'ai même vu naître ! J'étais concierge dans l'immeuble où ses parents habitaient, à Gonfreville, je me rappelle encore le ventre énorme de madame Bresson quand elle attendait Édouard. Ou peut-être que c'était pour Jonathan, je ne sais plus, parfois ma mémoire me joue des tours… Elle remontait ses courses toute seule, même à huit mois de grossesse, ce n'est pas son mari qui lui aurait donné un coup de main, ça non… Ton grand-père, c'était un sacré bonhomme, tu ne dois pas t'en souvenir, mais il n'était pas commode du tout. En permanence à vociférer pour un rien, je me suis toujours dit qu'il était mort d'avoir trop été en colère dans sa vie, je suis sûre que son cœur a lâché après avoir baigné tant d'années dans la rage.

Je mâchonne une cigarette russe, étonné d'entendre cette vieille femme me parler d'un grand-père que je n'ai jamais connu, qui est mort avant même que je puisse me souvenir de quoi que ce soit. Intrigué, aussi, de voir à quel point elle est prête à ouvrir sa mémoire, à me raconter ce dont elle se souvient sans même que je lui aie demandé quoi que ce soit.

— Il était comment, mon père, petit ?

Malgré moi, je suis curieux, curieux d'en apprendre plus sur l'enfance d'Édouard, dont je ne sais presque rien, dont ni lui ni ma mère ne m'ont jamais vraiment parlé, peut-être parce que je n'ai pas particulièrement posé de questions non plus…

— Oh, c'était un brave gamin, y a pas à dire. C'était pas facile pour lui quand il était enfant, il bégayait tellement que personne ne comprenait ce qu'il voulait dire… Monsieur Bresson n'essayait même plus de lui poser de question, tellement il n'avait pas la patience d'attendre que son fils parvienne à sortir quelques syllabes embrouillées. Tous les matins, Édouard passait devant ma loge, et il ne disait jamais bonjour, jamais, et son père lui filait une taloche, « La politesse, on t'a pas appris ? » qu'il lui répétait tout le temps. Mais le gamin n'ouvrait pas la bouche pour autant, au mieux, il me faisait un signe de la main pour satisfaire son père. Moi, je savais très bien que s'il restait muet, c'était parce qu'il craignait que le « bonjour » reste coincé au bord de ses lèvres, qu'il bute sur le « b » et s'embourbe à force d'insister pour le faire sortir. Je lançais à monsieur Bresson : « Ce n'est pas grave, allez, ce n'est qu'un enfant, ils sont tous comme ça à cet âge ! » mais ça ne loupait pas, à chaque fois, il se prenait une claque derrière la tête. Non, il n'était pas commode, cet homme-là.

— Je n'ai jamais su que mon père bégayait, vous êtes sûre de ne pas confondre avec quelqu'un d'autre ?

Je fronce les sourcils, me demandant si ça tourne bien rond dans la tête de Rita. Si mon père avait été bègue, je pense que je l'aurais remarqué. Je pense même que des millions d'autres que moi l'auraient remarqué, d'ailleurs.

— Certaine, mon petit, certaine. Ça a duré quelques années, et puis je ne sais pas, d'une manière ou d'une autre, ça a fini par disparaître, petit à petit. Tant mieux, d'ailleurs, parce que les parents avaient bien d'autres chats à fouetter, après l'accident de leur deuxième.

Je retiens mon souffle. Dans la famille, personne n'a jamais parlé de cet accident, comme s'il s'agissait d'un sujet tabou. Ma mère m'a toujours dit que le petit frère de papa avait fait une chute dans une maison abandonnée, mais elle n'avait pas l'air d'en savoir davantage. Elle m'avait fait promettre de ne pas aborder le sujet avec mon père, et je m'étais tu, effrayé à l'idée de le blesser ou de lui rappeler de mauvais souvenirs. Pourtant, ce n'est pas la curiosité qui avait manqué, mais jamais je n'avais osé poser la moindre question à mon oncle non plus : ça m'aurait semblé trop indiscret, et même indélicat.

— Vous vous souvenez de l'accident de Jonathan ? De ce qui est arrivé ?

La vieille dame secoue la tête, les lèvres serrées. De son petit doigt, elle rassemble les miettes de gâteau éparpillées devant elle, jusqu'à former un petit monticule orangé.

— Ça a jasé dans tout Gonfreville, à l'époque. Un gamin de cinq ans à peine qui traverse le plancher d'une maison en ruine et qui finit en fauteuil roulant, ça a fait du bruit. Le maire a même été contraint de démissionner, tellement les habitants étaient en colère que des enfants aient pu pénétrer aussi facilement dans ce bâtiment. La maison a été rasée quelques semaines après, mais c'était trop tard, le mal était fait. Plus rien n'a été pareil pour la famille, après. Le petit est parti un an dans un centre de rééducation, et Édouard traînait tout seul dans l'escalier devant l'immeuble, comme désœuvré. Avant ça, je voyais tout le temps les deux frères s'amuser dans la rue, faut dire que le père les envoyait bien souvent jouer dehors, sans doute qu'ils faisaient trop de bruit là-haut. Lucien Bresson, il n'était pas commode, ça non…

Elle secoue la tête, les lèvres serrées au souvenir de mon grand-père.

— Ils en ont passé, des heures, à faire du vélo ensemble. Édouard tenait la selle de Jonathan pour lui apprendre à rouler sans petites roues, et ça piaillait dans la rue sans discontinuer. Évidemment, après, le vélo, c'était terminé. Pendant un an, il n'y a plus eu aucun cri, plus aucun rire devant l'immeuble. Édouard jouait aux billes tout seul comme un malheureux ; une fois même, je l'ai surpris caché derrière une plante verte du hall, et quand je lui ai demandé ce qu'il fabriquait, il m'a répondu qu'il jouait à cache-cache. Tout seul ? j'ai dit, et il a haussé les épaules, ben oui, qu'il a murmuré, je fais comme si Jonathan me cherchait.

Rita pousse un long soupir, et je ne peux m'empêcher d'avoir un pincement au cœur en imaginant mon père enfant, condamné à s'amuser en solitaire.

— C'étaient des gamins attachants, tous les deux, enfin, comme tous les gamins sans doute. Lorsque Jonathan est rentré à Gonfreville, j'ai eu l'impression qu'Édouard retrouvait le sourire, même si je voyais bien quand ils passaient avec leur mère qu'elle n'en avait plus que pour son cadet. Déjà avant l'accident, ça se voyait comme le nez au milieu de la figure que c'était son chouchou, mais après, c'était pire. Elle était tout sucre tout miel avec lui, et quand elle s'arrêtait pour prendre le courrier, elle ne me parlait que de Jonathan et de ses progrès, à croire qu'elle n'avait plus qu'un fils.

L'ancienne concierge se lève péniblement, puis se dirige à pas lents vers la cuisine. Sa robe aux motifs provençaux me fait penser à celles qu'on voit dans les pages du catalogue *La Redoute*, je me suis toujours demandé qui pouvait bien acheter des vêtements aussi ringards.

Lorsqu'elle revient, elle s'empresse d'essuyer la table avec une éponge pour la débarrasser des miettes, à croire que ça ne peut pas attendre, qu'il y a urgence à nettoyer. Elle poursuit son récit, imperturbable, et j'en viens à me demander si c'est à moi qu'elle parle, au fond.

— Heureusement, ça n'a pas eu l'air de nuire à l'amitié des deux frères… Quand il pleuvait, ils se mettaient dans un coin du hall de l'immeuble, concentrés sur leurs cahiers d'autocollants. Ils ne se disputaient jamais, je m'en souviens car à l'époque, ça m'avait frappé, deux garçons qui ne se chamaillent à aucun moment. Surtout qu'avant, les querelles allaient bon train, entre ces deux-là. Et puis Édouard s'est mis à inventer toutes sortes de pitreries pour distraire son frère, sans doute parce qu'il n'y avait plus beaucoup d'activités à faire avec un des deux en fauteuil roulant. Il s'amusait à singer tous les passants dans la rue, à marcher derrière eux en les imitant grossièrement, je peux te dire que les voisins des Bresson n'étaient pas toujours ravis d'être caricaturés comme ça ! Moi la première, d'ailleurs. Édouard se mettait un foulard sur la tête et faisait tout ce qu'il pouvait pour calquer le moindre de mes mouvements quand je nettoyais le hall d'accueil, à se moquer de mon souci de la perfection, comme si le ménage était ma passion ! J'avais juste à cœur que mon travail soit irréprochable ! Enfin, ça faisait se tordre de rire Jonathan, alors je ne m'en formalisais pas plus que ça, je me contentais de les ignorer, ou, au pire, quand vraiment ils commençaient à me taper sur les nerfs, de leur dire d'aller s'amuser ailleurs.

Je hoche la tête d'un air compatissant, et Rita me regarde d'un œil soupçonneux.

— Tu crois que je ne vois pas que tu as envie de sourire, petit ? On ne me la fait pas, à moi. Je sais très bien ce que tu te dis, va. Que ton père n'a pas poussé la parodie bien loin avec sa Zita la maniaque. Oh, ne prends pas cet air étonné. Évidemment que je sais qu'Édouard s'est inspiré de moi et de mes petites manies !

À nouveau, elle se lève de sa chaise en se tenant le bas du dos, va fouiller dans un placard pour en ressortir un aspirateur de table. Son regard ausculte la toile cirée et brusquement, elle allume son engin pour aspirer une miette invisible qui avait dû échapper à son éponge. Malgré moi, j'ai envie de rire, attendri devant cette bonne femme si peu différente du personnage recréé par mon père, excepté le fait qu'elle ne se mette pas à chanter et à faire de la guitare avec son balai.

Lorsque la table lui paraît enfin impeccable, elle va ouvrir son canapé, dans un horrible grincement qui me fait me demander s'il s'agit des ressorts du meuble ou de son dos qui ne supporte pas la gymnastique qu'elle lui impose.

— Tiens. C'est ce que ton père m'a laissé pour toi. J'ai eu un tel coup au cœur quand je me suis rendu compte qu'il était venu me voir pile le jour où il…

Rita s'interrompt, les mots restent bloqués dans sa gorge. Machinalement, elle lève la main à sa poitrine, serre la croix qu'elle porte en pendentif comme si ce geste allait la protéger d'une tragédie. D'un signe de tête, je lui fais comprendre qu'elle n'a pas besoin d'en dire plus, et ses épaules se relâchent légèrement.

Elle a déposé devant moi une caisse de vin fermée, je passe les doigts sur l'inscription « Chasse-spleen » gravée dans le bois et peinte en marron foncé.

— Merci beaucoup.

— De rien, mon petit. C'est le moins que je pouvais faire, après ce qui s'est passé. Si c'est pas affligeant d'avoir cumulé les malheurs comme ça…

J'ignore si Rita parle de mon père, de Jonathan, ou de moi, mais il ne me vient pas à l'idée de lui poser la question. Peut-être songe-t-elle à toute notre famille en prononçant ces mots, peut-être cette phrase ne m'est-elle même pas véritablement destinée.

— Il n'y a pas eu que du négatif non plus, vous savez…

Rita sourit d'un air nostalgique.

— Oh, j'en suis parfaitement consciente, mon petit. Il y a eu Magda qui est venue éclairer toute cette famille ! Je me souviens encore comme ton père est devenu gauche lorsqu'il s'est mis en tête de lui faire la cour. Un matin, alors que j'arrosais les plantes vertes à l'entrée de l'immeuble, il est venu me tourner autour, et je lui ai demandé comment ça avançait, avec la petite du sixième étage. Il a rougi jusqu'aux oreilles, a essayé de nier, et puis il a fini par me dire que les filles, c'était drôlement compliqué. Je me rappelle lui avoir répondu qu'il suffisait d'un peu de romantisme et d'attentions, que ce n'était quand même pas sorcier !

J'ai envie de rire en imaginant mon père demandant des conseils de drague à la concierge de son immeuble, mais je m'efforce de rester impassible. Rita sourit.

— Le lendemain, Édouard a déposé une enveloppe dans la boîte aux lettres des parents de Magda, et celle-ci l'a récupérée peu après. Ce petit manège a bien duré une semaine : il mettait une lettre, et elle l'ouvrait dans le hall de l'immeuble, un sourire aux lèvres…

Ma curiosité est piquée.

— Vous savez ce que mon père lui écrivait ?

— Pas du tout, je ne m'amuse pas à ouvrir le courrier des autres, enfin ! Je suppose que c'étaient des poèmes, ou des mots doux… En tout cas, ça a fonctionné, puisque dix jours plus tard, ils sont passés devant ma loge, main dans la main. Arrivés à l'ascenseur, ton père s'est retourné vers moi et a levé son pouce en l'air en signe de victoire !

Il y a quelque chose d'étrange dans le fait de se représenter mes parents au tout début de leur histoire, quelque chose de presque mélancolique. Rita semble ressentir soudain la même chose que moi, un voile passe devant ses yeux et son regard s'assombrit.

— Quel gâchis…

Cette fois-ci, je sais exactement de quoi elle parle, et je ne peux que hocher la tête de concert.

repoUsser

17 avril 2017

Si je ferme les yeux très fort à la recherche d'images de mon père et ma mère ensemble, je me heurte invariablement à un trou noir, vide, désespérément vide. Comme si on n'avait jamais formé un trio, qu'il y avait toujours eu ma mère d'un côté et Édouard de l'autre. Moi bringuebalé à gauche et à droite, au rythme des vacances scolaires.

En explorant les méandres de ma mémoire, je ne parviens à me souvenir que d'une chose. Il n'y a pas d'image, juste le son. Je suis assis en bas de l'escalier de la maison, tapi dans l'obscurité alors que mes parents m'ont couché il y a peu et qu'ils me croient déjà endormi. Le plus discrètement possible, j'ai descendu les marches une à une, sachant exactement où poser le pied pour éviter que le bois grince. Je peux presque sentir à nouveau la dureté des marches, la froideur de la rambarde métallique contre ma joue. Mes parents sont enfermés dans la cuisine, je sens une vague odeur de cigarette qui provient de la pièce alors qu'aucun des deux ne fume jamais devant moi. J'ai quatre ans, cinq peut-être. La scène s'est reproduite tellement de fois ensuite qu'elle me semble quotidienne, même si mon père était plus souvent absent qu'auprès de nous. D'abord les murmures froids, les reproches à voix basse, le rythme haché de la colère tout en retenue. Puis les voix qui se font plus fortes, chacun voulant avoir le dessus sur l'autre, exigeant d'être entendu, écouté, compris. Enfin, au bout d'un moment, lorsque je commence à avoir froid dans mon pyjama trop léger, les cris, les « chut » de ma mère, tu vas réveiller Arthur, les poings sur la table, les placards qui claquent un peu trop fort… J'entends les cris, j'en ai plus qu'assez, Édouard, ça ne peut plus durer comme ça, les sanglots dans la voix, alors tu ne nous aimes pas assez pour changer… Les soupirs de mon père, c'est toujours la même histoire, Magda, tu ne comprends pas que je fais tout ce que je peux ? Les pleurs, les embrassades de réconfort, les baisers mouillés, les reniflements, les promesses, je t'aime, moi aussi, je t'aime, le silence, le silence et moi qui me bouche les oreilles pour ne plus rien entendre, qui regrette d'être encore une fois descendu, mais qui recommencerai le lendemain, juste pour les entendre, pour essayer de les comprendre, pour me sentir proche d'eux malgré la porte fermée.

Si je cherche dans mes souvenirs les plus anciens, il n'y a que ça. Mes parents ensemble, invisibles dans la cuisine, le bruit étouffé de leurs paroles assassines, de leurs serments désabusés auxquels ils faisaient encore semblant de croire. Pourtant, si j'essaye d'être objectif, il y a forcément eu d'autres moments, qui ne se sont malheureusement pas gravés en moi comme cette scène ; qui peut comprendre pourquoi telle ou telle chose s'ancre de façon indélébile dans notre mémoire, nous condamnant à la partialité ?

Seul dans notre studio de Rouen, devant la caisse de vin ouverte, devant les objets éparpillés sur la couette de notre lit, je pense à l'enfant bègue qu'a été Édouard, à ce qu'a dû être son quotidien entre un père « pas commode », une mère surprotégeant son petit dernier, et un frère au centre de toutes les attentions, de toutes les discussions. Je me demande si la solitude qui a peuplé son enfance a été semblable à la mienne, si quelque part, les deux gamins qu'on a été avaient plus de choses en commun que ne le laissaient supposer nos relations père-fils, duo improbable qui n'a jamais réussi à s'accorder.

Nos deux vies s'entremêlent tristement dans les objets qu'il a déposés dans cette caisse de bois. Des Polaroids aux couleurs passées, sur lesquels Jonathan grandit peu à peu, sur lesquels mes grands-parents vieillissent peu à peu. Point d'Édouard sur ces clichés, sans doute qu'il préférait être derrière l'appareil, se faire oublier, ne pas laisser de traces. Un sac de billes tout amochées à force d'avoir cogné contre les murs. Un petit harmonica sur lequel la rouille commence à affleurer, un Lee Oskar que mon père a toujours refusé de me prêter quand j'étais plus jeune, tu vas baver dedans, je te connais, ce n'est pas un jouet.

Aujourd'hui j'ai apparemment le droit de souffler dedans, personne ne se tient plus derrière mon épaule pour me le reprendre des mains, mais je n'en ai plus l'envie. Peut-être parce que j'ai grandi, ou peut-être parce que Édouard n'est plus là pour m'empêcher de postillonner à l'intérieur.

Un à un, je remets les objets dans la caisse, après les avoir effleurés, soupesés, caressés. J'imagine mon père les déposant à mon intention dans cette boîte, j'imagine ses doigts qui sont passés dessus juste avant les miens, et soudain j'ai envie de chialer. Ça monte d'un seul coup, ça enfle dans ma gorge comme un volcan prêt à entrer en éruption, et je me déteste de me laisser attendrir par ces quelques babioles.

Un minuscule bracelet en plastique bleu pastel, *Arthur Bresson, 13 août 1993*. J'y passe à peine deux doigts, tellement mon poignet de nourrisson devait être ridicule. Je suis étonné que ce bracelet ne soit pas dans les souvenirs que conserve religieusement ma mère, avec la pince à nombril et le petit bonnet de maternité.

Ma première lettre au Père Noël, qui n'a donc jamais été envoyée au destinataire. *Cher Père Noël, pour Noël, je voudrais un trampoline.* Ma mère avait répondu : « Mais il n'y a pas de place dans le jardin pour un trampoline, Arthur ! » Mais j'avais rajouté sur la lettre : *Et un jardin plus grand.* Je n'avais eu ni l'un ni l'autre, évidemment. En même temps, le Père Noël n'avait jamais reçu mon courrier.

Quelques dessins malhabiles, mes premières lettres écrites avec application en majuscules. ARTHUR, avec les R inversés, barrés, recopiés à l'endroit consciencieusement.

Six planches de clichés de Photomaton en noir et blanc, pour les six années où l'on a plus ou moins formé une famille. Sur chacune des feuilles de papier brillant, une des photos a été découpée, je suppose pour ma mère. Mes parents ont l'air si jeunes sur ces images, nos têtes souriantes rentrent à peine dans le cadre imposé, il n'y a même que la mienne qui soit à chaque fois entière, au centre. Au centre de leur monde, comme s'il n'y avait que moi qui les unissais. En six planches, je passe du nourrisson au gamin au sourire troué par les dents de lait qui se sont fait la malle. Mon père arbore le même large sourire au fil des années, un vrai copier-coller du bonheur familial. Le regard de ma mère, lui, paraît se ternir peu à peu, se durcir, perdre de son éclat, de sa luminosité. Sur la dernière planche, son sourire semble n'être plus que de façade, ses yeux ne mentent pas, eux. Six moments de vie figés par un flash et puis l'implosion.

Comment se fait-il que mon père ait gardé toutes ces choses sans importance pour lui ? Comment a-t-il pu collectionner ces souvenirs et en venir à sauter par la fenêtre sans penser à nous, sans nous appeler au secours ? Ce soir-là, il m'a appelé, je sais. Trois fois. Je n'ai pas regardé mon téléphone, j'avais envie de déconnecter après une semaine de révisions. La dernière chose que je voulais, c'était me prendre la tête avec lui encore une fois, l'entendre me dire que je gâchais mon talent à rester scotché sur les bancs de la fac ou qu'il ne comprenait pas pourquoi je m'évertuais à le rejeter. Ou pire, constater qu'il m'appelait uniquement pour me parler de sa prestation au Stade de France, pour me raconter à quel point c'était fantastique et inoubliable, le plus beau jour de sa vie.

Est-ce que si j'avais décroché, tout aurait pu être différent ? Je hais cette question qui vient me trotter à intervalles de plus en plus réguliers dans la tête, parce que merde, je n'y suis pour rien, là-dedans. Pourquoi m'a-t-il appelé ce soir-là, après son dernier spectacle ? Est-ce qu'il attendait un signe, une preuve que j'avais encore besoin de lui sur terre, est-ce qu'il voulait me demander de l'aide, se réconcilier avec moi, est-ce qu'il avait simplement l'intention de me dire adieu, d'entendre une dernière fois ma voix ? Je ne le saurai sans doute jamais ; personne ne pourra répondre à cette question à sa place. Et ne serais-je pas complètement dingue d'espérer qu'il puisse m'attendre au bout de ce jeu de piste ? Est-ce que j'ai le droit de garder cette illusion à l'abri dans mon esprit, même sans en parler à qui que ce soit ?

Je n'avais qu'à décrocher. Alors, j'aurais su. Alors, je ne serais pas là comme un con à ruminer dans mon coin sans oser me confier à personne, ni à Manel, ni encore moins à ma mère. Il a essayé de me joindre, et je n'ai pas répondu. Il a recommencé à trois reprises, s'est heurté autant de fois à mon répondeur. Manel me dirait que je n'ai pas à m'en vouloir, qu'il ne faut pas que je me torture l'esprit avec ça, que ce n'est pas ce que mon père aurait voulu. (Quoique ?) Ma mère soupirerait de chagrin, m'affirmerait que je ne suis en rien responsable, mais est-ce que dans un coin de sa tête, il n'y aurait pas une petite voix insidieuse qui lui soufflerait que son fils aurait peut-être eu le pouvoir de changer le cours des choses, s'il n'avait pas été trop occupé à se siffler bière sur bière dans une soirée d'étudiants ?

J'ajoute le flacon de bulles de savon et la boîte à musique au fond de la caisse. Désormais, tout ce qu'il me reste d'Édouard tient dans une pauvre boîte en pin.

Je saisis la série de Polaroids courbés pour les regarder une dernière fois avant de les ranger, eux aussi. Je caresse du pouce les dates délavées inscrites au stylo-plume bleu au dos des clichés. Mon père n'est que sur une seule des photos, un gros plan de lui et de ma mère qui sourient. Son visage est coupé à la moitié, celui de maman est entier, lui. Ils sont flous tous les deux, j'imagine mon père tenant l'appareil photo à bout de bras, cadrant un peu au petit bonheur la chance, ma mère qui pose sa tête contre la sienne, ils sont encore tout jeunes, vingt ans à peine, amoureux, inconscients de ce que l'avenir leur réserve. Elle porte un bandeau à pois dans les cheveux, il doit y avoir du vent parce que des mèches de cheveux bruns volent sur le visage d'Édouard. Ils ont l'air heureux, je crois qu'ils le sont vraiment, à cet instant-là, et je trouve ce bonheur déchirant à contempler après avoir vécu les cris et les pleurs qui les ont séparés quelques années après. Je retourne la photo pour vérifier la date, calculer leurs âges respectifs, compter le temps qu'il leur reste avant qu'ils bousillent tout définitivement. *Été 1989*. Quatre ans avant ma naissance. Un peu plus de dix ans avant le chaos.

Au stylo noir, l'écriture de mon père est venue rajouter quelques mots, récemment. C'est à moi qu'il s'adresse.

Qu'est-ce qu'elle est belle, ta maman, hein ?

déTester

Mai 2017

— Il te manque, ton père ?

Maman me pose cette question sur un ton très doux, sans tourner la tête vers moi, les yeux toujours fixés sur Aurélie, ma demi-sœur, qui joue au fond du jardin avec une de ses copines de classe. Le murmure de leurs conciliabules de préadolescentes nous parvient, étouffé, discret, leurs gloussements réguliers aussi. La balancelle continue de faire des va-et-vient, je commence à avoir une légère nausée et je freine du pied pour l'immobiliser un peu.

Édouard est mort il y a un peu plus d'un mois et demi, maintenant. Je dis « mort », parce qu'il faut bien dire quelque chose, mais je ne peux m'empêcher de sentir la rumeur d'un suicide bidon se propager un peu partout sur Internet. Les médias « sérieux » n'y accordent évidemment aucun crédit, mais pour moi, les choses sont plus compliquées. Ma certitude qu'il n'est plus de ce monde vacille au gré de mon humeur, de mes doutes, de mes espoirs, même, peut-être. Ma raison s'exclame, péremptoire : « Évidemment qu'il est mort, comment veux-tu que qui que ce soit, même extravagant, même riche, puisse orchestrer un faux suicide ? » tandis qu'une autre partie de moi ose murmurer dans les moments où je lâche ma garde : « Oui mais on ne sait jamais, et puis regarde, tu es loin d'être le seul à avoir des doutes, à le croire capable d'une telle machination… » J'oscille comme un culbuto sans me résoudre à tourner la page. J'oscille en silence, sans oser me confier à quiconque par peur d'éveiller la pitié. Mort ou vivant, Édouard n'est plus là, et la triste vérité, c'est que ça ne change rien à mon quotidien. Après tout, on ne s'est pas vus depuis près d'un an. Il aurait pu partir à l'autre bout du monde ou se terrer chez lui, je n'en aurais rien su. Il n'était pas à mes côtés, alors son absence actuelle ne m'affecte pas ; la seule différence, c'est le fait de savoir que si aujourd'hui, il me prenait l'envie de le contacter, le voir, lui parler, ça ne pourrait pas arriver. La réalité ne change en rien, c'est seulement la possibilité qui n'existe plus. L'impression de définitif, d'irréversible est encore intangible, puisque ma vie n'est en rien bouleversée. Je fais cette chasse au trésor parce que j'ai l'intime conviction que ce sera le seul et unique moyen de mettre un point final à tout ça, de ne plus être dans cet entre-deux inconfortable, où je ne parviens pas à me situer clairement. Au bout du chemin, il y aura la réponse à mes interrogations, forcément. Et alors j'aurai enfin la paix.

Maman tourne la tête vers moi et répète gentiment : « Il te manque ? » ; je sens son regard braqué sur mon visage et réalise que je n'ai pas répondu à sa question.

— Pas vraiment, non. Un père me manque, oui. Mais Édouard… Il est mort et avec lui la possibilité d'avoir un jour un père digne de ce nom.

Ma mère soupire tristement, elle pose sa tête contre mon épaule avec douceur. Christian, mon beau-père, m'a certes élevé comme son propre fils, mais je n'ai jamais eu la même complicité que celle qu'il a nouée d'emblée avec Aurélie.

— C'est tellement dommage que vous ne vous soyez pas réconciliés avant…

Elle ne termine pas sa phrase, je suppose qu'elle fait partie de ceux qui éludent, qui restent dans le vague parce qu'il est trop difficile de verbaliser la réalité telle qu'elle est.

— Si ça avait eu de l'importance pour lui, il aurait tenté de renouer le contact avec moi. Il se serait battu davantage pour que ça ne finisse pas sur une engueulade stupide. De toute façon, on n'a jamais été sur la même longueur d'onde.

Mon ton se fait amer, malgré moi. Les mots sortent alors que je n'y ai jamais réfléchi avant de les prononcer.

— Ne dis pas ça. Au fond de toi, tu sais que ton père t'aimait. Il ne savait sans doute pas le montrer comme il l'aurait fallu, mais crois-moi, il t'aimait plus que tout.

— Arrête, maman. On ne va pas faire dans le mélo, là. Tu sais aussi bien que moi qu'il se contrefichait de son fils comme du reste, seule sa carrière l'intéressait. C'est bien pour ça qu'il nous a quittés, non ?

— Rien n'est jamais tout noir ni tout blanc, Arthur. La situation était plus compliquée que ça… Ton père a toujours eu du mal à s'attacher aux autres, je crois qu'il avait l'impression qu'ériger un rempart entre lui et le monde était le meilleur moyen de se protéger des sentiments, des échecs, de la déception. Il venait d'une famille de taiseux, comme on dit, où aucune émotion n'était jamais exprimée, hormis la colère et le ressentiment. Il a été éduqué comme ça. Faire le clown, c'était sa façon d'apprivoiser ceux qui tentaient de l'approcher, sa façon de créer un lien tout en gardant sa carapace intacte. Je sais que tu en veux à ton père, pour beaucoup de choses, mais un jour, tu comprendras que c'était un être humain comme les autres. Ni meilleur ni pire.

Sous le saule pleureur où elles se sont installées, les filles pouffent de rire, sans doute occupées à se parler des garçons qui les font craquer au collège. Leurs rires sont cristallins, on pourrait presque les voir voleter dans les airs, légers. Soudain, j'aimerais avoir treize ans moi aussi, n'avoir aucune autre préoccupation dans la tête que les jolies filles et le prochain contrôle de maths.

— « Ni meilleur ni pire »… Tu parles bien du père qui ne s'est même pas inquiété lorsque je me suis cassé le bras, qui ne s'est même pas déplacé pour rendre visite à son môme hospitalisé ?

J'ai du mal à comprendre pourquoi elle prend la défense d'un homme qui l'a abandonnée alors que j'avais à peine six ans. Peut-être parce que dire du mal d'un mort, ça ne se fait pas ?

Ma mère me prend la main, délicatement, comme si elle avait peur que je la retire. Sa voix chantante, à l'accent italien délavé, me bercerait presque.

— Il était en pleine tournée à ce moment-là, je sais que ce n'est pas une excuse, mais il était inenvisageable pour lui de remonter jusqu'au Havre. Malgré tout, il a appelé tous les jours pour prendre de tes nouvelles, il a envoyé tes radios aux meilleurs médecins de Paris pour être sûr que tu étais bien pris en charge et que ton bras se remettrait complètement… Même moi, je lui disais qu'il ne s'agissait que d'un bras cassé, qu'on en verrait d'autres, mais lui n'en a pas démordu, il a été déranger les plus grands chirurgiens orthopédistes pour qu'ils jettent un coup d'œil aux clichés de ton avant-bras… Alors oui, effectivement, il n'était pas à tes côtés, mais ça ne signifie pas que ton sort n'avait aucune importance pour lui, loin de là.

Sur la terrasse, mon beau-père, Christian, s'affaire pour installer le barbecue. Il arbore fièrement le tablier de cuisine qu'Aurélie lui a offert à Noël, celui où il y a écrit en rouge « *Le meilleur papa au monde, c'est moi !* » La famille parfaite.

— Mmm. Et quand je me suis fait racketter au collège, il était tellement proche de moi qu'il ne l'a même jamais su, tu parles d'une relation père-fils idyllique.

Je commence à avoir l'impression de rabâcher tout le temps les mêmes souvenirs, depuis un mois et demi, et ça me gonfle de toujours être sur la défensive, à tenter de démontrer par A plus B aux autres que mon père n'en avait rien à carrer de ma poire. Je ne comprends pas pourquoi c'est si difficile pour eux de l'admettre une bonne fois pour toutes, qu'on puisse passer à autre chose.

— Je crois surtout qu'il y a beaucoup d'éléments que tu ignores, Arthur. C'est peut-être ma faute, d'ailleurs, j'aurais sans doute dû davantage discuter avec toi à l'époque, mais tu avais tellement honte, tu te sentais si humilié par ces vauriens que tu m'avais fait promettre de n'en parler à personne, le jour où je t'ai surpris à me voler de l'argent. J'étais complètement démunie, et j'ai appelé ton père au secours. Voilà, c'est dit. J'ai pris mon téléphone et j'ai tout raconté à Édouard, parce que je ne savais pas du tout quoi faire pour que cette horreur s'arrête. Surtout, j'avais peur d'envenimer les choses en intervenant auprès du proviseur ou de la police, même.

Je lève la tête, surpris. Ma mère se redresse pour être à ma hauteur et poursuit d'un ton grave.

— C'est ton père qui a réglé cette histoire. J'ai cru qu'il allait devenir fou quand je lui ai avoué que des petits durs à cuire te harcelaient et te frappaient, je ne sais pas ce que ça a réveillé en lui, mais à l'autre bout de la ligne, il fulminait de rage. Il m'a dit : « Je m'en charge », et en trois mots il a réussi à me convaincre qu'il allait vraiment le faire. J'ignore comment il s'y est pris, tout ce que je sais, c'est qu'il est venu jusqu'ici pour s'assurer qu'on ne s'en prendrait plus à toi. Il ne m'a jamais raconté qui il était allé voir, mais après ça, plus personne ne t'a jamais embêté. Le proviseur est devenu incroyablement affable avec moi, plus respectueux qu'il ne l'avait jamais été. Pendant des mois, ton père m'a téléphoné tous les soirs pour que je lui confirme que tout allait bien, que plus personne ne levait la main sur toi ou te menaçait. Édouard ne t'a jamais rien dit parce que je t'avais promis de n'en parler à personne et que je n'avais pas tenu parole. Il ne voulait pas que ça devienne un sujet de dispute entre nous, est-ce que tu comprends ça, Arthur ?

Je hoche la tête, dubitatif.

— Tu crois dur comme fer que ton père n'a jamais rien fait pour toi, mais je pense que tu préfères t'accrocher à cette conviction plutôt que d'accepter que, peut-être, il n'a pas été le père si horrible que tu imagines. Je sais que perdre un de ses parents est douloureux, Arthur, mais ça ne te protégera pas d'entretenir cette colère indéfiniment. Ça ne fait que repousser les choses, c'est comme un couvercle sur une casserole. À un moment ou à un autre, ça débordera. Tu sais, les souvenirs qu'on se forge sont toujours partiaux et partiels.

— Mmm…

Ma mère soupire longuement, apparemment agacée par le scepticisme que je ne cherche même pas à masquer.

— Parfois, il faut essayer de se mettre à la place des autres, d'imaginer comment ils ont pu vivre les choses de leur côté… Ton père et moi, on s'est séparés, et quelques mois plus tard, j'ai rencontré Christian, à un moment où je n'envisageais pas du tout de me remettre en couple. Mais tout s'est fait si naturellement avec lui que je n'ai pas hésité longtemps avant de me projeter dans une nouvelle vie de famille. Et crois-le ou non, je suis persuadée que ça n'a pas été évident pour Édouard de comprendre que sans lui, la vie continuait pour nous aussi. Que dans un sens, on l'avait remplacé. Que Christian l'avait remplacé dans le rôle de père. Ce n'est pas parce qu'on a renoncé à quelque chose qu'on ne peut pas souffrir devant le bonheur dont on n'a soi-même pas réussi à se satisfaire, tu sais.

Je fronce les sourcils, un peu largué devant les pensées philosophiques de ma mère. Elle lève les yeux au ciel, exaspérée.

— Je me souviens d'une fois, par exemple, où ton père a téléphoné à la maison pour prendre de tes nouvelles. Il avait l'habitude de t'appeler tous les week-ends, même s'il ne venait pas au Havre. J'ai décroché, on a parlé de la pluie et du beau temps, et puis il a demandé si tu étais là. Je lui ai répondu que tu étais dans le jardin, à jouer au football avec Christian. Que j'allais te chercher. Et je me souviens encore de son intonation peinée lorsqu'il m'a dit : « Je peux rappeler plus tard, si Arthur est occupé. » Évidemment, je t'ai appelé et tu es venu lui parler. Vous avez échangé quelques paroles insignifiantes, sur l'école, les copains, ce genre de choses. Tu étais tellement essoufflé d'avoir couru dans le jardin que tu arrivais à peine à faire des phrases complètes. Et puis, moins de cinq minutes après, tu t'es exclamé que tu devais le laisser, que Christian t'attendait pour jouer au ballon, et j'ai repris le combiné. Ton père n'a pas réagi, il s'est contenté de murmurer doucement qu'il était content que tout aille bien pour toi, et il a raccroché. Mais rien qu'au son de sa voix, j'ai su à quel point il était blessé. Il était heureux de savoir que quelqu'un d'autre que lui s'occupait de toi, et en même temps, je crois que ça le faisait terriblement souffrir. Même s'il était parti de nos vies.

La fumée du barbecue commence à envahir le jardin, Christian s'acharnant à secouer un morceau de carton devant les braises de charbon pour entretenir le feu qui semble avoir du mal à prendre. Les filles rentrent à l'intérieur de la maison, et, lorsqu'elles passent devant mon beau-père, elles se bouchent ostensiblement le nez avec des moues de dégoût. Le meilleur papa au monde n'a qu'à bien se tenir. Je toussote, réfléchissant à bien choisir mes mots.

— Je ne comprends pas pourquoi tu t'évertues à le défendre… Je veux bien reconnaître que je suis peut-être trop manichéen, mais tu ne peux pas nier le fait qu'il nous a tourné le dos, qu'il a préféré sa carrière à sa famille ! C'est facile de se tirer et après de regretter qu'on se remette de son départ ! Ça comptait plus pour lui de devenir une star que de rester à sa petite vie plan-plan avec sa femme et son fils !

— C'est à lui que tu aurais dû poser toutes ces questions, je ne peux pas répondre à sa place… À l'époque, je ne supportais plus ses absences, son stress permanent et contagieux lorsqu'il était à la maison, mais avec le recul, je ne suis pas certaine qu'il ait préféré sa passion à nous. Il était harcelé de tous les côtés par ses producteurs, son manager, qui en demandaient toujours plus, qui ne lui laissaient pas une minute de répit, et je crois que, quelque part, il a perdu pied à force de ne jamais vouloir décevoir personne, de toujours chercher à être le meilleur. Tu sais, je suis persuadée que la plupart des artistes ont un besoin de reconnaissance et d'affection supérieur aux autres, ils ont en eux cette soif viscérale d'être appréciés, d'être *aimés*. Je ne vais pas me lancer dans un discours psychanalysant, mais ton père était mû par ce besoin, il l'a toujours été, tout en lui hurlait : « Aimez-moi ! » Et je pense que ça a plus été une source de souffrance que de bonheur, tu sais.

Avec sa pince à barbecue toute neuve, Christian dispose méticuleusement un assortiment de merguez et de chipolatas sur la grille chaude. Il se retourne vers nous, l'air triomphant, le pouce levé en signe de victoire. Je suppose qu'on va bientôt pouvoir passer à table. Au loin, derrière lui, je remarque les nuages noirs qui s'amoncellent, de plus en plus menaçants. La météo avait pourtant prévu une journée ensoleillée, mais il faut croire qu'on ne peut plus se fier à grand-chose.

— Tu penses que s'il était resté avec nous, tout aurait pu être différent ?

Ma mère se lève de la balancelle, sans doute pour aller mettre la table avant que la viande soit cuite. Elle lève les yeux vers le ciel sombre, semble y chercher une réponse convaincante.

— Sans doute. Mais ton père n'aurait jamais pu se satisfaire d'une carrière d'agent immobilier, d'un boulot qui ne lui insufflait aucune énergie, aucune envie. Dans un sens, il peut paraître étrange de dire ça aujourd'hui, mais je pense que ça n'avait rien à voir avec nous. S'il avait renoncé à sa passion pour être à nos côtés, il aurait dépéri, il aurait crevé à petit feu dans une vie trop étriquée pour lui.

Lorsqu'elle reporte son regard sur moi, je ne peux m'empêcher de remarquer qu'il est embué. Des gouttes de pluie fine commencent à tomber sur Le Havre, et Christian se met à pester.

— Et peut-être que rien n'aurait été différent, au bout du compte, ajoute ma mère. Que ça aurait fini exactement de la même façon.

Je laisse le silence s'installer, le grincement discret de la balancelle venir ponctuer ces dernières paroles. Je cherche quelque chose de plus léger à dire, pour éviter que l'atmosphère soit complètement plombée.

— Au fait, j'ai rencontré Rita, la concierge de votre immeuble. Elle m'a raconté qu'Édouard te laissait des mots dans la boîte aux lettres, au tout début.

Ma mère sourit rêveusement, acquiesce en murmurant : « Oui, c'est vrai… » Mû par la curiosité, je l'interroge :

— Il t'écrivait quoi ?

— Oh, rien de très romantique… ! Chaque jour, il déposait une photo d'un bel acteur, et au verso, il écrivait la même phrase : « Déjà pris… » J'ai eu droit à Tom Cruise, Alain Delon, Richard Gere… James Dean, aussi, et sur celle-là, il avait écrit « Déjà mort »… Et sur la dernière, une photo de Kevin Bacon, il avait inscrit « Bref, ils sont tous déjà pris, donc ça vaut le coup de m'accorder une chance, non ? »

Je secoue la tête, affligé.

— Arrête, ne me dis pas que ça a suffi à te faire succomber ?

— Ça m'a fait rire, Arthur. Ton père m'a toujours fait rire, ça te semble si étonnant ?

Avant qu'elle tourne les talons pour aller aider mon beau-père, je l'attrape doucement par le poignet. Instinctivement, je me mords la lèvre, je cherche comment formuler du mieux possible la pensée qui m'occupe l'esprit en dépit de mes efforts pour la chasser régulièrement. Ma mère m'observe avec curiosité, attend que j'ouvre la bouche d'un air interrogateur. Alors je me lance, sans trop savoir à l'avance les mots qui vont oser sortir de ma bouche.

— Je voulais te demander… Tu vas trouver ça étrange, mais… Tu l'as vu, toi, le corps d'Édouard ?

Elle tressaille et je regrette aussitôt cette question bancale.

— Non. Hervé m'a dit que ton père n'était pas beau à voir, que son visage était presque méconnaissable, avec le choc… Et je n'ai pas eu envie de me confronter à une vision que je risquais d'avoir du mal à oublier ensuite. Je voulais garder en moi le souvenir du visage que je connaissais. Ne pas le salir, le polluer. Ton oncle Jonathan a eu la même réaction, d'ailleurs… Tu comprends ?

Sans rien dire, je hoche la tête lentement. Moi qui n'ai même pas voulu entendre parler de l'idée de voir une dernière fois mon père dans son cercueil – puisque j'étais persuadé qu'il n'y aurait rien à voir –, je ne risque pas de lui reprocher quoi que ce soit. J'aimerais lui demander si à elle aussi, il lui arrive d'envisager la possibilité qu'Édouard ne soit pas *vraiment* mort, mais j'ai trop peur de sa réaction pour me confier. À tous les coups, elle me regarderait avec une compassion écœurante, convaincue que je suis en plein déni. Ou en plein délire.

souffrIr

Juin 2017

Lorsqu'en fin d'année dernière, j'ai entrepris de chercher un stage dans un cabinet d'avocats à Paris, l'idée de demander à mon père de m'héberger ne m'a évidemment même pas effleuré l'esprit ; j'avais été plus qu'échaudé la dernière fois où j'avais tenté de lui demander un service. Sans compter que trois mois de cohabitation avec lui m'auraient paru insurmontables, et j'étais certain que même s'il avait accepté de m'accueillir, ni lui ni moi n'avions à nous infliger ça. Le Clic-Clac défoncé d'un ancien pote de lycée qui s'était installé à Montrouge serait bien plus agréable.

Et puis Édouard a sauté par la fenêtre, et la clé de son appartement s'est retrouvée dans mon trousseau sans que personne ne vienne me demander quoi que ce soit. Il n'y a eu aucune bande *Police : scène de crime* pour barrer l'entrée de son loft, aucun notaire pour me demander de rendre les clés dans l'attente de la succession.

Alors quand le mois de juin est arrivé, ça m'a finalement semblé tout naturel de m'installer chez lui, à présent qu'il n'y était plus. Je n'y étais pas retourné depuis les quelques jours passés au moment de son enterrement et je dois avouer qu'il m'a été plus difficile de prendre possession des lieux sans Manel à mes côtés pour dédramatiser la situation.

Dès que j'ai passé le pas de la porte, j'ai eu l'impression d'être un rôdeur. Au moindre bruit, j'ai sursauté, prêt à être cueilli par des flics pour effraction.

Et puis j'ai déposé mes bagages dans ma chambre, devant le sourire de Woody et les sourcils haussés de Buzz l'Éclair. Je me suis servi un whisky dans le verre qu'avait abandonné mon père sur sa table basse, j'ai trinqué à lui. À haute voix, j'ai lancé : « Santé, Édouard ! » et les deux mots ont résonné dans le silence cotonneux du loft.

Le vieux pull marin que m'a confié maman est troué aux coudes, il manque même un bouton bleu marine sur le haut de l'épaule. Elle a pleuré lorsqu'elle me l'a tendu : « Ton père m'a encore piégée… Quand il m'a remis ce paquet en me disant que tu viendrais le réclamer, j'ai cru qu'il te préparait un jeu pour ton anniversaire, comme autrefois. Ça m'a même fait plaisir pour toi ! Si j'avais su… »

C'était le pull qu'elle lui avait offert pour passer sa toute première audition au Point-Virgule, celui qui lui avait porté chance, enfin, façon de parler, finalement. Ce vêtement, c'est tout un pan de son identité pour ses fans, qui l'ont toujours vu habillé d'une marinière sur scène. Si ça se trouve, je pourrais le vendre aux enchères et en tirer un sacré prix. Si j'avais l'intention de m'en séparer, je veux dire. Après tout, il paraît qu'un chauffeur de taxi est parvenu à vendre cinq mille euros un autographe d'Édouard datant du 1er avril…

Assis sur mon lit d'enfant, je prends enfin le temps d'inspecter le vêtement en laine lourde, à la recherche d'un indice. Il n'y a rien d'inscrit sur l'étiquette. Je porte le pull à mon nez et respire profondément, les yeux fermés, comme si ce geste allait raviver toutes sortes de souvenirs.

Il ne se produit absolument rien. La seule chose que je sens, c'est une odeur rance de naphtaline.

Dans le dressing de mon père, deux piles de pulls marins impeccablement disposés me font face. Docilement, je plie l'exemplaire original de la même manière que ses six autres frères, puis le dépose en haut d'une des deux tours vacillantes.

En sortant de la chambre, je me ravise, comme pris d'un regret. À pas lents, je retourne à la penderie. Décroche chaque chemise de son cintre. Les hume une par une, à la recherche d'un parfum, d'un arrière-goût de connu. Elles ne sentent que le pressing et la lessive douceâtre, et je les jette sur le lit king size de mon père. Fébrile, je m'attaque à la pile de T-shirts, il doit bien y avoir un vêtement dans tout ce dressing qui n'ait pas été lavé, séché, repassé ? Je balance tout au travers de la pièce sans plus faire attention. Furieux, je vide les étagères : alors il n'a laissé qu'un univers aseptisé, il a passé tous les souvenirs qui auraient pu subsister à la machine à laver avant de se tirer définitivement ?

Je termine par les piles de pulls Saint James qui me narguent, mon nez ne sent plus grand-chose à présent, anesthésié par les odeurs de chimiquement propre. Comment est-il possible qu'aucun vêtement ne sente plus quoi que ce soit de personnel, d'*humain ?* C'est comme s'il n'avait jamais porté aucun de ces pulls, aucune de ces chemises, comme si la personne qui avait habité ici durant des années avait soigneusement effacé toute trace, toute preuve de vie.

Je jette le dernier chandail à l'autre bout de la chambre, il s'écrase sans bruit contre la fenêtre avant de glisser jusqu'au sol. Sur l'étagère où il ne reste désormais plus aucun pull, un papier a été scotché de façon à ce qu'il ne bouge pas d'un pouce. Je monte sur un tabouret pour déchiffrer l'écriture d'Édouard.

Encore une fois, des coordonnées. Juste un mail, écrit en lettres majuscules de façon à ce qu'il ne puisse pas y avoir d'erreur en le recopiant. *LAURENCE. PEREZ@GMAIL.COM*

Je me laisse tomber contre la paroi du dressing, contemple le désordre dans la chambre, et soudain, j'ai envie d'éclater de rire en pensant à mon père qui a minutieusement orchestré toute cette chasse au trésor avant d'aller tranquillement sauter par la fenêtre. C'est tellement grotesque.

J'ai envie d'éclater de rire, mais j'éclate en sanglots. Personne ne peut me voir la morve au nez et c'est tant mieux, parce que je n'ai aucune idée de pourquoi je chiale, assis au milieu de tous ces vêtements qu'il va me falloir replier et ranger. Je n'ai aucune idée d'où me vient ce vide immense au milieu de la poitrine, comme une bulle de savon qui grandirait à l'intérieur de moi, prête à exploser. Ma mère et Manel s'exclameraient sans doute que ce n'est pas trop tôt, qu'enfin je réalise que mon père est mort et qu'il ne reviendra plus jamais, et peut-être qu'elles auraient raison.

Peut-être qu'il n'y a pas besoin qu'une personne nous manque pour que sa mort soit douloureuse. Peut-être qu'on peut étouffer, s'asphyxier de tout ce qu'on n'a pas eu le temps de dire, de tous les reproches qu'on n'a pas osé balancer, de tous les non-dits qui se sont accumulés sans qu'on ait jamais eu le courage de crever l'abcès. Peut-être qu'on peut suffoquer à cause de toutes ces paroles qu'on a vainement attendues depuis l'enfance et qui ne viendront plus jamais, à présent.

Il est trop tard pour que mon père soit un jour fier de moi, trop tard pour que je lise dans ses yeux que je suis à la hauteur, trop tard pour qu'il me serre dans ses bras comme un père est censé le faire avec son fils. Trop tard pour qu'il m'explique, pour qu'il se justifie, pour qu'il s'excuse. Trop tard pour qu'il cesse de s'éloigner de moi et moi de lui.

Il est trop tard pour tout, et je suis condamné à errer au gré des souvenirs que d'autres que moi ont de lui, condamné à naviguer entre les fragments de mémoire de ceux qui l'ont mieux connu que moi, ou autrement.

Il est trop tard pour tout et c'est maintenant que je m'en rends compte. Je peux bien essayer de me raccrocher à un espoir fou, je peux bien continuer à me bercer d'une illusion grotesque, au fond de moi, je sais pertinemment que les chances qu'il revienne ou que j'apprenne qu'il a refait sa vie loin d'ici sont infimes. Pas nulles, certes, mais désespérément infimes.

*
* *

Ma première journée de stage au cabinet Duval & Fichet est mémorable, puisque lorsque j'arrive, la réceptionniste m'apprend que mon maître de stage est en arrêt cette semaine. Personne n'a pensé à me prévenir et apparemment, personne n'a non plus eu l'idée de réfléchir à ce qu'il allait advenir du gentil stagiaire tant attendu. Je me retrouve donc dans le bureau que se partagent deux juristes, et le regard qu'ils échangent en me voyant débarquer en dit long sur leur envie de me connaître. On me donne quelques dossiers à relire, histoire de m'occuper, et j'évite de claironner au bout de deux heures que j'ai terminé : j'ai bien compris qu'il valait mieux que je ne la ramène pas trop. Je finis donc par aller me chercher un café, et lorsque je reviens, les deux juristes, deux types à la barbe impeccablement taillée qui ne doivent avoir que quelques années de plus que moi, sont en pleine conversation.

— Tu te rends compte, en même pas trois mois, ce type a eu le temps d'écrire une biographie et de la publier ! ça me semble fou, non ? s'exclame celui qui se prénomme Damien.

— Moi, ça ne m'étonne même pas. Tous les moyens sont bons pour faire du fric, va…, commente le second d'un ton blasé.

Je décide de m'intégrer à la conversation ; après tout je vais partager ce bureau avec ces deux types en costard-cravate pendant trois mois, alors autant essayer de sympathiser.

— Vous parlez de quoi ? demandé-je avec le visage le plus enjoué possible.

Les deux juristes me jettent un regard méfiant, et je suppose qu'ils ont tellement l'habitude de voir défiler des stagiaires à longueur d'année dans leur bureau qu'ils n'ont pas vraiment envie de créer du lien avec quelqu'un qui ne sera que de passage. Malgré tout, Damien prend la peine de me répondre.

— Un type vient de sortir un bouquin sur Édouard Bresson, t'en as pas entendu parler ?

Je hoche la tête, regrettant soudain d'avoir voulu me mêler à cette conversation. À croire que, où que j'aille, tout ne tourne qu'autour de mon père…

Laurent, le second juriste, me dévisage avec attention.

— Mais d'ailleurs, tu t'appelles Bresson, non ? Vous êtes de la même famille ?

Je n'ai pas pu inscrire le nom de ma mère sur ma convention de stage, forcément, puisque le changement n'a rien d'officiel. Je me compose un air surpris, avant de répliquer d'un ton blasé :

— Non, ou alors je ne suis pas au courant ! En même temps, ce n'est pas comme si Bresson était un nom rare, hein…

Damien et Laurent reprennent leur conversation sans plus me prêter attention, s'interrogent sur la possibilité que cette biographie ait été entièrement écrite avant même le suicide de mon père. De mon côté, je m'empresse de sortir mes écouteurs pour les brancher à mon ordinateur et mettre de la musique suffisamment fort pour me couper d'eux.

Le week-end arrive, et Manel a accepté de me rejoindre à Paris. Je crois qu'elle a senti que je n'étais pas au mieux de ma forme ces derniers temps, que sans doute je ruminais un peu trop et que le fait d'être seul dans l'appartement d'Édouard ne m'aidait pas à prendre du recul.

Elle a débarqué avec son énorme sac de voyage rose fluo, comme si elle venait en vacances pour trois semaines, et rien que de la voir à la porte d'entrée m'a retiré un énorme poids de la poitrine. Le visage mystérieux, elle s'est immédiatement installée devant l'ordinateur du salon, et j'ai senti à quel point elle était impatiente de me montrer quelque chose.

— Regarde ! Tu as déjà entendu parler du parcours des héros ?

— Le « parcours des héros » ? C'est un dessin animé ?

Elle secoue la tête sans perdre de son enthousiasme.

— Non, c'est un parcours du combattant. Un vrai, où il faut franchir des palissades immenses, ramper dans la boue, plonger dans des tonneaux glacés, escalader des arbres…

J'appréhende la suite autant que je l'anticipe.

— Il y en a un d'organisé à Paris en novembre prochain, tu te rends compte ?

Je me rends parfaitement compte, malheureusement.

— Et si on s'inscrivait ? conclut-elle, déjà surexcitée.

Je me frotte le menton, tout en réfléchissant aux mots que je vais employer.

— Heu… Comment dire ? Pourquoi ferait-on une chose pareille, au juste ?

Elle me regarde comme si j'étais un abruti fini.

— Parce que c'est génial, enfin ! C'est l'occasion de se dépasser, de vivre quelque chose d'un peu exceptionnel, d'aller au bout de ses capacités physiques ! Et puis, je suis certaine que ça te fera du bien de préparer cette course d'obstacles, tu verras.

Parce qu'en plus, il faut se « préparer ». Manel pianote à nouveau frénétiquement sur le clavier, entre déjà nos coordonnées pour nous inscrire. Son enthousiasme, comme à chaque fois, finit par être contagieux, et je regarde avec elle les vidéos des précédentes éditions.

— Tu as pris tes baskets ?

Elle hoche la tête.

— Alors je t'emmène faire un peu de musculation, tu vas en avoir besoin parce que ne compte pas sur moi pour te pousser les fesses lorsque tu seras coincée devant une de ces palissades…

Elle me donne une petite claque sur l'arrière de la tête et je m'enfuis chercher mes affaires de sport, le cœur soudain léger à l'idée de m'aérer l'esprit avec elle et de penser à autre chose qu'à mon père.

entRevoir

Juillet 2017

Si l'on excepte le jour de mon arrivée au cabinet, mon stage a finalement démarré sur les chapeaux de roues, à peine s'ils me laissent le temps de déjeuner entre deux dossiers, deux audiences, ou deux rendez-vous au tribunal. Ça me change de l'année dernière, au service juridique du conseil général de Seine-Maritime, où tout ce que l'on attendait de moi, c'était de faire du café potable et des photocopies recto verso pour préserver les forêts primaires.

Le résultat, c'est que juin a filé en un clin d'œil ; je n'ai même pas eu le temps de réaliser que l'été était arrivé, encore moins d'en profiter. Après avoir échangé quelques mails avec la fameuse Laurence Pérez, qui habite à Toulouse, la porte à côté, j'ai réussi à bloquer le premier week-end de juillet pour descendre lui rendre visite. Lorsque j'ai prévenu Manel au téléphone, elle n'a rien dit, mais j'ai senti à la froideur de sa voix qu'elle m'en voulait de « gâcher » un des rares week-ends où l'on peut être ensemble pour aller rencontrer une inconnue à l'autre bout de la France. Avant de raccrocher, je lui ai demandé si elle croyait vraiment que ça m'amusait de me taper douze heures de train dans le week-end pour aller récupérer un nouveau paquet-cadeau d'Édouard, alors qu'une montagne de dossiers de contentieux n'attendaient que moi à Paris. Elle s'est excusée à demi-mot, m'a affirmé que bien sûr elle comprenait, et je m'en suis voulu de ne pas être tout à fait sincère avec elle, de ne pas m'être contenté d'énoncer la simple vérité. D'avouer que j'avais envie et besoin d'aller au bout de cette chasse au trésor, que c'était le seul lien ténu qui me reliait encore à Édouard. Et que je ne pouvais pas m'empêcher d'espérer un final grandiose… Je me serais senti stupide de lui avouer tout ça après avoir passé trois mois à cracher sur mon père et à faire le dur. Sans compter qu'à tous les coups, elle se serait imaginé que tout mon ressentiment vis-à-vis de lui avait disparu, alors que c'est malgré tout bien loin d'être le cas. Est-ce qu'on peut en vouloir à quelqu'un tout en cherchant à se rapprocher de lui ? Il faut croire que oui.

Lorsque j'arrive à Toulouse, je suis ravi que Laurence Pérez n'habite qu'à quelques rues de la gare. C'est une femme d'une cinquantaine d'années, dont la peau commence à sérieusement accuser le poids du temps, qui m'ouvre sa porte. Ses cheveux poivre et sel sont coupés court, impeccablement coiffés et gonflés, ce qui a probablement nécessité un savant brushing devant le miroir de sa salle de bains.

Elle m'accueille avec un grand sourire chaleureux, le genre qu'on adresse à un proche qu'on n'a pas vu depuis longtemps et qu'on attendait avec impatience.

— Arthur ! J'ai tellement entendu parler de toi que j'ai l'impression de te connaître... Entre, je t'en prie, fais comme chez toi !

Elle s'efface pour me laisser passer et quand je suis à sa hauteur, elle ne peut s'empêcher de me prendre dans ses bras, malgré mon mouvement instinctif de recul. Ses mains posées sur chaque côté de mon visage, elle gratifie mes deux joues d'un baiser sonore. À mon air choqué, elle comprend qu'elle s'est un peu emballée et se confond immédiatement en excuses.

— Je suis désolée, je m'emporte, c'est l'émotion...

Autour d'un plateau de sushis qu'elle a eu la gentillesse de commander, Laurence me raconte comment elle a rencontré mon père, lors de son premier spectacle au Point-Virgule, comment elle a adoré son humour, comment, ensuite, elle a suivi sa carrière avec admiration. À grand renfort de gestes, elle m'explique le contact qu'ils ont noué, elle a été la première surprise de constater à quel point mon père demeurait accessible au fil des années, malgré la célébrité exponentielle. « Accessible » est pourtant le dernier adjectif qui me serait spontanément venu à l'esprit pour qualifier mon père.

— Je restais à la fin de chacun de ses spectacles pour le rencontrer, pour échanger quelques mots avec lui... C'était comme un vieil ami alors qu'en réalité je ne savais pas grand-chose de sa vie privée. Je lui parlais de ses sketches, de ce qui me touchait dans ses paroles, oh je lui racontais aussi un peu ma vie, parce que je suis comme ça, moi, on me dit tout le temps que je suis très expansive !

Je suis perplexe.

— Mais alors… Les seuls contacts que vous avez eus avec lui, c'était quelques minutes par-ci par-là ?

Laurence secoue la tête, un sourire nostalgique aux lèvres.

— Non, on s'est liés d'amitié petit à petit. En fait, je crois que le moment précis où je suis passée du statut de simple fan à celui d'amie, c'était en 1999, à Noël. J'avais vu son dernier spectacle à Montpellier quelques mois auparavant, et je lui avais raconté, sans trop réfléchir, que mon mari m'avait quittée. Qu'il était parti, comme ça, un beau matin, qu'il avait fait ses valises, m'avait embrassée sur le front en murmurant que ça n'avait rien à voir avec moi, et qu'il m'avait laissée avec nos jumelles. J'avais cru qu'il allait revenir, bien sûr, qu'il agissait sur un coup de tête, mais qu'il se rendrait très vite compte de son erreur. Mais non. Il n'est jamais revenu, ce lâche. Il a disparu de la circulation, et mes gamines n'ont plus le moindre souvenir de lui, il n'a rien laissé derrière lui à part quelques chemises sentant la sueur aux aisselles. Bref, j'ai raconté ça à Édouard ce soir-là, je ne sais pas pourquoi, c'est assez difficile à expliquer, mais à le voir sur scène, on avait ensuite l'impression de le connaître, d'être proche de lui, de pouvoir se confier à lui. Étrange, non ?

Je hoche la tête pour qu'elle poursuive son récit. Elle n'est pas la première à parler du charisme de mon père.

— Après ça, on a commencé à échanger quelques mails pour se donner des nouvelles, enfin, pour être honnête, c'est surtout moi qui m'épanchais sur ma vie et lui qui me répondait de m'accrocher, de tenir le coup pour mes petites filles qui avaient besoin de leur mère… J'ai un peu honte de le dire aujourd'hui, mais à cette époque, j'étais très seule, complètement déboussolée, et j'avais le sentiment que jamais je ne parviendrais à remonter la pente après que mon mari m'eut jetée comme un vulgaire mouchoir en papier usagé…

Mon plateau de sushis est quasiment terminé, le voyage m'ayant mis l'estomac dans les talons. Laurence, quant à elle, est bien trop bavarde pour avoir touché un seul de ses makis au saumon.

— Bref, à Noël 1999, le premier réveillon sans mon mari, je m'apprêtais à passer la soirée avec Perrine et Rose, devant un dessin animé et pourvue d'une bouteille de champagne pour moi toute seule. J'avais le cœur gros, mais je faisais semblant d'être pleine d'entrain pour les filles qui n'avaient qu'une hâte, que le Père Noël vienne leur apporter les cadeaux qu'elles avaient commandés. C'est là que ton père a débarqué. Il a sonné, les jumelles ont hurlé : « C'est le Père Noël, c'est le Père Noël ! » en s'empressant d'aller ouvrir. Et en quelque sorte, c'était bien le Père Noël. Il était sur le pas de la porte, les bras ballants, l'air un peu désemparé et il m'a dit : « Je sais que c'est votre premier Noël toute seule avec vos filles, et il se trouve que c'est mon premier Noël sans mon fils, alors je me suis dit que j'allais venir vous tenir compagnie… »

Laurence sourit, perdue dans ses pensées.

— Ce qui est amusant, c'est qu'à aucun moment il n'a eu l'air de réaliser qu'il était autant venu pour lui que pour moi. Parce qu'il ne fallait pas être devin pour voir qu'il en avait gros sur la patate, de ne pas être à tes côtés pour Noël.

Je me souviens très bien de ce réveillon avec maman et mes grands-parents. La place vide à table, qui aurait dû être occupée par Édouard. À l'époque, j'avais imaginé qu'il était convié à une grande fête, avec plein d'invités célèbres, bien plus intéressants que nous. Il avait laissé un cadeau pour moi au pied du sapin, et j'avais refusé de l'ouvrir quand maman m'avait expliqué qui me l'avait offert. Le paquet avait trôné sur le bureau de ma chambre plusieurs mois sans que j'aie même la curiosité de le déballer. J'avais fini par le jeter au vide-ordures, et personne n'y avait jamais plus fait allusion.

Au fil de la conversation, je comprends que cette femme a tenu une place importante dans la vie de mon père, même s'ils ne se voyaient qu'une ou deux fois par an, même si c'était quasiment toujours à la fin d'un de ses spectacles. Je n'aurais jamais imaginé qu'en étant aussi célèbre, Édouard ait pu nouer et conserver des contacts privilégiés avec de simples spectateurs. Mais Laurence, encore une fois, me détrompe.

— Tu sais, j'ai rencontré ton père au tout début de sa carrière, au moment où personne ne s'intéressait encore véritablement à lui. À l'époque, ça se sentait que l'envie de percer le taraudait, qu'il avait de l'ambition et voulait devenir quelqu'un dans le milieu. Quand il a commencé à être un peu célèbre, que des producteurs et des journalistes se sont intéressés à lui, il était grisé, bien sûr. Il souhaitait ça plus que tout, être connu, être reconnu pour son talent, que d'autres que lui croient en son potentiel. Quand les spectateurs lui demandaient un autographe, il adorait ça, évidemment. Et puis les files sont devenues de plus en plus longues, les gens de plus en plus exigeants, parfois même agressifs sans s'en rendre compte, et je suis certaine qu'à un moment, ç'a été trop pour ton père. Ç'a dérapé, parce qu'il avait l'impression de ne plus rien contrôler. Les gens le prenaient en photo, faisaient des selfies avec lui sans même demander son accord, ils interrompaient une conversation qu'il pouvait avoir avec quelqu'un pour l'apostropher… Je sais qu'il trouvait ça intrusif, angoissant, oppressant, et je pense qu'à sa place, n'importe qui aurait eu du mal à supporter cette pression constante. Pour rien au monde je n'aurais échangé sa vie contre la mienne et mon anonymat…

Étrangement, je me rends compte que je n'ai jamais imaginé que la notoriété d'Édouard ait pu le perturber autant qu'elle avait pu me nuire à moi, durant toute mon enfance et mon adolescence. Yoann m'a déjà fait comprendre, lors de notre rencontre, que la célébrité de mon père l'avait parfois conduit à devoir renoncer à certaines choses, comme être clown à l'hôpital, mais là, les paroles de Laurence me font prendre conscience que son quotidien n'était sans doute pas si rose que ça. J'ai toujours pensé au champagne qui devait couler à flots, au fric qui permettait de tout acheter sans jamais compter, à l'ego boosté puissance mille à chaque affiche à son effigie, à chaque passage à la télé. Jamais au revers de la médaille.

— Tu sais, ton père a tout fait pour te préserver de cette surmédiatisation. Ça l'aurait rendu malade que des paparazzi commencent à fouiller dans sa vie privée, qu'ils aillent ennuyer ta mère ou t'attendre à la sortie de l'école avec leurs téléobjectifs. Je peux t'assurer que c'était une de ses plus grandes peurs. Il m'avait même confié que son divorce avait au moins eu ça de bon, d'éloigner les journalistes de toi. Il tenait à ce que tu aies la vie la plus normale possible, que tu restes loin de ce tourbillon médiatique…

Laurence soupire, joue avec ses baguettes en bois d'un air soudain triste.

— J'ai tellement de mal à croire qu'il ait pu décider d'en finir comme ça. Enfin, ce n'est pas que ça me semble absurde, loin de là. J'ai toujours su qu'il avait en quelque sorte le sentiment d'être un imposteur, à sa façon de refuser les compliments, de toujours minimiser son talent, de toujours agir comme s'il n'était pas tout à fait digne de son succès. J'ai souvent observé son attitude avec ses fans ; quand ils chantaient ses louanges et lui confiaient à quel point ils l'adoraient, Édouard donnait toujours l'impression qu'il était sur le point de se retourner pour s'assurer que c'était bien à lui qu'on s'adressait, comme s'il craignait d'avoir usurpé sa place. Pour l'avoir un peu côtoyé, je savais que sa vie de paillettes n'était que la partie émergée de l'iceberg, qu'il cachait des failles. Mais de là à imaginer qu'il se sentait si désespéré…

Elle rit sans lever le regard vers moi.

— C'est sans doute stupide, mais je me prends parfois à espérer qu'il a juste fait sa valise, comme mon mari. Qu'il est parti bien loin, au soleil, ou au pôle Nord. Et qu'il est plus heureux à présent. C'est possible, non ?

Laurence plonge ses yeux couleur sirop d'érable dans les miens, et, contre toute attente, j'y décèle une lueur d'espoir sincère. Elle me fait brusquement penser à ces fans qui attendent encore, plus ou moins secrètement, qu'Elvis revienne en se déhanchant dans son patte d'eph, qui sont prêts à échafauder toutes sortes de théories fumeuses pour ne pas croire à la mort de leur idole. J'ignore si Laurence est pathétique ou simplement touchante, mais aujourd'hui, je n'ai pas la force de réconforter quelqu'un d'autre que moi. Je n'ai pas non plus la force de la détromper définitivement, de lui affirmer avec conviction qu'il n'y a absolument aucune chance qu'Édouard soit encore en vie. J'ai déjà trop à faire avec mes propres démons, mes propres doutes.

— Tu te rappelles tous les canulars qu'il a montés, au fil des années ? La fois où il a fait croire à son public que deux policiers venaient pour l'arrêter à la fin de son spectacle ? J'étais dans la salle, ce soir-là, et tout le monde a marché, j'avais la gorge nouée rien que de le voir menotté ! Et toutes les fois où il s'est amusé à prendre la place de sa statue, au musée Grévin, pour le plaisir de faire peur aux gens qui venaient l'examiner sous toutes les coutures ? À force, les visiteurs étaient incapables de dire s'il s'agissait du vrai Édouard ou de sa réplique de cire, tous espéraient être bernés… Ton père a toujours adoré mener son public en bateau, c'est pas vrai ?

Laurence me regarde à nouveau avec insistance, suspendue à mes lèvres comme si j'allais lui faire une révélation incroyable. Comme s'il était évident pour elle que si Édouard avait dû avoir un complice, ça aurait forcément été moi, son fils. J'aimerais tellement ne pas la décevoir, ne pas voir ses épaules s'affaisser en lui avouant que je n'en sais pas plus qu'elle.

Alors je me force à sourire et j'acquiesce.

— Si, c'est vrai. Piéger les autres, ça a toujours été son truc…

Ma réponse élusive semble la satisfaire, la rasséréner, presque, et à cet instant précis, je donnerais n'importe quoi pour que quelqu'un soit en mesure de faire disparaître mon chagrin.

Je reprends le train pour Paris en milieu d'après-midi, encore chamboulé par les anecdotes qu'a accepté de me confier l'amie de mon père. Dans la gare, sur les panneaux de publicités et sur les Relay, un peu partout, ont fleuri des affiches pour la sortie du DVD du spectacle d'Édouard enregistré au Stade de France il y a trois mois. *L'ultime show du plus grand humoriste de la décennie*, annoncent avec humilité les immenses posters placardés tous les dix mètres. Devant la boutique du Relay, une silhouette en carton représentant un Édouard les sourcils haussés – je remarque à cet instant-là à quel point sa moue si connue est en tous points semblable à celle du Buzz l'Éclair plaqué au-dessus de mon lit – semble me regarder droit dans les yeux.

Et j'en viens à me demander comment je vais réussir à oublier mon père s'il passe son temps à surgir dans mon quotidien. Je m'approche de lui, je me fais la réflexion qu'il doit s'agir d'une silhouette à taille réelle puisqu'il est à peine plus grand que moi. Je fixe le regard en papier brillant, les yeux couleur menthe glaciale qui me dévisagent d'un air narquois comme un Robert De Niro qui demanderait d'un ton mauvais « *Are you talking to me ?* » devant sa glace.

Une voix monocorde annonce que mon train partira de la voie 3, et, comme à regret, je détourne le regard d'Édouard pour me diriger à pas lourds vers le quai du TGV.

Une fois que le train démarre, je profite de ne pas avoir de voisin à côté de moi pour prendre dans mon sac à dos l'enveloppe que m'a remise Laurence avant mon départ. Je l'ouvre délicatement et en sors un petit carnet Moleskine noir à la couverture usée, sans doute à force d'avoir été trimballé çà et là. Sur la page de garde, mon père a inscrit son prénom et son nom en les encadrant. Il y a toutes sortes de petits dessins abstraits autour de ce cadre, des sortes d'arabesques fleuries qui s'étalent sur la page blanche. Je feuillette au hasard le carnet, comprends très vite que mon père s'en servait pour y noter des idées de sketches, des phrases qui lui plaisaient parce qu'elles sonnaient bien. Presque sur chaque page, des gribouillis parsèment les pattes de mouche à l'encre noire, signe qu'Édouard réfléchissait en laissant son stylo divaguer, penché sur ce carnet à la recherche de l'inspiration.

J'essaye de déchiffrer l'écriture de mon père, y retrouve des pans entiers de sketches qui l'ont rendu célèbre. Plusieurs pages consacrées au personnage de Zita la maniaque ; il a même tenté, avec plus ou moins de succès, de la dessiner telle qu'il l'imaginait. On reconnaît son air grave, angoissé à l'idée qu'un grain de poussière ait pu lui échapper. Un poing sur la hanche, son balai dans l'autre main comme s'il s'agissait d'un sceptre précieux.

D'autres pages présentent Alphonse, le personnage d'agent immobilier détestable qui lui a sans doute été inspiré par son ancien patron, par ses années à vendre des maisons à des clients parfois trop naïfs. Lui aussi est crayonné, je reconnais son dos légèrement voûté, les mains qu'il se frotte avidement en permanence pendant qu'il vante les mérites d'un taudis à ses clients imaginaires.

Tout tient en un carnet, peut-être qu'il s'agit d'un recueil de tout ce qu'Édouard a adopté, car j'ai du mal à croire que plus de vingt ans de scène puissent être contenus en un seul volume, si épais soit-il.

Au milieu du cahier, une page a pour titre « Bêtises d'Arthur », et, sous mes yeux, tout un florilège des âneries que j'ai pu prononcer ou des idioties que j'ai pu faire enfant défile peu à peu. Pour la plupart, je n'en ai même aucun souvenir, et le style lapidaire de la prise de notes effrénée de mon père n'aide pas toujours à me remémorer l'anecdote dont il parle. La fois où je me serais étalé du Bepanthen sur tout le visage tout en prétendant, les joues luisantes, que je n'avais rien fait. La fois où un autre enfant m'avait mordu à la crèche, où mes parents s'étaient indignés : « Comment ça, mon fils, mordu, mais quel gamin peut faire preuve d'une telle sauvagerie, c'est honteux ! » La semaine suivante, apparemment, c'est moi qui avais goûté goulûment le bras d'une fillette, et le discours de mes parents avait changé du tout au tout : « Oui, d'accord, Arthur a mordu. Soit. Mais tout le monde sait qu'il s'agit d'une étape essentielle dans le développement affectif et psychomoteur d'un enfant, voyons... » Je reconnais ces phrases, très exactement, je les entends prononcées par mon père sur scène, dans un de ses spectacles, certainement celui intitulé *Un gosse ? Non merci, sans façon !* Brusquement, je prends conscience que la plupart des sketches de cette tournée sont directement inspirés de moi. Je ne sais pas si je dois en être ému ou affligé, je ne sais plus grand-chose en ce moment, de toute façon.

Au fil des pages, je découvre des souvenirs des premières années du couple qu'ont formé mes parents, des souvenirs de mon enfance, de mon adolescence. Ce n'est pas un journal intime, puisque y sont seulement consignées les histoires pouvant servir de matière à des sketches, les moments comiques de notre vie à tous les trois, mais malgré tout, ça y ressemble un peu. Ce n'est pas un journal, mais il y a quelque chose de l'ordre de l'intime dans ces feuillets.

Quand le TGV entre en gare de Montparnasse, je relève les yeux, masse ma nuque raidie d'avoir été courbée durant six heures sur le Moleskine usé d'Édouard. Plus le temps passe, plus j'ai l'impression de me rapprocher de mon père. Peut-être que cette chasse au trésor fonctionne, finalement. Peut-être qu'il est en train de parvenir à ce que j'apprenne à le connaître, grâce à tous ces témoignages, à tous ces objets. Il n'empêche pourtant que lorsque ce jeu sera terminé, lorsque je serai arrivé au bout de la quête, qu'il n'y aura plus de message caché, plus de paquets à recevoir, plus d'inconnus à rencontrer, je me retrouverai seul.

Seul comme un con, avec un père que j'aurai appris à découvrir trop tard.

*
* *

Je ne suis pas retourné une seule fois sur la tombe d'Édouard depuis son enterrement. Des centaines de touristes vont se promener au Père-Lachaise, après avoir coché les tombes de stars qu'ils veulent absolument voir ou prendre en photo, mais moi, je n'ai encore pas remis les pieds dans ce cimetière bucolique. Ce n'est pas que je m'en fiche, ce n'est pas non plus que ça m'effraie, c'est plutôt que je n'en ressens pas le besoin. D'autres pourront venir fleurir la tombe d'Édouard, mais ce ne sera pas moi. Je ne saurais même pas quoi faire si j'y allais ; je m'imagine déjà les bras ballants, l'air pataud de celui qui ignore quelle attitude adopter. Rester immobile devant le marbre d'un air sérieux ? M'asseoir dessus pour communier ? Discuter le coup avec lui, comme si monologuer allait m'apporter des réponses, apaiser le vertige ? Fixer son nom gravé en lettres dorées et encore me demander si son cadavre est véritablement enterré sous cette plaque de marbre ? Très peu pour moi.

Sur le chemin jusqu'à son appartement, mon téléphone sonne. Numéro privé. C'est une voix inconnue qui s'adresse à moi lorsque je décroche.

— Bonjour, je cherche à joindre Arthur Bresson, c'est bien vous ?

D'habitude, je rectifie tout de suite : « Non, pas Bresson, Pazzoli », mais là, je ne prends pas la peine de corriger mon interlocuteur et prononce un « oui » méfiant.

— Excusez-moi de vous déranger, mais je suis journaliste à *Gala* et je prépare un article sur votre père et sur, heu, sa disparition.

L'homme au ton posé semble hésiter lorsqu'il prononce le mot « disparition », et je suis incapable de déterminer s'il est mal à l'aise avec son euphémisme ou s'il utilise à dessein un terme à double sens.

— Je ne souhaite pas être interviewé. D'ailleurs comment avez-vous eu mon numéro ?

Je me retiens d'ajouter que je suis surpris qu'un journaliste me téléphone un samedi soir, alors qu'il est près de 22 heures : est-ce qu'il croit être sur un scoop monumental ?

Mon interlocuteur se racle la gorge, élude ma question, refuse d'abandonner si vite la partie.

— Le reportage que je suis en train de boucler s'intéresse à cette rumeur qui enfle depuis le 1er avril dernier, à savoir la possibilité évoquée qu'Édouard Bresson ait mis en scène son suicide pour se volatiliser et ne plus être sous les feux des projecteurs.

Éberlué par tant d'aplomb, je m'immobilise malgré moi dans la rue, me faisant bousculer au passage par d'autres piétons plus pressés que moi, qui me lancent ensuite des regards furieux parce que j'ai freiné un instant leur progression dans la capitale.

— Vous plaisantez, j'espère ? C'est ça être journaliste, colporter des ragots et des affabulations sans queue ni tête ?

— Je comprends votre réaction, mais il se trouve qu'une page ouverte sur Facebook regroupe de plus en plus de fans de votre père, qui sont tous persuadés qu'il est encore en vie.

— Je ne vois pas trop en quoi ça me concerne. Allez donc les interviewer, ces fans !

L'homme poursuit sur sa lancée sans même me répondre ; il est probablement inquiet à l'idée que je puisse purement et simplement lui raccrocher au nez.

— Il y en a qui prétendent l'avoir aperçu aux États-Unis. Plusieurs personnes affirment l'avoir croisé en Floride, et l'une d'entre elles a posté ce matin une photo qui est assez troublante, alors je tenais à recueillir votre opinion. Que vous me disiez si, pour vous qui connaissiez bien votre père, forcément, il est possible qu'il ait manipulé tout le monde pour refaire sa vie…

« Vous qui connaissiez bien votre père », l'expression me fait sourire tristement. Je suis sans doute l'une des dernières personnes que ce journaliste devrait consulter. J'éloigne le téléphone de mon oreille et appuie sur l'icône rouge. L'homme va probablement en conclure que je suis vexé, ou furieux, alors qu'en réalité, je ne sais tout simplement pas quoi lui répondre. Si l'hypothèse d'un mauvais canular était bonne, ça signifierait certes qu'Édouard Bresson ne s'est jamais suicidé, mais ça voudrait sans doute aussi dire qu'il était prêt à me faire souffrir en échange de sa liberté, prêt à me faire porter le deuil d'un père trop malheureux pour continuer à vivre, prêt à peut-être ne plus jamais avoir de contact avec moi pour que son secret ne risque pas d'être éventé.

Je voudrais ignorer les paroles de ce journaliste, mais je me sens obligé d'aller visiter la page *Édouard Bresson n'est pas mort.* D'aller voir la photo dont il m'a parlé. Je fais défiler le fil d'actualité quelques secondes, jusqu'à tomber sur un cliché flou, pris dans un bus bondé. Un visage masculin est entouré en rouge. Des cheveux blond cendré coiffés en brosse, une barbe de plusieurs jours, des lunettes de soleil avec une épaisse monture en plastique rouge. Un nez et une bouche qui, effectivement, pourraient faire penser à ceux de mon père. La ressemblance s'arrête là.

Sur la droite, le compteur annonce : 2758451 fans.

Ils sont près de trois millions à refuser d'admettre la vérité, à continuer d'espérer.

À croire en mon père.

Alors n'ai-je pas légitimement le droit d'oser encore douter, moi aussi ? Cette incertitude permanente m'obsède et me donne l'impression de devenir schizophrène, mais comment définitivement me l'ôter de la tête ?

Une fois revenu dans l'appartement de mon père, après m'être rapidement préparé à dîner, je réalise soudain qu'aucun nouvel indice ne m'a été donné pour continuer ma quête. Ai-je bien lu tout ce qu'il y avait à lire dans le carnet Moleskine ? Quelque chose a dû m'échapper, forcément. J'y retourne, je scrute les pages avec avidité.

Au bout de plusieurs minutes, je souris doucement : cette fois-ci, Édouard ne s'est pas donné beaucoup de mal, et pourtant son indice est passé inaperçu tellement j'étais absorbé par ma lecture. Dans ma hâte de déchiffrer sa prose, je n'ai pas repéré quelques points discrets sous certaines lettres : un code secret dont j'avais l'habitude, enfant. Réunies, ces lettres forment les coordonnées d'une nouvelle personne à contacter. *Jean Grosmollard, 15, route des Embruns, Gonfreville-l'Orcher*.

Un autre retour aux origines, alors. Pour aller rendre visite à un type qui porte un nom de famille que peu de gens doivent envier.

agAcer

14 juillet 2017

Je profite du week-end du 14 Juillet pour rentrer trois jours à Rouen, pour le plus grand bonheur de Manel qui m'accueille en me sautant dans les bras. Même si elle garde ses distances par rapport à mes pérégrinations liées à Édouard, je ne manque pas de lui raconter chaque rencontre en détail, pour qu'elle ait l'impression d'être impliquée dans toute cette histoire, elle aussi. D'une moue un peu dépitée, malgré ses efforts pour ne rien laisser paraître, elle accepte que je fasse l'aller-retour à Gonfreville-l'Orcher le samedi après-midi afin de rendre visite à ce mystérieux Jean dont je n'ai pas réussi à trouver les coordonnées téléphoniques dans l'annuaire.

Je me gare devant le numéro 15 de la route des Embruns : un immeuble tristounet, un gros rectangle gris pâle qui se découpe à peine dans le ciel morne de Normandie. À l'Interphone, je parcours les noms des habitants jusqu'à parvenir à la lettre G. Après avoir brièvement sonné, j'attends, prêt à décliner mon identité à travers la grille de métal peu avenante. Rien ne se produit.

Je sonne à nouveau plusieurs fois puis reste devant la porte close taguée une dizaine de minutes, ne sachant que faire. *Si quelqu'un finit par me répondre à l'Interphone, alors tout ira bien.* Difficile de faire taire cette insupportable voix, de l'ignorer. Il me vient à l'idée de laisser un mot à Jean, mais les boîtes aux lettres sont évidemment à l'intérieur de l'immeuble, donc elles aussi inaccessibles.

Lorsque je me décide à finalement battre en retraite, la porte d'entrée s'ouvre à la volée. Je me retrouve nez à nez avec un homme d'une cinquantaine d'années qui me dépasse d'une bonne tête et me regarde d'un œil soupçonneux, comme si j'étais un cambrioleur en repérage.

— Vous habitez ici ? aboie-t-il avec rudesse.

— Non, je venais voir quelqu'un, mais apparemment il n'y a personne… Je repasserai, je suppose. Ça vous dérangerait que je laisse un mot dans sa boîte aux lettres ?

L'homme à l'épaisse barbe brune me dévisage sans rien dire.

— J'en ai pour deux minutes, après je ressors de l'immeuble, ne vous en faites pas, j'ajoute d'un ton plus hésitant que je le voudrais.

— C'est pour qui, ce mot ?

Sa phrase ne sonne même pas comme une question ; entre ses dents, on dirait plutôt une injonction. J'essaie de rester impassible, mais ce type à la carrure de videur de boîte de nuit m'impressionne au point que je dois prendre sur moi pour ne pas reculer d'un pas.

— C'est… C'est pour Jean Grosmollard.

Un instant, j'ai peur que le gars éclate de rire en entendant ce nom de famille, voire qu'il m'attrape par le col de ma chemisette pour me demander si je me fous de sa gueule. Je ne devrais pas penser à ça à cet instant, mais je suis certain qu'il a mauvaise haleine. Il a une tronche à avoir mauvaise haleine.

— Et tu lui veux quoi, au juste ?

Apparemment, on est désormais assez proches pour le tutoiement, mais je suppose que je n'ai pas intérêt à m'en offusquer.

— Seulement lui laisser mes coordonnées pour qu'il me rappelle, rien de plus…

Le type sort un paquet de chewing-gums de sa poche, et malgré mon envie de l'ignorer, je me retrouve à attendre son accord pour aller jusqu'aux boîtes aux lettres.

— Il risque pas de te rappeler.

— Et pourquoi ça ? dis-je d'un ton faussement désinvolte.

Ce mec commence à me courir sur le haricot, comme si je n'avais que ça à faire, lui tirer les vers du nez.

— Parce qu'il est hospitalisé depuis une semaine. Fracture du bassin. C'est con, hein… En même temps, qui s'amuse à soixante-quinze ans à monter sur une échelle pour repeindre son plafond…

Le barbu enfourne trois dragées mentholées d'un coup dans sa bouche, l'air satisfait de sa sortie.

— Oh…, je balbutie, à défaut de trouver une répartie cinglante qui me vaudrait sûrement un regard noir sinon plus.

— Tu voulais le voir pourquoi, mon père ? assène-t-il enfin, comme l'ultime coup de poing verbal qui devrait m'envoyer valser dans les cordes du ring imaginaire.

Alors comme ça, j'ai devant moi le fils prodigue de Jean Grosmollard…

— Il a un paquet à me remettre, je pense. Un paquet que mon père a dû lui confier. Je suppose qu'ils se connaissaient d'une manière ou d'une autre, je n'en sais pas plus.

Instinctivement, je bombe le torse en prenant l'air le plus dégagé possible.

— Et on peut savoir qui c'est, ton papa ?

Il me contemple avec un sourire narquois, et son « papa » résonne dans mes oreilles, les « a » clairs se transformant dans sa bouche en « o » gras, dégoulinant de son accent prolo qu'il n'essaye même pas de masquer.

— Édouard Bresson.

Je m'attends à ce que ces deux mots produisent leur petit effet, comme d'habitude, que dans le regard du type, deux lumières s'allument, si tant est qu'il soit possible que ses yeux de merlan frit s'éclairent d'une quelconque façon. Or, étrangement, il semble de recroqueviller très légèrement sur lui-même, comme si je venais de le menacer. J'ai du mal à croire qu'il n'ait jamais entendu parler de mon père, surtout en habitant la ville qui s'est toujours enorgueillie d'avoir vu naître l'humoriste du siècle.

— Édouard Bresson…

Il répète ça comme pour lui-même, les lèvres serrées. Puis il se reprend, me fixe à nouveau avec son regard torve.

— Je prends mon poste dans vingt minutes. Viens avec moi, on va discuter en chemin. Et puis comme ça, tu verras l'endroit où ton grand-père a trimé toute sa vie. La grande raffinerie de Normandie, je suis sûr que le magnifique Édouard ne t'y a jamais emmené, tiens.

Il avance vers sa voiture garée devant l'immeuble, certain que je vais lui emboîter le pas. C'est effectivement ce que je fais, même si ça m'agace que sa proposition sonne encore comme un ordre.

Sa voiture est jonchée de détritus en tous genres, des emballages de Twix, des mouchoirs usagés, des papiers de bonbons un peu partout. Je dégage le siège passager pour m'asseoir, passablement dégoûté.

— Alors comme ça, tu es le fils d'Édouard, hein. Mon père ne m'a jamais dit qu'il lui avait confié quoi que ce soit pour toi…

— Vous savez quel lien avait mon père avec le vôtre ? C'était un ami de mon grand-père, c'est ça ?

Je me mords la lèvre, incapable de tutoyer ce type.

— Ouais. Lucien Bresson et lui étaient cul et chemise, à l'usine et en dehors. Mon vieux passait plus de temps au café à quelques rues de la raffinerie ou chez vous que dans sa propre maison, je peux te le dire. J'ai jamais su pourquoi, mais mon père avait un faible pour Édouard, il parlait tout le temps de lui, à croire qu'il n'avait pas de fils. C'est moi, son fils, précise-t-il en me jetant un rapide coup d'œil, pour être sûr que je suis ses explications.

Je hoche la tête, méfiant. Reportant son regard sur la route, il poursuit sur sa lancée.

— Je pense qu'il avait pitié d'Édouard, je vois pas d'autre explication. Ce gringalet même pas capable d'aligner trois mots sans bégayer, tu parles… Je me suis toujours demandé comment il avait fait plus tard pour monter sur scène et parler des heures devant une foule. À l'époque, il arrivait même pas à prononcer son nom de famille, c'est dire…

— Excusez-moi, mais… J'en déduis que vous avez connu mon père ? Vous avez à peu près le même âge, je me trompe ?

Le gars renifle un coup sec, je peux presque entendre les mucosités parvenir au fond de sa gorge. Je croise les doigts pour qu'il ne lui vienne pas à l'idée de cracher par la fenêtre.

— Ouais. On était dans la même classe en primaire. Disons que… ton père et moi, on s'entendait pas tellement, si tu vois ce que je veux dire. J'étais pas le dernier à me foutre de sa gueule, quoi.

Je reste muet, pas étonné un instant de ce qu'il m'avoue à demi-mot. Ses énormes paluches se crispent sur le volant, ça me donne l'impression qu'il aurait la force de le broyer sans même y penser.

— Je m'appelle Ludo.

Il m'annonce ça comme si ça allait faire tilt dans mon cerveau, mais ça fait plutôt flop. Jamais entendu parler de lui avant aujourd'hui.

— J'étais avec Édouard le jour où… Le jour de l'accident, quoi.

Devant ma mine perplexe, Ludovic continue, dépité de devoir aller plus loin dans ses explications.

— L'accident de son petit frère. J'étais avec eux quand on a été inspecter cette baraque en ruine, c'est même moi qui en avais eu l'idée.

Au fond de moi, je sens qu'il vaut mieux ne pas le presser de questions, même si j'ai le pressentiment que le secret de famille qui m'a tellement taraudé enfant est peut-être sur le point d'être révélé. Les interrogations me brûlent les lèvres, mais je m'efforce de rester impassible, presque comme si ce que ce Ludovic allait me raconter ne m'importait pas plus que ça.

— Maintenant, y a prescription, mais j'ai mis Édouard au défi de nous suivre dans cette maison juste parce que je pensais qu'il en aurait pas les couilles. Pourtant, il nous a accompagnés, même si je peux te dire qu'on avait tous les pétoches, à l'intérieur. Au moindre souffle de vent, on avait envie de pisser dans notre froc et de décamper mais on se retenait par fierté. Y avait son petit frère, Jonathan, qui était là à nous pomper l'air sans arrêt, à seriner qu'il voulait rentrer chez lui, qu'il avait froid, qu'il avait peur, qu'il allait le dire à sa mère, bla bla bla… On se serait bien passé de lui, franchement. Quand on est montés à l'étage, j'ai poussé Édouard à aller jusqu'à la salle de bains d'une des chambres, on racontait qu'un taré y avait enfermé et violé des mômes, qu'il avait entreposé leurs cadavres dans la baignoire pendant des semaines. Il a longé les murs pour y parvenir, ça se voyait comme le nez au milieu de la figure que tout le sol au centre de la pièce était pourri et complètement imbibé d'humidité. Bref, il est arrivé jusqu'à la petite salle de bains, a ouvert la porte, et on a tous retenu notre souffle. À ce moment-là, son morveux de frère a commencé à me secouer le bras, à gémir qu'il avait envie d'aller aux chiottes, qu'il n'allait pas réussir à se retenir, que c'était urgent, que sa mère allait le tuer s'il mouillait son froc. J'ai dû me retenir pour ne pas lui en mettre une, tellement il nous soûlait depuis le début… Mais je me suis contenté de le pousser à l'intérieur de la chambre, si t'as envie de pisser, y a des toilettes là-bas, débrouille-toi, je lui ai dit. Il a couru, les deux mains vissées sur son entrejambe, il a traversé la pièce en plein milieu. Franchement, personne ne peut m'en vouloir, c'était pas à moi de surveiller ce gamin, après tout. J'ai pas raison ?

Ludovic se gare sur le parking de la raffinerie, semble attendre que je réponde à sa question qui n'en est pas une. Je hausse les épaules, ignorant quoi dire.

— Il est passé à travers le plancher, je me souviens encore des craquements que ça a fait dans la chambre, je revois même ses bras qui se sont levés vers le plafond avant de disparaître.

— Et il s'est passé quoi, ensuite ?

— Aucune idée. Moi et mes potes, on s'est vite tirés. On n'avait pas trop intérêt à se retrouver mêlés de près ou de loin à cette histoire. Et puis, on était sûrs que le môme était mort, en bas, qu'il s'était brisé le cou direct. J'ai toujours dit que cette maison était maudite, de toute façon. Et ça s'est confirmé, voilà tout.

On sort de la voiture, et devant nous, la raffinerie se dresse, imposante. Les cheminées monumentales me font me sentir minuscule, tout à coup. Ludovic avance vers la grille d'entrée, mais je ne bouge pas. Lorsqu'il se retourne, il me regarde d'un œil dubitatif.

— Tu veux pas visiter ?

— Ça va aller, merci. J'espère que votre père va vite se rétablir. Si jamais vous trouvez un paquet pour moi chez lui, vous voudrez bien me l'envoyer, ou me téléphoner pour que je vienne le récupérer ?

Sur un bout de papier, je griffonne à la va-vite mon numéro de portable et mon nom. Ce type m'a mis mal à l'aise, et je n'ai qu'une hâte, m'éloigner de lui.

— Voilà. Appelez-moi, d'accord ? C'est important…

Ludovic fourre le papier dans sa poche sans même y jeter un coup d'œil. Avant que je m'en aille, il me retient par le bras. Quelques secondes d'hésitation semblent s'éterniser ; je vois qu'il cherche ses mots, qu'il les pèse avant de les laisser enfin s'échapper.

— Tu sais, les gamins entre eux, c'est cruel. J'vois bien, ma fille est tout le temps en train d'asticoter ses copines, à l'école. Leur tirer les cheveux, leur dire que leurs robes sont moches. Y a rien de terrible là-dedans, hein.

Il se frotte la barbe en parlant, son regard se fait moins sûr de lui qu'au début. Il attend mon assentiment. Une petite voix me souffle qu'il espère mon *pardon*, moi qui ignore presque tout de ce qu'il a pu faire subir à mon père, moi qui ne sais qu'une chose, que c'est un lâche.

J'avance ma main pour serrer la sienne, et sa poigne est ferme, presque exigeante. J'insiste une dernière fois.

— J'espère que vous trouverez le paquet. C'est la seule chose qui compte pour moi, à présent.

emBrouiller

Août 2017

Il me faudra patienter un long mois avant d'avoir des nouvelles du père de Ludovic. Mais le temps défile à toute allure au cabinet, le petit stagiaire devant pallier les absences estivales de plusieurs avocats et juristes. Manel est venue me rejoindre à Paris fin juillet, son stage en agence de publicité étant terminé. Elle a un mois de vacances avant de reprendre les cours pour une dernière année, tandis que je trime comme un fou pour essayer de me montrer à la hauteur des tâches qui s'empilent sur le minuscule bureau qu'on m'a attribué.

Petit à petit, j'ai le sentiment de m'approprier l'appartement de mon père, de commencer, presque, à m'y sentir chez moi. Lorsque Jean Grosmollard m'appelle un soir, je retiens mon souffle, soulagé que le « jeu » préparé par mon père ne soit finalement pas interrompu avant la fin. À l'autre bout de la ligne, la voix de l'ami de mon grand-père est très faible et je dois tendre l'oreille pour comprendre ce qu'il me murmure avec difficulté.

— Ludovic m'a donné votre numéro. Édouard m'a bien remis un paquet pour vous, je suis tellement désolé qu'on n'ait pas eu l'occasion de se rencontrer lorsque vous êtes venu à Gonfreville…

— Ce n'est rien. Le principal, c'est que vous alliez mieux à présent, vous avez fait peur à votre fils…

Je doute que Ludovic ait jamais eu peur de quoi que ce soit, mais c'est la seule banalité qui me vient à l'esprit pour réconforter un peu ce vieil homme.

— J'ai toujours eu beaucoup d'affection pour votre père, vous savez. Même si les contacts se faisaient trop rares… C'était un brave gamin, et pourtant la vie ne lui a pas fait que des cadeaux… Je vais vous envoyer le paquet qu'il m'a laissé, ce sera plus simple. Vous avez déjà assez perdu de temps…

Je remercie Jean, qui semble essoufflé par les quelques phrases qu'il vient d'enchaîner, et je lui dicte l'adresse de l'appartement d'Édouard avant de raccrocher.

C'est un tout petit paquet que je reçois quelques jours plus tard, et Manel s'assoit à côté de moi sur le canapé pour me regarder le déballer. À l'intérieur du carton, huit boîtes de Tic Tac soigneusement alignées. Elle avance sa main pour en attraper une, mais machinalement, je la retiens.

— Attends. Il ne faut pas les mélanger tout de suite.

— Mais ce ne sont que des boîtes de Tic Tac à moitié vides !

Effectivement, les huit boîtes en plastique transparent sont loin d'être remplies. L'une d'entre elles ne contient même qu'un seul et unique bonbon.

Toutes les gélules miniatures sont vertes, et je souris.

— Qu'est-ce qu'il y a de drôle ? Explique-moi, je ne comprends pas… Il aurait pu t'envoyer une grosse boîte neuve, plutôt que huit avec quasiment rien dedans…

Manel fronce les sourcils, dubitative.

— Édouard n'a mis que des Tic Tac verts, parce que quand j'étais petit, je détestais les orange. C'était lui qui les mangeait, et il me laissait les verts. Il ouvrait deux boîtes, les vidait entièrement dans un bol, et ensuite, on triait. Les verts dans une boîte, les orange dans l'autre. Il a toujours soutenu que les deux avaient le même goût, que c'était un caprice, comme préférer les Dragibus noirs ou les M&M's bleus. Mais il m'a toujours laissé les verts malgré tout.

— Ceux au citron, quoi. Les orange sont à l'orange, tout le monde le sait, s'exclame Manel.

— Lui trouvait qu'ils avaient le même goût.

— C'est bien beau, mais ça n'explique pas pourquoi il te file des boîtes presque vides…

— Il y a forcément une raison à ça. Il faut juste la trouver.

Je mets quand même près d'une heure à résoudre l'énigme d'Édouard. Huit boîtes. Je compte le nombre de Tic Tac dans chacune d'entre elles. Dix, quinze, quatorze, un, vingt, huit, un, quatorze. J'ai déjà été confronté au même code lors d'une précédente chasse au trésor, avec des grains de riz dans des petits pots en verre à la place de bonbons. Chaque nombre se rapporte à une lettre de l'alphabet, jusqu'à former un mot ou une phrase.

La dixième lettre de l'alphabet, c'est J. La quinzième, O. Et ainsi de suite jusqu'à obtenir le prénom « JONATHAN ». Je m'étais déjà dit qu'à un moment ou à un autre, mon oncle ferait forcément partie des personnes à rencontrer. On y est.

Il me faudra pourtant patienter jusqu'en septembre pour faire l'aller-retour à Strasbourg, puisque toute la petite famille de mon oncle s'est envolée pour deux semaines au Portugal.

Manel allume la télé, impatiente de regarder la suite d'une série anglaise dont je ne parviens jamais à retenir le titre. De mon côté, je vais m'installer au bureau d'Édouard pour étudier quelques dossiers que je n'ai pas eu le temps d'examiner au cabinet. J'ai une réunion de direction lundi matin, je dois absolument être au point d'ici là si je ne veux pas passer pour un demeuré ou un paresseux.

Les feuillets volants des dossiers s'éparpillent dans tous les sens au fil des heures, et je me résous, avant d'aller enfin me coucher – Manel dort déjà depuis longtemps sur le canapé et les acteurs britanniques ne parlent plus pour personne –, à chercher une agrafeuse dans les tiroirs du bureau pour tout remettre en ordre.

Au fond de l'un d'entre eux, je tombe sur un vieil article du journal *Ouest France* encadré. « Résultats du bac : émotions garanties », titre joyeusement le journaliste. Sur la photo en noir et blanc, ou plutôt en gris et jaune, à présent, on me voit devant les panneaux d'affichage du lycée, les yeux levés à la recherche de mon nom, du convoité « ADMIS » écrit en majuscules, et peut-être de la tant espérée mention très bien pour laquelle j'ai bossé toute l'année. J'ai la main posée au creux de mes clavicules, et c'est sans doute à cause de ce geste que le photographe a choisi de prendre ce cliché. J'ai l'air ému alors que je ne le suis pas particulièrement ; je n'ai aucun doute sur le fait que je vais avoir mon bac les doigts dans le nez, comme 80 % des jeunes de mon âge. Je peux même dire que si je ressens quelque chose à cet instant-là, c'est plutôt de la déception. Édouard vient de m'envoyer un message pour m'avertir que tout compte fait, il ne pourra pas venir au Havre aujourd'hui. Il est désolé, bien sûr. Moi pas. Je me souviens de cette journée comme si c'était hier.

Je ne sais pas comment il a récupéré cet article, je doute que ma mère le lui ait envoyé. Il a pris la peine de le mettre sous verre, comme si ce souvenir était précieux pour lui. Lui qui n'a jamais accordé aucune valeur aux résultats que j'avais à l'école et encore moins aux études que j'avais envie de poursuivre. Le seul leitmotiv d'Édouard, c'était : « Ne gâche pas ton talent, Arthur. » Et pourtant, il a conservé cet article de journal.

Je repose le cadre au fond du tiroir, exactement là où je l'ai trouvé. Après m'être levé, je couvre Manel d'un plaid en polaire, elle gémit doucement dans son sommeil, puis se recroqueville encore plus, ramenant ses genoux contre sa poitrine. J'éteins la télévision, me dirige sans faire de bruit jusqu'à la chambre de mon père.

Le plus discrètement possible, je referme la porte derrière moi, sortant de ma poche mon téléphone. Sans réfléchir, je parcours la liste de mes contacts jusqu'à parvenir à la lettre E, à l'unique connaissance que j'ai dont le prénom commence par cette lettre. Aucune sonnerie ne se fait entendre, je tombe immédiatement sur son répondeur, fermant les yeux machinalement pour me concentrer sur les quelques mots qu'il va prononcer. « Bonjour, c'est Édouard, je ne peux apparemment pas décrocher pour le moment, alors rappelez-moi plus tard si c'est important ! » Le ton est enjoué, surjoué peut-être. Je raccroche, appuie à nouveau sur le prénom de mon père pour réécouter sa voix. Après le bip, j'ai presque envie de lui laisser un message qu'il n'aura évidemment jamais, mais au moment d'ouvrir la bouche, je ne sais pas quoi dire, quelles phrases prononcer, comment lui exprimer que je regrette de ne pas avoir répondu à ses coups de fil, comment lui dire à quel point je lui en veux de tout ce putain de gâchis incompréhensible, je me sens subitement ridicule et vaguement honteux, à imaginer m'adresser à une boîte vocale sans âme. Alors j'abandonne, range mon portable, la gorge serrée.

Le lendemain matin, dès que Manel ouvre les yeux, je m'empresse d'attraper sous le lit le cadeau que je lui ai préparé. Elle me dévisage avec une mine perplexe, ce n'est pas mon anniversaire, pourquoi tu me donnes ce paquet ? Je réplique d'un ton enjoué que je n'ai pas besoin de raison particulière pour offrir un cadeau à ma petite amie, et la presse de l'ouvrir.

À l'intérieur, ce qu'elle découvre la fait sauter de joie, et je suis soulagé d'obtenir l'effet escompté. Elle déplie la tenue de sport, se dépêche d'essayer la paire de baskets, ravie.

— Le T-shirt et le pantalon sont en matière hydrophobe, précisé-je d'un ton docte, heureux de pouvoir ressortir le discours du vendeur de Décathlon. C'est l'idéal, apparemment, pour le parcours du combattant auquel on s'est inscrits.

Manel hoche la tête, se contemple dans le miroir du dressing. Je lui montre la paire de gants qui est restée au fond du paquet.

— Et ça, c'est pour protéger tes mains quand tu devras monter à la corde ou passer les barres de singe.

Elle m'embrasse avec fougue, et je sens à quel point elle a hâte d'être au mois de novembre. Je n'ai plus qu'à enfiler ma propre tenue ; ce matin, direction le bois de Vincennes pour courir et se mesurer au parcours sportif. On a très exactement trois mois pour se préparer et être de taille à affronter cette course d'obstacles. Trois mois de course à pied intensive, d'abdominaux, de tractions, de gainage, de pompes.

De quoi me vider la tête. Du moins je l'espère.

recevoIr

Septembre 2017

Louisa et Marion nous accueillent, Manel et moi, en piaillant de joie et en se jetant contre moi pour me serrer dans leurs bras. Les petites, qui ne sont plus si petites que ça en réalité, gesticulent dans tous les sens, et je songe, comme à chaque fois, que je devrais leur rendre visite plus souvent.

— Alors, comment s'est passée la rentrée scolaire ? Pas trop dur d'arriver au CP ?

Louisa pouffe de rire, bon public, tandis que sa sœur lève les yeux au ciel. Son regard désabusé est typique de la préadolescence qui débarque à grands pas, je connais les signes qui ne trompent pas, avec une demi-sœur qui n'a que quelques années de plus que Marion. Bientôt, elle trouvera tout « trop nul » et se réfugiera dans sa chambre la musique à fond, en pensant que personne au monde ne peut la comprendre.

Derrière elle, mon oncle s'approche, et je me penche pour l'embrasser. Il me serre maladroitement dans ses bras, un peu plus longtemps qu'il ne faudrait, et je réalise que je ne l'ai pas revu depuis l'enterrement de mon père. Manel s'incline à son tour pour lui faire la bise ; Jonathan lui sourit avec douceur.

Ma tante est au jardin, à tailler ses rosiers, et lorsqu'elle nous aperçoit dans le salon, elle s'empresse de nous rejoindre pour nous saluer à son tour.

— On est tellement contents de vous accueillir ce week-end ! Vous avez apporté le soleil avec vous, en plus… Il a plu toute la semaine, ici.

La journée du samedi file paisiblement, nous flânons dans le centre-ville de Strasbourg, mes cousines étant ravies de faire du lèche-vitrines et de se voir offrir une énorme glace à l'italienne en fin d'après-midi, probablement une des dernières de la saison.

Ce n'est qu'après le dîner, une fois que les quatre femmes de la maison se sont installées dans la véranda autour d'un plateau de Monopoly, que mon oncle et moi avons enfin l'occasion de nous entretenir seul à seul. D'entrée de jeu, je lui parle de la chasse au trésor, et il hoche la tête, l'air songeur.

— Oui… Le soir du spectacle au Stade de France, je suis passé voir ton père dans sa loge. C'est d'ailleurs la dernière fois que je l'ai vu, et ça me laisse toujours un drôle de goût dans la bouche quand je me dis qu'à ce moment-là, Édouard savait parfaitement qu'on ne se reverrait plus jamais. Il m'a confié ce paquet pour toi, je l'ai rangé derrière mon fauteuil roulant sans me poser davantage de questions, et puis je suis parti, comme ça. Normalement, sans me douter de rien, sans imaginer une seconde que mon frère venait de me faire ses adieux.

Il se dirige en fauteuil roulant vers le buffet du salon, ouvre l'une des portes et en rapporte un colis rectangulaire, qui semble assez lourd vu le claquement sourd lorsqu'il le dépose sur la table devant moi. Je n'ose pas encore prendre le paquet, et Jonathan me propose de lui raconter le jeu de piste que mon père a concocté.

— Si ce n'est pas indiscret, bien sûr, ajoute-t-il en se triturant les mains.

À cet instant précis, en regardant mon oncle jouer nerveusement avec la fine peau autour de ses ongles, je prends conscience que la mort d'Édouard n'a pas affecté que moi. C'est difficile à expliquer, évidemment j'ai toujours su que ma mère avait perdu celui avec qui elle avait eu son premier enfant, que Jonathan avait perdu son grand frère, que d'autres avaient perdu un ami, un collègue. Évidemment j'ai toujours su que d'autres que moi avaient souffert, et souffraient encore de ce deuil brutal. Mais ce n'est que maintenant que je le ressens au plus profond de moi, que j'éprouve du chagrin et de l'empathie pour tous ces autres que mon père a eux aussi abandonnés en sautant dans le vide il y a bientôt six mois.

Alors je raconte à mon oncle toutes mes aventures, entre Paris, Toulouse et la Normandie. Je lui décris les paquets, les objets qu'Édouard m'a laissés. Je lui détaille chaque rencontre, il se moque de moi en imaginant la scène avec le Buzz l'Éclair d'Eurodisney, il rit de bon cœur au souvenir de madame Rita, il semble ému en apprenant l'amitié que mon père avait nouée avec l'une de ses premières fans. Il n'est pas du tout étonné lorsque je lui parle de Yoann et du fait qu'Édouard avait été, durant une dizaine d'années, clown à l'hôpital.

— Ton père a toujours beaucoup donné de lui, simplement il n'aimait pas en faire état, il ne voulait pas qu'on le félicite pour sa générosité, ça l'aurait mis mal à l'aise. Combien de fois il a joué ses spectacles bénévolement dans des soirées caritatives organisées par le Secours populaire ou Emmaüs… Combien de fois il s'est rendu en prison pour aller faire rigoler des détenus… Je me souviens qu'il terminait souvent ses spectacles en s'exclamant : « Tous les rires de cette soirée seront intégralement reversés au spectateur au troisième rang qui a tiré la tronche toute la soirée ! », c'était une boutade, comme tout le reste, mais il y avait une part de vérité, malgré tout. Il a toujours reversé une partie de ses bénéfices à des associations, en leur faisant signer une clause de confidentialité, d'ailleurs. Comme si son geste pouvait lui être préjudiciable, comme s'il avait peur que d'autres s'en servent pour l'accuser d'opportunisme. Je n'ai jamais compris ça…

Soudain, je réalise pourquoi la prétendue fortune de mon père n'était pas aussi énorme qu'on pouvait l'imaginer, pourquoi, hormis son loft parisien et quelques placements, l'héritage qu'il m'a laissé n'a pas de quoi faire pâlir d'envie le monde entier, contrairement à ce qu'affirment les torchons people. Il a distribué une partie de son argent au fur et à mesure, à droite et à gauche, toute sa vie. Après tout ce que j'ai appris sur lui depuis six mois, ça me paraît logique, finalement. Lui qui n'a jamais eu l'impression de mériter tout ce succès, il a préféré en faire profiter d'autres, qui lui semblaient peut-être plus dignes de cet argent que lui.

Lorsque enfin je lui parle de ma dernière rencontre avec l'impressionnant Ludovic Grosmollard, le visage de Jonathan se fait grave. Je lui répète ce que m'a expliqué le barbu peu avenant, en particulier le récit de l'accident dans la maison en ruine.

Mon oncle acquiesce d'un air pensif à mesure que se déroule l'histoire que je lui raconte, *son* histoire.

— Pour être honnête, Arthur, je n'ai quasiment pas de souvenirs de ce jour-là. J'avais à peine cinq ans, et ma mémoire n'a pas enregistré la scène comme ont pu le faire Ludovic et Édouard… Je me souviens d'être tombé, du nuage de poussière, des cris, c'est à peu près tout. Ce qui m'a beaucoup marqué, en revanche, c'est l'après. Cette année passée dans un centre de rééducation loin de chez moi, loin de ma mère et loin de mon frère, surtout. Qu'est-ce que ça m'a manqué, de ne pas être avec lui, le voir grimper sur la couchette supérieure du lit superposé avant de m'endormir, le suivre partout dehors quand notre père nous ordonnait d'aller jouer à l'extérieur… Il m'envoyait des lettres, et il fallait que je supplie une infirmière de me lire ce qu'il avait écrit, la plupart du temps des bêtises qu'il faisait à la maison ou au collège. C'est bête, mais dans mon souvenir, ces courriers, c'était la seule chose qui me raccrochait à nos vies d'avant, la seule chose qui prouvait que de l'autre côté de ces couloirs qui empestaient la javel et le médicament, il y avait encore un monde qui pensait à moi. Qui m'attendait.

J'ose à peine imaginer le calvaire que ça a dû être, pour un gamin haut comme trois pommes, de rester un an à l'écart de chez lui, à lutter pour survivre et se réadapter sans plus pouvoir compter sur ses jambes. En même temps, j'entrevois la culpabilité qui a dû peu à peu submerger mon père, jusqu'à le ronger complètement.

— Mais les autres gamins, ils n'ont jamais eu de comptes à rendre à personne ? C'est ce Ludovic qui avait eu l'idée d'aller dans cette maison, ce sont eux qui se sont défilés en vous abandonnant tous les deux…

Mon oncle sourit d'un air triste.

— Personne n'a jamais su qu'ils étaient avec nous. Édouard a raconté à tout le monde que c'était lui qui avait voulu explorer cette maison, qu'il m'y avait emmené sans imaginer un instant que ça pouvait être dangereux. J'étais petit à l'époque, j'ai confirmé ses dires après qu'il m'eut soutenu que ce serait mieux comme ça, que ça ne valait pas le coup de dénoncer les autres, que ça n'apporterait rien de bon. Longtemps après, j'ai compris que c'était surtout une façon d'endosser toute la responsabilité de mon accident, de se punir. Mais c'était trop tard, et de toute façon, ça n'aurait sans doute pas changé grand-chose qu'il ne soit pas le seul à être désigné coupable. Les rares fois où j'ai tenté de lui en parler, il s'est refermé sur lui-même, et m'a dit qu'il fallait arrêter de ressasser le passé…

Le visage benêt de Ludovic Grosmollard me revient brusquement à l'esprit, et instinctivement je serre les poings de colère. Et d'impuissance.

Lorsque je commence à déballer le carton posé devant moi, Jonathan fait marche arrière avec son fauteuil, mais je lui fais signe de rester. Pour une fois, ça ne me gêne pas que quelqu'un d'autre assiste à l'ouverture du paquet.

À l'intérieur, je découvre un bocal de confiture rempli de petites choses colorées. Je dévisse le couvercle à carreaux bleus et blancs, fait tomber au creux de ma main une pluie de morceaux de verre poli aux couleurs pastel. Des blancs, des verts, des orangés, tous usés par le passage de la mer.

Je regarde, perplexe, mon oncle. Lui prend quelques bouts de verre dans ma main, les fait glisser entre ses doigts, un sourire nostalgique aux lèvres. Il m'explique que mon père en faisait collection, enfant. Qu'ils passaient tous les deux des heures sur la plage du Havre à fureter dans le sable, à l'affût du moindre morceau coloré. Qu'Édouard pouvait rester des heures accroupi à chercher ces trésors rejetés par la marée.

Parmi les miettes translucides, il y a un morceau de verre un peu plus gros que les autres, autour duquel une bandelette de papier est délicatement scotchée. J'arrache le ruban adhésif et déroule le message d'Édouard. *Celui-ci est pour Jonathan.* Hésitant, je tends le triangle vert d'eau à mon oncle, et celui-ci le lève en hauteur, comme pour mieux l'étudier dans la lumière du soleil couchant.

— Ça alors, je n'ai pas revu ce truc depuis un paquet d'années… C'était le verre poli préféré de ton père, son « porte-bonheur », comme il disait. Il ne le quittait jamais, tellement il était convaincu qu'avec lui, la chance serait de son côté. Il s'en séparait seulement pour dormir, quand on était petits. On s'imagine toutes sortes de choses insensées, lorsqu'on est môme, hein… Je peux le garder ?

— Bien sûr. Apparemment, il voulait que tu l'aies.

Jonathan caresse du pouce le bout de verre délavé, songeur. Je préfère ne pas m'immiscer dans ses pensées, d'autant qu'au fond du bocal, j'aperçois une minuscule enveloppe, d'une dizaine de centimètres carrés à peine. Je l'attrape du bout des doigts et me rends compte qu'il s'agit en réalité d'une feuille pliée en une sorte d'origami rectangulaire. Sur l'une des faces, Édouard a inscrit en majuscules : *DERNIÈRE ÉTAPE, À OUVRIR SUR LA SCÈNE DE L'OLYMPIA*. C'est donc son ultime lettre, celle après laquelle la chasse au trésor va s'achever.

Un étrange sentiment de mélancolie s'abat sur moi. Mon oncle va ranger dans un tiroir du buffet le morceau de verre qu'Édouard lui a laissé, maigre héritage qui semble pourtant revêtir une importance particulière à ses yeux. De la véranda, les rires étouffés des filles en train de se plumer au Monopoly parviennent jusqu'à nous, et je m'efforce de me recomposer un visage jovial avant de les rejoindre.

accEpter

Octobre 2017

— Alors tu laisses tomber, c'est ça ? Tu vas garder ta lettre bien en évidence sur ta table de chevet, la contempler tous les matins quand tu te lèves et tous les soirs quand tu éteins ta lampe, sans rien faire de plus ?

Manel est furieuse, et l'idée me passe par la tête de lui rétorquer un cinglant « Qu'est-ce que ça peut te faire ? », mais je me retiens in extremis, je n'ai pas envie de passer la soirée à me disputer avec elle. Forcément, elle en profite pour continuer sur sa lancée.

— C'est vrai, quoi ! Ça fait plus d'un mois qu'elle trône là, sans avoir été ouverte. Ça ne te tue pas, ce mystère ? Tu ne t'es jamais dit que si ça se trouve, il n'y avait rien d'écrit à l'intérieur ? D'après ce que tu m'as raconté de ton père, ça serait digne de lui, non ? Une bonne blague à faire à son fils, une lettre vide !

Je continue de repasser ma chemise pour le lendemain, concentré pour ne pas faire de faux pli et ne pas lever le regard vers Manel qui n'attend que ça pour s'énerver davantage. Malgré tout, elle a visé juste : il ne serait pas invraisemblable qu'Édouard n'ait rien écrit sur cet ultime courrier. Un instant, je m'en veux de n'avoir même pas songé à cette éventualité.

— Il a marqué que tu dois l'ouvrir sur la scène de l'Olympia, alors qu'est-ce que tu attends, au juste ? Que quelqu'un t'appelle pour te demander si tu peux faire un petit spectacle samedi prochain ?

La moutarde me monte au nez, et la vapeur sort soudainement du fer à repasser, m'aveuglant une fraction de seconde.

— C'est facile pour toi ! Tu crois quoi ? Qu'il suffit de me pointer là-bas, de sonner à l'Interphone et de leur annoncer que j'ai besoin de monter cinq minutes sur scène, histoire de lire mon courrier ? Tu veux que je te dise pourquoi cette putain de lettre est encore là ? Parce que je sais très bien ce que mon père cherche à me faire comprendre ! La même chose qu'il a voulu me faire admettre toute ma vie : que j'étais fait pour suivre ses traces, pour être un Édouard Junior que tout le monde allait adopter les bras ouverts. Tous ces mois à aller rencontrer ces gens, à récupérer ses paquets, pour finalement me rendre compte, encore une fois, qu'il n'a jamais cherché à savoir ce que je voulais vraiment et qui j'étais ! Tous ces mois à essayer de le connaître, à essayer de me rapprocher de lui pour m'apercevoir que lui est resté sur ses rails jusqu'au bout, persuadé de détenir la vérité sur son fils, persuadé de savoir mieux que moi ce qu'il me fallait !

Manel s'assoit sur le lit, tout étonnée de la tornade qu'elle vient de déclencher.

— Il s'imaginait quoi, au juste ? Que j'allais subitement laisser tomber mes études pour me lancer dans le one-man-show, comme lui, avec mes marionnettes ?

Que j'allais écumer les cafés-théâtres jusqu'à ce que toutes les portes de la jet-set s'ouvrent et que l'Olympia me programme des dates ? Non, mais n'importe quoi ! C'est complètement insensé d'avoir cru une minute que j'allais avoir un éclair de génie grâce à sa lettre et tout laisser tomber pour faire comme lui ! Quand bien même j'aurais effectivement eu un don, quand bien même j'aurais eu envie de ce métier de fou, de cette vie-là, où est-ce que ça m'aurait mené ? Tout droit dans les empreintes de pas qu'il aurait laissées ? Qu'est-ce que j'aurais récolté, à part être constamment comparé à lui ? Comme si être le « fils de », c'était l'objectif d'une vie ! Comme si me faire un prénom, ça aurait dû guider la moindre de mes décisions depuis l'enfance ! Je me suis tué à lui expliquer que je n'avais pas son talent, ni sa passion, je lui ai dit et redit, tout ça pour rien !

Manel absorbe, éponge ma colère, et son visage se fait triste, je sens qu'elle a pitié de moi. Comme si j'avais besoin de la pitié de qui que ce soit.

Lorsqu'elle prend la parole, sa voix se fait douce ; on dirait qu'elle tente de calmer un gamin hystérique en plein caprice.

— J'ai compris, Arthur. Dans ce cas, pourquoi tu ne te contentes pas d'ouvrir la lettre ici ? Ton père n'est plus là pour t'imposer quoi que ce soit, tu n'es pas obligé d'aller à l'Olympia pour lire son courrier, après tout.

Je croise les bras, fronce les sourcils, renfrogné.

— Ce serait de la triche.

— Il n'est plus là pour le voir, je te signale.

Manel se mord la lèvre juste après avoir prononcé ces mots, elle se demande sans doute si elle n'est pas allée trop loin, si ses paroles ne sont pas trop rudes.

— Mais moi, je suis là. Je saurais que je n'ai pas respecté la règle.

— Dans ce cas, puisque ton père n'a apparemment été qu'une immense source de déception pour toi, pourquoi tu ne jettes pas cette enveloppe à la poubelle ?

Je ne réponds rien.

— Tu ne peux pas. Tu n'y arrives pas parce que tu as besoin de savoir ce qu'il y a l'intérieur. Je me trompe ?

Je secoue la tête, les dents serrées. Manel se lève du lit, s'approche de moi lentement, comme si j'allais m'enfuir tel un chat apeuré. Elle pose ses mains froides sur mes avant-bras croisés, elle a toujours les mains glacées, même en plein été, c'est le signe des gens fidèles, me dit-elle souvent en riant. Je pense que c'est surtout le signe d'une mauvaise circulation du sang, mais si je lui répondais ça, elle me lancerait qu'il n'y a pas une once de romantisme en moi.

— Si je résume la situation, tu as une lettre que tu ne veux pas ouvrir ici, mais que tu ne peux pas non plus te contenter d'oublier une bonne fois pour toutes. Il n'y a pas trente-six solutions. Il faut que tu trouves un moyen de grimper sur la scène de cette salle de spectacle. Il faut que tu lises ce qu'il t'a écrit, pour pouvoir enfin passer à autre chose. Fais-le pour toi.

Le week-end s'achève et Manel retourne à Rouen, le cœur plus lourd qu'elle ne veut me l'avouer. Je suis heureux que notre éloignement s'achève bientôt et qu'elle vienne s'installer à Paris, avec moi, dans quelques semaines à peine. Je m'efforce de croire que tout ira mieux entre nous lorsqu'elle sera là pour de bon, même si je sais parfaitement que tant que je n'en aurai pas terminé avec cette chasse au trésor, je ne pourrai pas reprendre à cent pour cent le cours de ma vie.

M'abrutir dans les révisions pour les oraux de l'École de formation du barreau ne suffit pas, ne suffit plus. Je passe une bonne partie de la journée du lundi à trier les affaires d'Édouard, dans ce loft qui est désormais le mien, qui dans un sens l'a toujours été puisque sans me le dire, mon père l'avait mis à mon nom en m'en faisant donation dès qu'il l'avait acheté.

Ça fait six mois qu'il est parti, il est temps de réfléchir à ce que je veux garder et ce dont je dois me débarrasser. Peut-être qu'en voyant ses effets quitter l'appartement, je me sentirai soudain plus léger, qui sait ?

La sonnette de la porte d'entrée retentit brièvement. Il doit déjà être 18 heures, je n'ai pas vu la journée passer. Sur le palier, je découvre Hervé, le manager d'Édouard, qui semble tout aussi gêné que moi.

— Vas-y, entre.

Je lui serre la main et m'efface pour le laisser passer. Il reste dans le couloir, les bras ballants. Se passe la main dans les cheveux comme pour remettre en place une mèche rebelle. Je me dirige vers le salon en l'invitant à me suivre.

— Tout est là, dans ce carton.

Hervé regarde autour de lui d'un air presque mélancolique, il semble brusquement assailli de souvenirs, sans doute pense-t-il aux moments qu'il a passés ici en compagnie de mon père. Ses yeux se posent sur les sacs de courses remplis de vêtements d'Édouard, ceux que je m'apprête à donner au Secours populaire. J'ai entièrement vidé son dressing aujourd'hui, enlevé chaque chemise de son cintre, soigneusement plié chaque jean, chaque T-shirt. Je n'ai gardé que son premier pull marin, celui que maman m'a donné il y a quelques mois. Une partie de moi est déchirée, a comme l'impression qu'en me débarrassant de ses habits, c'est un morceau de lui que j'abandonne, que je jette. L'autre partie s'est convaincue qu'il était au contraire important de me détacher de tout ça, que de toute façon, je ne pouvais pas tout garder, ça n'aurait aucun sens. Que ce qu'Édouard voulait que je conserve, il me l'avait transmis via sa chasse au trésor. Le reste n'est que tissu ou papier, rien d'autre.

Hervé s'approche à pas lents du carton que je lui ai indiqué, tâte la laine du premier pull à rayures bleu marine et blanches.

— Il y en a combien ?

— Six.

Il hoche presque imperceptiblement la tête et ses doigts s'accrochent un peu plus qu'il ne le faudrait aux vêtements inertes. Ça fait plusieurs années que je ne l'ai pas vu – je n'ai fait que l'apercevoir à l'enterrement d'Édouard – et je remarque qu'il a pris un sacré coup de vieux. Il me semble même plus petit que dans mon souvenir, plus tassé, plus voûté, et je me demande si c'est simplement dû au temps qui passe ou à l'onde de choc liée au suicide de mon père. Je demande d'un ton dubitatif :

— Tu penses vraiment que des gens auront envie d'acheter ça ?

— Tu n'imagines pas ce que les fans sont prêts à débourser pour posséder une relique de leur idole…, murmure tristement Hervé.

Je souris en imaginant les SDF qui vont bientôt porter les caleçons et les chaussettes en mérinos d'Édouard, sans même le savoir. C'est moi qui ai eu l'idée de mettre aux enchères les pulls que mon père portait sur scène, d'organiser cette vente au profit de Clown' Hôpital, et Hervé s'est engagé à s'occuper de tout.

Il attrape le carton, semble pressé de s'en aller. De retourner à l'air libre.

— Ça m'a fait plaisir de te revoir, Arthur. Tu as l'air… bien. Je ne peux pas m'éterniser, j'ai un rendez-vous à l'autre bout de Paris dans une heure, et…

— Pas de souci. C'est déjà très gentil à toi de te charger de tout ça, d'être passé prendre les pulls. Je suis sûr qu'Édouard aurait apprécié…

À nouveau, on se retrouve l'un en face de l'autre, aussi gauches et hésitants qu'à un entretien d'embauche. Je raccompagne Hervé jusqu'à la porte d'entrée, m'empresse d'allumer la lumière sur le palier.

— Je te tiendrai au courant du résultat de la vente, d'accord ? Si tu veux, je pourrai t'envoyer le chèque, si tu souhaites le remettre toi-même à l'association.

Je secoue la tête.

— Non, je te fais confiance pour le leur transmettre, ne t'en fais pas.

Hervé pose le carton à ses pieds pour me serrer à nouveau la main et lorsque je sens ses doigts contre ma paume, je décide de poser la question qui me brûle les lèvres depuis si longtemps, même si je crains qu'il me dévisage comme si j'avais brusquement perdu la raison.

— Avant que tu t'en ailles, je voulais te demander… Tu vas sans doute trouver ça stupide, mais…

Il me regarde d'un air perplexe, attend que j'arrête de m'emmêler dans mon hésitation. Je prends une grande inspiration.

— Tu as vraiment vu le corps de mon père, pas vrai ?

— Qu'est-ce que tu veux dire ?

— C'est toi qui l'a identifié, ce soir-là… Tu es sûr que c'était bien lui ?

Hervé se fige et j'ai soudain l'impression que le temps s'arrête. Son regard s'emplit d'une commisération telle que je voudrais tourner la tête pour ne pas voir cette compassion, cette *pitié*.

— Il n'y avait aucun doute, Arthur. Bien sûr que c'était lui… Tout ce temps, tu as cru que j'avais pu me tromper ?

Son ton est si doux que j'en serre les dents.

— Non, je ne me suis pas dit que tu avais pu te tromper, seulement, j'ai pensé que…

Malgré tous mes efforts pour rester stoïque, ma gorge s'emplit de sanglots lourds qui m'empêchent de poursuivre. Hervé soupire longuement, avant d'achever ma phrase dans un murmure sourd.

— Tu as pensé que ton père aurait pu monter un immense canular et faire en sorte que tout le monde le croit mort.

J'acquiesce, et entendre Hervé prononcer à voix haute cette théorie la rend tout à coup si grotesque que je regrette de l'avoir questionné.

— Il en aurait été capable, je te l'accorde. Mais je l'ai vu de mes propres yeux, Arthur… Il est mort. Édouard est mort.

Je regarde Hervé et je vois qu'il essaie tant bien que mal de ne pas se mettre à sangloter. La lumière du palier s'éteint brutalement, la minuterie étant arrivée à son terme. Il se baisse pour reprendre le carton de pulls dans ses bras, et j'articule avec peine un pitoyable « D'accord. Merci, Hervé. Bonne soirée », avant de m'empresser de rentrer dans l'appartement et de refermer la porte derrière moi.

Adossé contre le mur du couloir, je l'entends qui descend l'escalier de l'immeuble, préférant sans doute s'enfiler les huit étages jusqu'au rez-de-chaussée plutôt que d'attendre l'ascenseur.

Je reste là quelques minutes, immobile, vide, en apnée.

Et puis la trotteuse de la grande horloge accrochée en face de moi se remet en branle, et la vie reprend son cours.

Il me reste encore une pièce à ranger. Ma chambre.

Je regarde une dernière fois cette pièce qui m'a accueilli tant d'étés, puis je ramasse les peluches et les jouets de *Toy Story* pour les déposer dans un carton qui fera probablement le bonheur d'un autre enfant que moi. J'enlève les draps du lit, replie la housse de couette Disney et les ajoute au reste.

Enfin, je monte sur le lit pour décrocher délicatement le grand poster de Woody et le rouler pour ne pas l'abîmer.

Sur le mur gris perle, les nombreuses punaises laissent une myriade de petits trous disgracieux, et je me dis qu'au moins, mon père ne les verra jamais.

La nuit tombe sur Paris et l'appartement se retrouve peu à peu dans la pénombre. Je ne prends pas la peine d'allumer les lumières, pourtant. Pour la première fois, je me dirige vers le balcon, j'ouvre la porte-fenêtre et me retrouve pieds nus sur le carrelage froid. L'air frais me fait du bien. Chose que je n'ai encore jamais osé faire, je m'approche de la balustrade, pose les mains sur le métal glacé. Peut-être à l'endroit même où mon père a posé les siennes, il y a plus de six mois.

Je regarde au loin, puis je regarde la rue quasiment déserte en contrebas, je regarde les fenêtres éclairées en face de moi. Je me demande si un voisin l'a vu sauter, l'a vu chuter, l'a vu s'écraser.

À quoi a-t-il pensé, au moment d'enjamber la rambarde ? Est-ce qu'il a eu un doute, une hésitation, ou est-ce qu'il était sûr de lui ? Est-ce qu'il a pris son souffle, gonflé sa poitrine comme avant un plongeon dans l'eau, est-ce qu'il s'est laissé tomber comme une crêpe, malheureux comme les pierres, désespéré par ce sentiment omniprésent de solitude qu'on ignorait tous ? Est-ce qu'il a sauté, est-ce qu'un instant, il s'est pris pour un super-héros prêt à s'envoler dans la nuit, est-ce qu'il s'est contenté de lâcher la balustrade, est-ce qu'il a fermé les yeux ou au contraire les a gardés bien ouverts jusqu'à s'écraser contre le macadam ? Est-ce qu'il a changé d'avis, a voulu enjamber à nouveau la rambarde pour rentrer à l'intérieur et tout oublier, est-ce qu'il a glissé au dernier moment, est-ce qu'il a perdu l'équilibre ? À quoi a-t-il pensé, tout au long de la chute, et combien de temps ça a duré, une seconde, cinq secondes ?

À quoi a-t-il pensé ?

Est-ce que, dans un coin de sa tête, il y avait une image de moi, ou est-ce que j'étais le cadet de ses soucis ? Est-ce qu'il m'en a voulu de ne pas avoir décroché lorsqu'il m'a téléphoné, est-ce qu'il m'en a voulu de ne pas avoir été là pour le sauver ?

Et aussi, est-ce que j'aurais *pu* le sauver ? Est-ce que j'aurais eu le pouvoir de faire en sorte que tout ça ne se produise pas, qu'il n'en arrive pas à cette extrémité ? Si je n'avais pas fait des pieds et des mains pour dissimuler notre lien de parenté aux yeux de tous, si j'avais été plus diplomate lorsque j'ai voulu lui demander de m'aider pour cette soirée caritative, si j'avais tenté d'apaiser les choses entre nous au lieu de laisser le silence et la rancœur s'installer pendant des mois, si j'avais fait un pas vers lui, si j'avais écouté Manel qui me soufflait de mettre de l'eau dans mon vin et mes reproches de côté, si j'étais venu au Stade de France le 31 mars dernier plutôt que de ranger au fond d'un tiroir les billets qu'il m'avait envoyés, si j'avais pris quelques minutes pour l'appeler après son spectacle, histoire de lui demander si tout s'était bien passé.

Si au moins j'avais décroché.

Si si si.

reNouer

Novembre 2017

Les lumières se sont rallumées depuis quelques minutes déjà, les derniers spectateurs sortent de l'Olympia dans un brouhaha joyeux, satisfait. Lorsque je monte sur scène, je rentre instinctivement la tête dans les épaules, convaincu qu'une voix caverneuse va me gueuler de descendre de là immédiatement, non, mais vous vous prenez pour qui, exactement ?

Bien sûr, personne ne m'apostrophe puisque Manel s'est débrouillée pour négocier une autorisation auprès du directeur de la salle afin qu'il me laisse monter un moment sur scène, après le spectacle d'un humoriste dont je n'ai même pas retenu le nom tellement j'étais occupé à triturer l'enveloppe d'Édouard pendant tout son show. Autour de moi, les rires fusaient, même Manel était captivée par l'énergie solaire de ce type au crâne rasé et aux biceps un peu trop saillants.

Ce dont je suis sûr, c'est qu'elle n'a pas eu beaucoup de mal à convaincre ce directeur. Elle n'a pas été surprise plus que ça, d'ailleurs ; elle m'a raconté à quel point il semblait regretter mon père, elle m'a décrit son sourire triste et ses épaules affaissées, sa façon de soupirer à intervalles réguliers « Ah, quelle tragédie… » Je ne suis pas naïf, et j'en ai conclu très vite qu'encore une fois, mon père avait méticuleusement préparé le terrain de la dernière étape de ce jeu de piste. Je n'ai aucun mal à me représenter la scène entre les deux hommes : « J'ai envie de faire une surprise à mon fils, je ne peux pas t'en dire plus, mais j'aurais besoin de ton aide… Si tout fonctionne comme je l'ai prévu, il devrait bientôt te contacter pour te demander de monter quelques minutes sur cette scène qui m'a accueilli tant de fois… » J'imagine son enthousiasme, son excitation de gamin, j'imagine le directeur qui hoche la tête, c'est d'accord, pas de souci, tu peux compter sur moi ! Personne ne pouvait rien refuser à Édouard, alors je suis certain que l'autre n'a pas eu besoin qu'on lui graisse la patte ni même qu'on insiste pour qu'il accepte de rendre ce petit service.

Est-ce que mon père était assez fou pour se dire qu'en grimpant sur les planches, j'aurais une révélation, que subitement je comprendrais que ma place à moi aussi était là ?

Je me sens mal à l'aise, enveloppé dans ce silence lourd. Il n'y a personne, mais c'est comme si je devais faire mes preuves, comme si c'était aujourd'hui que j'allais découvrir quelque chose d'énorme, de *fondamental*. J'espère seulement que le personnel de la salle ne va pas aller déblatérer sur ma venue, hors de question que des journaleux s'emparent de cette histoire et la transforment en un mélodrame du genre *Avant de se suicider, il organise une quête incroyable pour son fils*. J'imagine déjà les gros titres à gerber.

J'époussette mon pantalon pour me donner une contenance, alors qu'il n'y a pas un grain de poussière sur ce plancher immaculé. Lorsque je me redresse, face aux presque deux mille fauteuils de velours rouge vides qui m'observent, comme s'ils attendaient que je déclame une blague à hurler de rire, je me sens soudain tout petit. Et un peu ridicule, je dois l'avouer.

La salle est déserte, tout à moi, et malgré cela, je suis impressionné au point que mes genoux s'entrechoquent en silence. Une vague de vertige tournoie autour de moi et me saisit soudain, comme si les fauteuils criards se rapprochaient sournoisement, comme si le balcon ondulait tout autour. Je ne sais pas ce que mon père ressentait lorsqu'il entrait en scène, mais j'espère que ça n'avait rien à voir avec cette sorte d'ivresse incontrôlée.

Je sors l'enveloppe de ma poche arrière, les mains légèrement tremblantes. Quand j'étais petit, Édouard me répétait souvent, lorsque j'étais trop impatient, lorsque je butais sur une énigme, lorsque j'avais l'impression que je ne parviendrais jamais à déchiffrer ses messages codés, que ce qui comptait, ce n'était pas le trésor, c'était la quête. Au fond de moi, je sais que quoi qu'il puisse avoir laissé dans cette lettre, ça ne résoudra pas grand-chose, que l'essentiel se trouvait très probablement dans les rencontres que j'ai faites depuis plus de six mois, dans les confidences que j'ai recueillies patiemment.

Ça n'enlève pourtant rien au trac, au sentiment d'irréversible.

Je passe un doigt sous le coin de papier savamment plié, j'ouvre la feuille A4, fébrile, anxieux, sans doute livide. J'ai peur d'être encore déçu, je suis fatigué d'être en colère, et je voudrais ne pas rajouter une nouvelle couche à mon chagrin solitaire.

Soudain, une musique vient emplir la grande salle jusqu'alors silencieuse, ricochant entre les murs et les fauteuils muets. Je reconnais immédiatement le rythme fiévreux, le son presque étouffé de l'unique note de guitare électrique, les premiers coups de cymbale énergiques, enragés, même. La mélodie s'infiltre au plus profond de moi, jusqu'à faire ressurgir en une sorte de flash inattendu une vidéo mentale de mon père et moi. C'est comme regarder un vieux film en super 8, mais dans ma tête. Je dois avoir quatre ou cinq ans, et je sautille dans ma chambre de l'appartement du Havre où j'ai passé les premières années de ma vie. En face de moi, mon père gesticule aussi, les poings au niveau des maxillaires, les coudes serrés contre sa poitrine pour se protéger. Le chanteur de Survivor vocifère avec hargne les paroles d'*Eye of the Tiger*, et Édouard fait semblant de boxer avec moi, on est tous les deux prêts à en découdre, à la fois concentrés et pas loin d'éclater de rire. Je monte sur mon lit tout en continuant à sautiller, je me retrouve à la hauteur de mon père. Mes petits pieds ne font aucun bruit sur la couette, la musique étouffe le grincement du sommier qui menace de rendre l'âme à chaque nouveau saut. Je fais semblant d'envoyer une droite à mon père, et celui-ci esquive au ralenti avant de foncer sur moi tête baissée, de refermer ses bras juste au-dessus de l'arrière de mes cuisses, et de me soulever dans les airs comme un vulgaire sac de pommes de terre. Je bascule sur son épaule, me retrouve la tête à l'envers, impuissant, tandis que lui court dans tout l'appartement en brandissant un poing en signe de victoire, au rythme saccadé de la guitare entêtante. Dans la cuisine, maman prépare le petit déjeuner, soupire qu'on va être en retard à l'école, mais Édouard la saisit par la taille et la soulève elle aussi, stimulé par mes cris de joie.

Sur la scène de l'Olympia, la musique s'achève en douceur, les décibels s'amenuisent jusqu'à disparaître et le silence se réinstalle aussi vite qu'il s'était envolé. Mon cœur bat la chamade, bouleversé derrière les barreaux de ma cage thoracique. C'est la première fois que je parviens à harponner un souvenir de la famille qu'on formait tous les trois, cette famille qui m'avait toujours semblé n'avoir été qu'un mythe, une légende urbaine qui n'avait jamais eu la moindre consistance réelle. Je viens d'avoir le sentiment de revivre quelque chose d'intense, de *vrai*, où les rires, la musique, les sensations, les bras de mon père autour de moi, la joie un peu partout dans l'appartement étaient palpables, même pas ternis ou défraîchis par le passage du temps. Un souvenir intact, comme neuf parce que jamais revu en boucle depuis mon enfance, préservé de l'usure des années et du rembobinage. Un souvenir qui me coupe presque les jambes, me donne envie de me mettre à genoux sur scène tellement j'ai peur qu'elles refusent brusquement de me porter. Si Édouard ou ma mère me l'avait raconté, je n'y aurais peut-être même pas cru, j'aurais été persuadé qu'ils exagéraient, qu'ils inventaient, qu'ils enjolivaient le passé, pour le moins.

Et pourtant, tout est vrai dans ce souvenir. Tout.

Alors donc, nous trois, on a eu des moments heureux, il y a longtemps. Il y a longtemps, mais ça a bel et bien existé.

Je repense à Manel, à ce qu'elle m'avait affirmé peu après le décès d'Édouard ; tu as forcément un bon souvenir avec ton père, tout le monde a au moins un bon moment auquel se raccrocher.

Je suppose que c'est celui-là qu'il va désormais me falloir chérir, préserver quelque part en moi pour le ressortir lorsque la colère ou l'amertume reviendront s'inviter dans mon cœur. C'est celui-là qu'il va me falloir sortir des abîmes de ma mémoire et ne plus oublier, ne plus négliger, ne plus mépriser.

Édouard savait-il ce que cette chanson raviverait en moi ? Encore une fois, je suis obligé de constater qu'il a tout prévu dans les moindres détails, qu'il a fait en sorte que quelque part, dissimulé dans l'ombre, un membre du staff soit prêt à diffuser la célèbre chanson de *Rocky* dès que le fils d'Édouard Bresson ferait la demande étrange de monter sur scène, seul quelques minutes dans la salle déserte. Quoi que je puisse en penser, je suis bien obligé de reconnaître que la dernière chasse au trésor de mon père est magistrale.

Mon regard revient sur la feuille de papier que je triture depuis plusieurs longues minutes entre mes mains. Je retrouve une dernière fois, j'en suis douloureusement conscient, l'écriture arquée de mon père.

Contrairement à ce que tu crois, je sais que tu n'avais aucune envie de grimper sur scène. Il m'a sans doute fallu trop longtemps pour le comprendre, c'est vrai.

J'avais juste envie que tu te mettes une fois à ma place, sur un plancher que j'ai foulé durant tant d'années. Que tu contemples les fauteuils en face de toi, que tu imagines ce que c'était, d'avoir des milliers de personnes suspendues à tes lèvres, des milliers de personnes venues uniquement pour toi et que pour rien au monde tu n'aurais voulu décevoir.

Toute ma vie, je n'aurai finalement eu qu'un seul but. Ne décevoir personne. On n'atteint pas toujours ses objectifs, malheureusement.

Une dernière chose avant de te laisser. Je ne sais pas comment éviter d'être grandiloquent en écrivant ça, mais je suis fier de toi. J'aurais dû te le dire plus souvent, etc. Les paroles s'envolent, les écrits restent, n'est-ce pas ? Alors je te l'écris.

Je suis fier de toi.

Je replie méticuleusement la lettre d'Édouard, reforme l'origami rectangulaire qu'il avait fabriqué. Me revient alors à l'esprit la première lettre qu'il m'a fait parvenir, que j'ai bien dû lire une dizaine de fois, et une des phrases qu'il a écrites résonne comme un écho dans mon cerveau : *J'ai essayé de faire du mieux que je pouvais.*

Je comprends enfin ce qu'il a voulu dire. Je comprends enfin qu'il ne s'agissait pas d'une excuse bidon que n'importe qui peut sortir dès qu'il a foiré quelque chose. Mon risotto est immangeable, mais j'ai fait du mieux que je pouvais. J'ai eu un 3/20 en maths, mais j'ai fait du mieux que je pouvais. Je t'ai trompée avec ta meilleure amie, mais j'ai fait du mieux que je pouvais. Je t'ai abandonné quand tu étais petit, mais j'ai fait du mieux que je pouvais.

Ce n'est pas ça.

Papa a fait ce qu'il a pu. Il a *vraiment* fait ce qu'il a pu. Comme la plupart des parents, qui ne sont finalement que des enfants déterminés à faire semblant de n'avoir peur de rien, à faire semblant d'avoir tout compris. Comme la plupart des adultes qui ont été obligés de grandir, un jour.

Il a fait ce qu'il a pu.

Et finalement, ce n'est déjà pas si mal. Sans doute même suffisant.

*
* *

Quelques jours plus tard, l'heure du parcours des héros tant attendu par Manel arrive enfin. L'heure de prouver que les footings, les pompes et autres exercices d'endurance et de musculation ont été utiles. Dans la file d'attente à l'entrée, elle s'applique à me dessiner deux traits épais de khôl noir sur les pommettes, pour que j'aie l'air d'un « vrai combattant », soi-disant. L'épreuve doit durer environ trois heures, et je ne peux m'empêcher d'espérer que nous ne présumons pas de nos forces en nous attaquant à ce parcours. Devant nous, un groupe de types bodybuildés s'encourage à grand renfort de tapes viriles dans le dos, et ce n'est pas vraiment pour me rassurer.

— Je vais déposer nos affaires au vestiaire pendant que tu vas récupérer nos dossards à l'accueil, d'accord ?

Sans attendre de réponse, Manel s'enfuit dans la foule avec nos manteaux et nos sacs. Au bout d'une dizaine de minutes, je parviens enfin au comptoir où un bénévole me salue d'un enthousiaste « Bienvenue au parcours des héros ! », exactement sur le même ton que Buzz l'Éclair lance son « Vers l'infini et au-delà ! » Je lui tends nos deux cartes d'identité et il fouille une pile de dossards jusqu'à trouver les nôtres.

— Et voilà. Bon courage !

Numéro 8456 – SAADI, claironne en majuscules le dossard de Manel. Et le mien, 8457, annonce PAZZOLI.

Pensivement, je contemple le rectangle de papier intissé, tandis que derrière moi un type au crâne rasé s'impatiente, pressé de récupérer son dossard et d'aller en découdre avec lui-même.

Je relève la tête vers le garçon à lunettes qui s'est occupé de moi. Il est en plein conciliabule avec une autre bénévole, me tourne le dos. Je me penche vers le comptoir, attrape un marqueur noir au moment précis où Manel me rejoint. Elle a noué ses cheveux en une queue-de-cheval haute, a ajouté une barrette de chaque côté de ses tempes pour être certaine qu'aucune mèche rebelle ne vienne la ralentir dans les épreuves.

— On y va ? souffle-t-elle, pressée d'aller se placer sur la ligne de départ.

Je lève le doigt pour la faire patienter, je n'en ai pas pour longtemps, attends.

Le cœur battant, je regarde à nouveau mon dossard. Je débouche le marqueur, barre le nom PAZZOLI et inscris en dessous, en larges majuscules, BRESSON.

Mon nom.

Manel m'observe à la dérobée, elle se mord la lèvre d'un air perplexe.

— Alors, voilà, tu es réconcilié avec ton père ? me demande-t-elle en souriant presque timidement.

Mes yeux contemplent les lettres que je viens de tracer. J'aurais envie d'expliquer à Manel que les choses sont loin, très loin d'être aussi simples. Qu'il ne suffit pas d'une chasse au trésor, si bien organisée soit-elle, pour que des confettis rose bonbon se mettent à pleuvoir et que tout soit réglé.

Rien n'est réglé. J'ai appris que mon père n'était pas le sale type que j'avais imaginé, qu'il était juste un type comme les autres qui avait fait de son mieux pour ne décevoir personne, qui avait fait de son mieux pour lutter contre ses propres angoisses. Mais ça ne résout pas tout, loin de là. Ça n'efface pas les années de manque, de solitude, d'absence. Ça n'efface pas totalement le ressentiment, la tristesse, la rancune. Ça n'efface pas non plus le regret que les choses ne se soient pas passées autrement, l'amertume de ne pas avoir pu dire tout ce que j'avais à dire ou à reprocher.

Mais voilà. Édouard est mort et la vérité, c'est qu'il n'y a plus personne en face de moi. Je suis seul, désormais. Et l'unique choix que j'ai, c'est de vivre avec. De repousser la colère, la rancœur, et le chagrin bien loin, dans un endroit où ils ne m'empêcheront pas d'avancer. À quoi bon ruminer, à quoi bon me morfondre. Édouard est mort et rien ne le fera revenir. Édouard est mort et tant pis pour ce qui aurait pu être, pour ce qui n'a pas été.

Manel reste immobile près de moi, elle attend une réponse. Est-ce que je suis réconcilié avec mon père ? Probablement pas tout à fait. Je vais sans doute me traîner ce deuil encore un bon bout de temps, faire un pas en arrière, puis deux en avant. Lui en vouloir de ne pas avoir été à la hauteur puis reconnaître qu'il a malgré tout essayé. Le détester de ne pas m'avoir laissé le connaître avant qu'il décide d'en finir, de ne pas s'être battu pour me découvrir, me *rattraper*. Le haïr de nous avoir tous plantés là. Puis lui pardonner de n'avoir pas pu continuer plus longtemps. Puis me souvenir de son égoïsme, de toutes les fois où il n'a pas été là pour moi. Puis me dire que tout est ma faute, que le plus égoïste des deux, en réalité, c'est moi, que si j'avais agi autrement, il serait peut-être encore en vie. Que s'il n'a pas été le meilleur des pères, je n'ai probablement pas été le meilleur des fils non plus.

Le pardon doit-il forcément se faire au prix de la culpabilité ?

Faut-il vraiment que quelqu'un nous manque pour que son absence soit un gouffre dévorant, une faille abyssale ? Est-il vraiment absurde que le deuil de mon père me soit si douloureux alors même que sa disparition ne change presque rien à mon quotidien, alors même que sa chasse au trésor est la preuve indéniable qu'il tenait à moi, alors même que cette conviction qu'il ne m'aimait pas, jusqu'alors férocement ancrée en moi, n'a plus lieu d'être ? Alors même que je peux enfin m'avouer que cet amour était évidemment, envers et contre tout, réciproque ?

Manel me dévisage, et je ne sais absolument pas comment lui expliquer tout ce qu'il y a dans ma tête. Alors je l'attrape par la taille et la serre fort contre moi. Très fort. Et je chuchote à son oreille :

— Oui, je suis réconcilié.

Parce que c'est plus simple comme ça.

Elle s'écarte de moi, me montre d'un geste de la main le flot de jeunes en tenue de sport qui passe devant nous, allez, ça va bientôt commencer, ils sont en train de rassembler les participants…

Impatiente, elle s'éloigne, à moitié en courant, le premier à la ligne de départ a gagné, viens !

Je la regarde me distancer, mes yeux fixent le numéro 8456 de son dossard qui rapetisse.

Et une petite voix me souffle : *Si elle se retourne encore une fois vers moi, alors tout ira bien.*

REMERCIEMENTS

À celles et ceux qui m'ont soutenue en une période particulièrement troublée : Mathieu, mon père, Solène, Carène et Sophie en particulier.

À Florian, parce que je n'avais pas compris la chance que j'avais de tomber sur lui au tout début de cette aventure.

À Elsa, qui m'a ouvert les bras, au sens propre comme au figuré.

À Huguette, pour m'avoir redonné confiance en mon roman.

À Marion et à Anissa qui œuvrent dans l'ombre pour faire connaître mes textes, et à Mathieu, qui a imaginé et créé la couverture de ce roman[1].

À Jean-François Callens, Franck Brunet et Alain Valissant, du Furet du Nord, pour tout ce qu'ils ont fait pour promouvoir mon premier roman, *Fidèle au poste*.

À Pascale, de La Palette du libraire, pour son enthousiasme qui fait chaud au cœur.

---

1. Voir l'édition grand format, Michel Lafon, 2017.

À Pierre Zimmerman et Régine Compère, pour avoir été les premiers à m'inviter dans un Salon du livre ; j'aurai toujours un attachement particulier à Bondues, désormais.

À Grégoire Delacourt, parce que ce n'est pas tous les jours que quelqu'un qu'on admire se révèle aussi accessible et bienveillant.

Aux Clowns de l'Espoir, pour cette extraordinaire aventure humaine, pour tous ces moments hors du réel passés à l'hôpital.

À toutes les personnes qui ont lu, aimé, soutenu *Fidèle au poste*. À toutes celles qui en ont parlé autour d'elles et qui m'ont permis de continuer de rêver. Sans vous, *Quand on n'a que l'humour...*[1] n'existerait probablement pas, tout simplement.

Aux comédien(ne)s et aux humoristes qui ont toujours le courage de faire semblant, malgré les failles qui les rongent parfois. Une pensée plus particulière à Robin Williams, qui a accompagné mon enfance et qui a été le point de départ de ce roman.

Et à vous, qui venez de terminer ce livre (à moins que vous n'ayez la fâcheuse habitude de commencer par la fin !). Parce que si j'écris, c'est évidemment dans l'espoir de vous toucher, dans l'espoir que vous vous attachiez à mes personnages, dans l'espoir que lorsque vous refermerez ce roman, il en reste un petit quelque chose, quelque part en vous.

1. Titre de l'édition grand format.

Table

Première partie

DEUXIÈME PARTIE

Du même auteur :

COMBIEN DE TEMPS, récit autobiographique, 2011.

FIDÈLE AU POSTE, roman, 2015, éditions Michel Lafon, 2016.

AU NOM DE QUOI, roman, 2016.

***

Retrouvez-moi ici : www.amelie-antoine.com
Et sur ma page Facebook :
https://www.facebook.com/AmelieAtn

Pour me contacter :
amelie.antoine.auteur@gmail.com

***

PAPIER À BASE DE FIBRES CERTIFIÉES

Le Livre de Poche s'engage pour l'environnement en réduisant l'empreinte carbone de ses livres. Celle de cet exemplaire est de :
350 g éq. CO_2
Rendez-vous sur www.livredepoche-durable.fr

Composition réalisée par PCA

Imprimé en France par CPI
en février 2018
N° d'impression : 3026908
Dépôt légal 1re publication : mars 2018
LIBRAIRIE GÉNÉRALE FRANÇAISE
21, rue du Montparnasse - 75298 Paris Cedex 06

80/7032/9